Ostwind –

Neues aus Orsoy

Harald Küppers

Für Birgit und Lara

1

Der erste Schleier des anbrechenden Tages senkte sich über das Tal, aber der dichte Wald würde der Dunkelheit noch lange Unterschlupf bieten. In der Mitte des Tals befand sich eine Lichtung, umgeben von Megalithen, die im schwachen Licht des Morgens wie drohende Ungeheuer wirkten. Es herrschte keine friedliche Morgenstimmung, sondern eine verstörende, angsteinflößende Atmosphäre. Als würde die Natur schon ahnen, dass sich bald Bäche von Blut und stinkende Eingeweide über den feuchten Waldboden verteilen würden.

Die beiden Männergruppen standen sich im gespenstischen Bodennebel gegenüber. Es war totenstill im Wald, sogar die Vögel hatten ihr morgendliches Gezwitscher eingestellt. Es waren etwa dreißig bis vierzig Mann auf jeder Seite der Lichtung. Und sie waren bewaffnet. Mit Schwertern, Äxten, Messern, Keulen und Knüppeln. Zähe, in Felle gekleidete Gestalten mit langen Bärten und wettergegerbten Gesichtern. Nach einer scheinbaren Ewigkeit trat aus jeder der Horden so etwas wie ein Anführer hervor. Der etwas jüngere von beiden war kahlgeschoren, schlank, athletisch und fast schon furchterregend groß. Ein grausamsadistischer Zug umspielte seine dünnen Lippen. Der Ältere trug eine lange Löwenmähne, war deutlich kleiner, aber sehr breit und massig gebaut. Dicke Muskelpakete traten unter seinem Bärenfell hervor und in seinen Augen lag grimmige Entschlossenheit. Alle warteten auf das Zeichen ihrer Anführer zum Losschlagen.

Der Ältere hob die Hand, als Zeichen, dass er etwas zu sagen hatte.

Mit einer Stimme, so laut, dass aus den umliegenden Bäumen Eicheln und Eckern herabregneten, donnerte er: „Dortmund wird Meister!"

„Boah, ey Vorsicht, hier bisse auf Schalke…"

Das etwas Fundamentales an der Szene nicht stimmte, merkte Hans erst, als ein Dritter auf eine Tanne deutete und mit unverkennbar sächsischem Akzent rief: „Ei, gugge do, en Uuhu!" Erst als sich aus dem hinteren Teil des Waldes der völlig durchgeknallte Fahrer eines ägyptischen Sammeltaxis näherte und alle blitzschnell Deckung suchen mussten, wurde Hans endlich schweißgebadet wach.

Dass im selben Moment der Muezzin zum Morgengebet rief, verhalf seinem Verstand nur bedingt zu der Erkenntnis, wo er gerade war. Er knipste das Licht neben seinem Bett an und der vertraute Anblick des Raumes, in dem er sich befand, half ihm auf die Sprünge. Stimmt, dachte er. Dies war sein neues zu Hause, wenn auch nur für den Zeitraum dreier Monate. Ägypten, Rotes Meer, genauer der Ort El Quseir, noch genauer die letzte Straße zur Wüste hin und hier das letzte Haus. Ein Haus, das sein Arbeitgeber, eine Tauchbasis in der Nähe des Ortes, hier für die Angestellten der Basis gemietet hatte. Bald schon wäre seine Zeit hier zu Ende und der Rückkehr nach Deutschland sah er mit gemischten Gefühlen entgegen. Die Lücke in seinem Leben, die er für die Tätigkeit hier hatte nutzen können, war eher zufällig entstanden. Seine letzte Tätigkeit an der Uni Duisburg war auf zwei Jahre befristet gewesen und danach leider aufgrund fehlender Mittel am Lehrstuhl nicht verlängert worden. Seine neue Stelle als Lehrkraft an der Uni Augsburg würde er erst nach Ablauf der Semesterferien antreten. Und ehe er sich versah, war diese angenehme Zäsur in seinem beruflichen Werdegang nun fast wieder vorbei. ‚Na ja‘, dachte er, ein paar schöne Tage blieben ihm schon noch.

Er stand auf und tappte ins Bad, machte sich frisch und schlurfte in die Küche. Zubereitung eines ägyptischen Standardfrühstücks, jedenfalls für Ausländer mit beschränkten Einkaufsmöglichkeiten. Was bedeutete: Löslicher Kaffee und Kekse aus der Packung. Danach eine Gauloises, dann musste er sich schon an die nächste Straßenecke stellen, an der ihn der Stuff-Bus abholen und zur Arbeit bringen würde. Die Zimmertür seines Tauchlehrer-Kollegen und Mitbewohners Ralf flog auf, ein wenig tagesfroher Mensch erschien und fragte, ob noch ein Kaffee übrig sei. Hans wartete, bis Ralf die ersten Schlucke genommen hatte, bevor er sich fragen traute: „Und wie geht's Dir? Noch ein bisschen müde?"

„Wenn ich etwas Gescheites gelernt hätte", kam als Antwort, „müsste ich jetzt nicht in der Wüste sitzen und Bier trinken".

Der Grund von Ralfs Müdigkeit lag in einem etwas unverhältnismäßigen vorabendlichen Verlangen nach Luxor-Bier.

Hans musste an seine Ankunft hier denken. Das frühe Aufstehen, um den Flieger zu bekommen, einchecken, auschecken, auf das Gepäck warten, die Schlange vor der Passkontrolle. Die lange Fahrt von Hurghada bis El Quseir, das erste in Augenschein nehmen seiner Wohngegend direkt am Rande der Wüste. Unasphaltierte Straßen, viel Müll und viele Bauruinen. Ganz normal für Ägypten, fast schon heimisch, wenn man es kannte. Fertig von der Anreise hatte er aufgeschlossen, das Haus und sein Zimmer begutachtet. Gespannt war er zur rückwärtigen Flügeltür geeilt, um einen Blick auf die nächtliche Wüste und ihren funkelnden Sternenhimmel zu werfen. Was sich ihm nach dem Öffnen der Tür dann allerdings geboten hatte, sah eher skurril aus: Vor dem nächtlichen Wüstenhimmel hatte sich eine Pyramide aus 28 leeren Bierkästen aufgetürmt. Ralf hatte ihm später erklärt, man könne in El Quseir keinen Alkohol kaufen und er hätte den Fahrer der Luxor-Brauerei überreden können, auf seinem Weg zur Belieferung der Hotels am Staff-Haus halt zu machen. Da es aber nun kein wirkliches Pfandsystem gab, hatte er die leeren Kästen auf dem Rückweg nicht wieder mitgenommen. Ralf hatte irgendwann eingesehen, dass ihm das Problem über den Kopf wuchs. Kleinlaut war er zum Vermieter gegangen und hatte gesagt: „Sir, I have a little problem."

Das war indes nicht Ralfs einziges Problem, denn eigentlich war er Hans Vorgänger und hätte bei seiner Ankunft schon gar nicht mehr da sein sollen. Da er aber die tausend Euro, die eigentlich für den Rückflug und die ersten Tage in Deutschland gedacht waren, in einen Jagdfalken investiert hatte, hatte er seine Heimkehr verschieben müssen. Und es war nicht einfach gewesen, wieder Geld für die Heimreise zu verdienen und sich gleichzeitig um den kostbaren Vogel zu kümmern. Wie überhaupt die Pflege und Erziehung solcher Tiere viel Sachverstand verlangt. Das hatte Ralf gemerkt, als Freunde zu Besuch waren. Sie hatten ihn herausgefordert: „Lasse ihn doch mal fliegen, deinen Jagdfalken!" Dass dieser sehr wohl abgeflogen, aber nie wieder gekehrt war, hatte tiefe Spuren der Zerstörung in Ralfs Selbstbewusstsein hinterlassen.

„Sabah al cher!", begrüßte er die einheimische Crew nachdem Hans am Arbeitsplatz angekommen war, was mit einem freundlichen „Sabah al foul" beantwortet wurde, auch wenn Hans sich immer noch fragte, warum man sich im Arabischen einen jasminigen Guten Morgen wünscht.

„Und was gibt's heute Morgen?" fragte er seinen Chef, Basisleiter Thomas.

„Du hast heute nur ein älteres Pärchen Mitte fünfzig, beides Deutsche, um die 40 Tauchgänge. Der reinste Spaziergang. Waren aber länger nicht im Wasser. Am besten nimmst Du eine flache Sandbucht mit wenig Strömung, Abu Sawatir zum Beispiel".

Hans begrüßte die beiden, überwachte das Zusammenstellen und Verladen ihrer Kisten auf den Pickup und setzte sich zu ihnen in den Kleinbus, der alle zum Tauchplatz bringen würde.

Nach dem Checkdive, bei dem beide nur unter Schwierigkeiten einige Grundfertigkeiten wiederholten, tauchte Hans ab und schwamm in Richtung Riffkante voraus. Doch schon in einer Tiefe von wenigen Metern musste er feststellen, dass die Eheleute nicht tarieren konnten. Das bedeutete, Sie konnten durch Atmung und Tarierjacket die Tiefe nicht halten. Und das unglücklicherweise mit verschiedenen Ausprägungen. Während es die Frau zur Oberfläche zog, war Ihr Gatte vom Meeresgrund fasziniert. Und so musste Hans, je eine Hand am Flaschenventil seiner Gäste, mit maximal gezerrten Armen, die beiden auf der angestrebten Tiefe halten. Ein Spaziergang eben.

Nach dem Mittagessen, es gab wie jeden Tag einen Burger und eine Coke, hatte er eine Gruppe von sechs Personen, die aber von ihren taucherischen Fähigkeiten her unproblematisch waren. Dieses Mal wählte Hans einen Tauchplatz etwas südlich von El Quseir, genannt Soug Bohar.

Sie waren gerade erst zehn Minuten dem Saumriff in südliche Richtung gefolgt und auf etwa zwölf Metern Tiefe, als Hans aus den Augenwinkeln heraus einen Schatten sah, der sich ihnen vom Meer her näherte. Etwas erschrocken verharrte er in seinem Flossenschlag, drehte sich um und erkannte schließlich, was sich ihnen da genähert hatte. Es war ein einzelner, erwachsener Delphin! Hans musste darauf achten, dass seine Gäste, freudig aufgeregt wie sie waren und die Lungen voller Luft, nicht nach oben schossen. Er positionierte sich zwischen der Gruppe und dem Tier, gab das Zeichen für neutrale Tarierung und zog den ein oder anderen an den Flossenspitzen nach unten, der unfreiwillig beinahe wie eine Rakete zur Oberfläche gestoßen wäre. Als einigermaßen Ruhe eingekehrt war, kam das Tier immer näher. Es schwamm jeden einzelnen Taucher bis auf nur einen Meter Abstand an und begutachtete die seltsamen Gäste. Als er sich Hans zuwandte hatte dieser das Gefühl, einem richtigen Individuum mit ausgeprägter Persönlichkeit in die Augen zu blicken. Ein unbeschreiblich ergreifender Augenblick! Nach Inspektion der Gruppe stieß er zurück ins offene Meer und verschwand. Ausnahmslos jeder der Gäste hatte für den Rest des Tages ein durch nichts mehr zu entfernendes Lächeln im Gesicht.

Als Klaus-Dieter allmählich zu dem wurde, was er nun war, hatte er es nicht bemerkt. Wie viele Prozesse, die sich über sehr lange Zeiträume hinziehen, laufen sie eher im Hintergrund ab, sind aber deswegen vielleicht sogar im Ergebnis fataler und nachhaltiger.

Dass Klaus-Dieter ein Nerd war, war ihm jedenfalls lange nicht aufgefallen und wenn sich die diesbezüglichen Äußerungen seiner spärlichen sozialen Kontakte nicht gehäuft hätten, wäre es ihm wohl heute immer noch nicht bewusst. Andererseits hatte ihn nie besonders interessiert, was andere von ihm hielten und für ihn hatte der Begriff Nerd keine negative Konnotation.

Er hatte eine gutbürgerliche Kindheit gehabt, war allerdings immer schon etwas anders als andere Jungen. Er hatte selten Freunde, spielte fast nie draußen und hatte einen ausgeprägten Hang zur Science Fiction Literatur. Eher klein gewachsen, ein bisschen pummelig, rotes Haar und Brille, war er nicht eben mit den Vorzügen gesegnet, die eine unbeschwerte Kindheit und später, im Jugendalter, das verstärkte Interesse des anderen Geschlechts nach sich ziehen.

Klaus-Dieter Müller war ein unauffälliger, aber guter Schüler, besonders in Mathematik und später auch in Physik und Chemie. Nur die mündliche Beteiligung am Unterricht ließ zu wünschen übrig. Als er 16 wurde, bekam er einen Personal Computer von seinen Eltern geschenkt, einen Commodore C 64. Ab diesem Zeitpunkt war sein Weg vorgezeichnet. Er hatte seine wahre Leidenschaft, ja Bestimmung, entdeckt. Er hatte ihn in seine Bestandteile zerlegt und wieder zusammen gebaut, hatte einzelne Komponenten nachgekauft, um die Performance in bestimmten Bereichen zu verbessern sowie verschiedenste Peripheriegeräte angeschafft und immer wieder neue Gerätekonfigurationen getestet. Schnell sprach sich rum, dass hier jemand wirklich Ahnung hatte und so bekam er schon als Schüler immer wieder kleine Aufträge, mit denen er sein kostspieliges Hobby finanzierte. So konnte er es sich leisten, alle zwei Jahre die neueste Prozessorgeneration zu erwerben. Daneben war er auch bei den Betriebssystemen mitgegangen, es spielte für ihn keine Rolle, ob er sich in einer frühen DOS-Version, in Linux oder im Macintosh Operating System bewegte. Und er begann zu Programmieren. Zunächst unter Basic und Cobol, später unter C++, Pascal und vor allem Java. In letzter Zeit waren es Python, Python Qiskit und Q#.

Zur Bundeswehr hatte er nicht gehen müssen, da er mit dem Status T5 ausgemustert worden war. Und so hatte er direkt nach dem Abitur Informatik studiert, früh mit sehr guten Noten sein Diplom erworben und war danach in der Softwareentwicklung verschiedener Unternehmen tätig gewesen. Die Erfindung des World Wide Webs war für ihn naturgemäß ein Fortschritt, von dem er in ganz besonderem Maße profitierte. Konnte er doch nun mit anderen Freaks in Austausch treten und endlich soziale Kontakte pflegen. Nach und nach entwickelte sich in seiner Umgebung ein sportlicher Wettbewerb. In diesem ging es anfänglich darum, primzahlbasierte Verschlüsselungen zu knacken und die Firewalls fremder Netzwerke zu überwinden. Beruflich war er mittlerweile in der angewandten Informatik zu Hause, genauer gesagt in der künstlichen Intelligenz, KI. Es ging hier um künstliche neuronale Netzwerke und maschinelles Lernen. In seiner Freizeit hatte er sich jüngst mit der Programmierung von Algorithmen für Quantencomputer beschäftigt.

Müde blickte Klaus-Dieter vom Bildschirm auf, setzte seine Brille ab und rieb sich die Augen. Ein langer Arbeitstag lag hinter ihm und nun hatte er für eine private Angelegenheit noch drei Stunden am Rechner gesessen. Hatte er noch Hunger, oder sollte er noch etwas trinken? Er wusste es nicht so genau. Er könnte ins Bett gehen, aber er wusste natürlich nicht, ob er einschlafen konnte. Da er sich nicht entscheiden konnte, setzte er seine Brille wieder auf und arbeitete weiter.

Am folgenden Tag hatte Hans zwei Schnuppertaucher zu betreuen. Hierbei bekommen die Gäste eine kurze Unterweisung in Tauchtheorie und erlernen die wichtigsten Fähigkeiten, wie zum Beispiel das Ausblasen der gefluteten Maske durch Atemluft. Anschließend wurden die Schnuppertaucher in einer Tiefe von maximal fünf Metern am Riff entlang geführt.

Es handelte sich um ein Vater-Tochter Paar, Matthias war Anfang fünfzig und Caroline vierzehn Jahre alt. Der Tauchgang war ein Geburtstagsgeschenk für die Tochter gewesen und diese zeigte sich von Anfang an begeistert und motiviert. Ihr Vater hatte versprochen, es selbst auch zu probieren, damit man die gewonnenen Eindrücke teilen und sich so doppelt daran erfreuen konnte. Doch Hans bemerkte schon während der kurzen Theorieunterweisung, dass der Vater etwas blass im Gesicht war und leicht geweitete Pupillen hatte. Aus diesem Grunde fragte er ihn offen, ob er den Schnuppertauchgang nicht erst im Pool machen wolle, was er aber verneinte.

Am Tauchplatz angekommen half Hans den beiden beim Anlegen der Ausrüstung, tarierte sie im Uferbereich mit Blei neutral aus und begann mit Caroline den Abstieg. Es war traumhaft einfach. Hans brauchte nur einmal ihre Luft im Jacket nachtarieren, sonst machte sie alles selbständig. Ein richtiges Naturtalent. Er würde ihr auf jeden Fall nahe legen, einen richtigen Tauchkurs zu absolvieren. Sie schwammen am bunten, sonnendurchfluteten Riff lang, Hans zeigte ihr eine

Anemone mit Clownfischen und eine bunte Nacktschnecke. Auf dem Rückweg zum Strand konnte er ihr sogar noch eine freischwimmende Muräne präsentieren. Euphorisch strahlend verließ Caroline das Wasser und Matthias war an der Reihe.

Hans redete beruhigend auf ihn ein, da er dessen gesteigerte Nervosität bemerkte. Sie starteten sehr langsam in Wasser, das zum Stehen flach genug war. In etwa einem Meter Tiefe forderte Hans seinen Gast per Handzeichen auf, Druckausgleich herzustellen, was auch prompt gelang. Hans fühlte sich ein bisschen erleichtert. Er konnte Matthias allerdings nicht loslassen, da er überhaupt kein Gefühl für Tarierung hatte und außerdem einen hektischen und schnellen Flossenschlag. Also hielt er ihn am Flaschenventil fest und verhinderte so, dass er eine Ausfallbewegung nach oben, nach unten oder nach vorne machte. Matthias Maske war beschlagen aber Hans wollte ihm in diesem Moment nicht noch ein Fluten zumuten. Als sie etwa fünf Meter Tiefe erreicht hatten geriet etwas Wasser in Matthias Mund. Anstatt es einfach auszublasen oder, wie ihm gezeigt, die Luftdusche zu drücken, spuckte er als Reaktion darauf seinen Atemregler aus. Hans ergriff ihn sofort, drückte ihn zurück in den Mund seines Gastes und betätigte die Luftdusche. Matthias nahm zwei oder drei hektische Atemzüge, hatte offenbar das Gefühl von Atemnot und spie erneut den Atemregler aus. Als dadurch abermals und noch mehr Wasser in Nase und Mund geriet, riss er sich, panisch um sich schlagend und strampelnd, auch noch die Maske vom Kopf. Hans hatte keine Zeit über Handlungsalternativen nachzudenken. Er ergriff den Inflator am Jacket seines Gastes, ließ Luft aus der Flasche ins Jacket schießen und beförderte Matthias und sich selbst ruckartig an die Wasseroberfläche. Dort angekommen stellte er fest, dass Matthias aschgrau im Gesicht war. Die Augen hatte er geschlossen und er atmete nicht mehr! Panisch sah Hans sich nach einer Stelle im Riffdach um, auf der er Matthias ablegen konnte, um mit einer Herzlungen-Wiederbelebung zu starten. Das perfide an der Situation war nämlich, dass die bloße Beatmung im Wasser nichts brachte und man schwimmend keine Herzdruckmassage durchführen konnte. In etwa dreißig Meter Entfernung bemerkte er eine Kräuselung der Oberfläche und vermutete darunter eine sehr flache Stelle. Er begann, Matthias dorthin zu schleppen. Doch zu seiner unendlichen Erleichterung begann dieser im selben Moment wieder zu atmen. Er schleppte ihn zum Ufer, wo Notfall-Sauerstoff verabreicht wurde. Gleichzeitig hatte man einen Notarzt aus El Quseir herbei gerufen. Dieser untersuchte ihn gründlich, fand aber nichts weiter. Hans, dessen Knie eben noch leicht gezittert hatten, beruhigte sich langsam wieder. Das Bild des aschgrauen

Matthias, der ohne Atmung im Wasser hing, sollte ihm aber für immer im Kopf bleiben und in unregelmäßigen Abständen alptraumartig auftauchen. Zumal es sein letztes Erlebnis als Tauchlehrer hier in El Quseir war, stand doch morgen der Rückflug nach Deutschland an.

Klaus-Dieter erwachte mit Schmerzen im Nacken. War er doch, wie so oft, mitten in der Nacht neben seinem Notebook eingeschlafen. Träge richtete er sich auf und sah auf die Uhr. Zehn nach drei. Manchmal beschlichen ihn Zweifel, ob er sein angestrebtes Entwicklungsziel erreichen würde. Wie viele Stunden musste er sich noch mit seinem Chatbot beschäftigen, um diesem das selbständige Lernen beizubringen? Alleine seine Entwicklung mit Hilfe von Google Tensorflow hatte Monate gedauert. Gerne hätte er Wolfgang mit schnelleren Ergebnissen überrascht. Er klappte sein Notebook zu und schleppte sich ins Schlafzimmer. Kurz vor dem Einschlafen fiel ihm ein, dass er Wolfgang morgen anlässlich seines Geburtstags anrufen musste.

2

Schon den Neandertalern, die vor 300.000 Jahren lebten, schreibt man eine differenzierte Vorsprache zu. Spätestens aber mit dem Auftritt des Homo Sapiens vor 40.000 Jahren sind die Grundlagen für die Vorläufer unserer heutigen Sprachfamilien gelegt worden. Indoeuropäische Sprachfamilie, germanische Sprachen und mit der zweiten Lautverschiebung vor 1.500 Jahren schließlich das Althochdeutsche. Eine beeindruckende Entwicklung.

Das fand auch Hans. Und was war draus geworden? Soeben hatte er erfahren müssen, dass man in dem ehemaligen römischen Heereslager, in dem er sich befand, etwas hebte, wenn man es halten sollte und etwas lupfte, wenn es gehoben wurde. Da Zwetschgadatschi (Pflaumenkuchen) auch hier als regionale Spezialität galt, bezeichneten die Einwohner sich selbst gerne als Datschiburger. Nicht auszudenken, die Niederrheiner hätten sich im Rausche des selbstironischen Humors Prummetaatländer genannt. Noch seltsamer war die Angewohnheit, sich der Zustimmung seines Gesprächspartners am Ende eines Satzes mit „woisch?" zu versichern, was Hans zunächst mal ins englische „you know?" übersetzte. So sprachen sie, die Augschburger oder zu Deutsch: Augsburger. Mit diesem phonetischen Stigma mutierte selbst Christus zu Chrischtus. Hatten Drusus und Tiberius, die beiden Stadtgründer schon 15 vor Christus ähnliche Probleme mit dem schwäbischen „Sch" ?

Hans wusste es nicht aber es hätte ihn wohl getröstet, wenn es so gewesen wäre. Wie war er nur in diese miese Situation geraten? Seine Entscheidung nach dem Studium erstmal als Tauchlehrer zu arbeiten hatte er nicht bereut. Aber hätte er nicht in seiner Heimat eine Anstellung an der Uni Duisburg-Essen finden können oder an der Hochschule Rhein-Waal? Hatte er aber nicht und nun war er eben hier. Nach dem ersten Kontakt im Sekretariat der Uni Augsburg wollte er das erste Mal sofort wieder abreisen, da er die Sekretärin aus genannten Gründen nicht verstand. Das zweite Mal war abends in der Gastwirtschaft, als er, in Unkenntnis hiesiger Marken und experimentierfreudig wie er war, ein heimisches Bier namens Kaninchenbräu bestellt hatte und feststellen musste, dass es in etwa so schmeckte, wie Brunnenwasser aus dem Sudan oder das, was hinten aus einem Kaninchen herausläuft, wenn es unter Blasenentzündung leidet.

Auf der anderen Seite hatte er es gar nicht so schlecht angetroffen. Sein Lehrauftrag an der Uni hatte im Kern mit der Verbreitung und Perzeption von Verschwörungstheorien und esoterischen Weltbildern zu tun. Das enthob ihn der Notwendigkeit, Berge seriöser Literatur zu studieren, da es keine gab. Die Verfasser der einschlägigen Werke argumentierten alle nach dem gleichen Muster: wer der diskutierten Verschwörungstheorie oder esoterischen Einsicht nicht folgt und stattdessen wissenschaftliche Standardmethoden anwendet ist naiv, wenn nicht gar böswillig.

Und so konnte sich Hans der unterhaltsamen Seite des Themas widmen. Dass Elvis von Außerirdischen entführt worden war und die Amerikaner den Mond nie betreten hatten, hatte er bereits gewusst. Aber nun war er gezwungen worden herauszufinden, dass Wasser auf Musik reagiert, die Industrie Menschen ermorden ließ, die magische Heilkräfte besitzen und die Chinesen den Klimawandel erfunden haben, um unserer Wirtschaft den Todesstoß zu versetzen - wie ja zuvor schon das Papier, den Kompass, das Schießpulver und Hundefleisch mit spitzen Pfefferschoten.

Hans überlegte, dass es am gewinnbringendsten sei, die Ausbreitung von Verschwörungstheorien direkt von Beginn an zu verfolgen, also angefangen beim Urheber. Da sich kaum jemand melden würde, der Hans anrief und sagte: ‚Hey, ich will gerade eine Verschwörungstheorie in die Welt setzen, willst Du den Schabernack nicht von Anfang an beobachten?', würde er wohl selbst aktiv werden müssen. Natürlich zu rein wissenschaftlichen Zwecken und ohne jede persönliche oder emotionale Beteiligung. Er hatte da auch schon eine Idee.

Aber jetzt galt es erstmal, gewissenhaft den Feierabend und das Wochenende zu planen, es war schließlich Freitagnachmittag. Und außerdem hatte sich sein Freund Hagen, den er schon fast ein Jahr nicht persönlich gesehen hatte, für einen Besuch angekündigt.

Hans setzte sich in seinen betagten und von teuren Kosmetikbehandlungen verschont gebliebenen Toyota Pickup und fuhr heim. Dort angekommen schloss er die Wohnungstür auf, verpasste ihr einen satten Tritt, damit sie aufging und betrat sein Domizil. Er bedauerte schon sehr, sein Häuschen in Orsoy am Niederrhein vermietet zu haben und selber in einer Mietwohnung zu leben, aber die Umstände ließen es nicht anders zu.

Hektisch verrichtete er einige Aufräumarbeiten, saugte Staub, beerdigte eine tote Maus und entsorgte in der Küche Lebensmittelreste, die sich im Laufe der Woche angesammelt hatten und sich mittlerweile aufgrund bestimmter Veränderungsprozesse in Farbe, Gestalt und Geruch stark von ihrem Ausgangszustand unterschieden.

So, noch eine Stunde bis Hagen kam, das Bier stand kalt, die marinierten Steaks ebenso, noch schnell ein rauchige Starkbiersauce angefertigt und der gemütliche Grillabend konnte beginnen.

Die spärliche Begrüßung zwischen Hagen und Hans hätten Beobachter glauben lassen, hier stünden sich zwei nicht ganz so gute Freunde gegenüber, war aber in ihrer frugalen Kargheit durchaus herzlich gemeint.

„Hey, wie iss' es?" fragte Hans, als Hagen endlich in der Tür stand.

„Jo, geht schon. Und dir?"

„Mhm, alles gut!"

Als die Grillkohle durchgeglüht war und zwei schöne Ribeyes auf dem Rost lagen, ein kühler Hopfentee den Gaumen angenehm kitzelte, löste sich die Stimmung zusehends und das Gespräch wurde etwas flüssiger.

„Bist Du jetzt eigentlich mit Ina zusammen oder lebt ihr immer noch eine Beziehung, die sich vor allem dadurch definiert, dass ihr nicht zusammen seid?" wollte Hagen wissen.

„Letzteres trifft es wohl am besten", meinte Hans. „Aber ich bin ganz glücklich damit. Du hast ja seit zwei Jahren auch deine Freiheit wieder und weist, wovon ich rede. Oder gibt es seit neuestem etwas, was ich noch nicht weiß?"

„Nein, ich bin immer noch und immer wieder gerne Single."

„Wie läuft es im Job?" wollte Hans wissen.

„Es plätschert so vor sich hin. Könnte besser sein, zumal ich nicht wirklich das Gefühl habe, etwas Sinnvolles zu tun. Ich bin jetzt ungefähr in der Mitte meiner Lebenszeit angekommen und sehe keinen meiner Jugendträume realisiert. Ganz schön desillusionierend, das Alles. Und bei Dir?"

„Geht mir ein bisschen ähnlich. Muss mich am Lehrstuhl mit jeder Menge hirnverbranntem Kram auseinander setzen".

„So, mit was denn genau?" fragte Hagen.

„Mit der Entstehung, Ausbreitung und Wahrnehmung von Verschwörungstheorien in moderner Zeit. Heißt dieses ganze abgedroschene Zeug wie die Protokolle der Weisen von Zion genauso wie moderne Fake-News im Internet. Aber ich hatte da gerade so eine Idee. Am besten ließe sich die Ausbreitung so einer Theorie doch beobachten, wenn man sie direkt von Anbeginn verfolgen kann, also vom Urheber bis zur ersten Weiterverbreitung."

„Mmh, das stimmt wohl", entgegnete Hagen.
„Aber sage jetzt bitte nicht, dass Du vorhast, von dem ich gerade denke, dass Du es vorhast".
„Doch, genau darum wollte ich Dich gerade bitten!"
„Na dann lass hören", antwortete Hagen mit einem amüsierten Grinsen, „aber vorher brauche ich dringend ein neues Bier".

3

67 Jahre sind eine ganz schön lange Zeit, dachte Wolfgang Schmitz, pensionierter Studienrat. Heute hatte er Geburtstag. Doch es war niemand anwesend, der ihm persönlich gratulierte. Schmitz war nie verheiratet und hatte weder Kinder, noch sonst lebende Verwandte. Das Verhältnis zu seinen Nachbarn beschränkte sich auf tägliches Grüßen beim Verlassen des Hauses. Richtige Freunde hatte er auch nicht. Eher Gleichgesinnte sehr unterschiedlichen Charakters, mit denen er auf schicksalhafte Weise verbunden war. Der eine oder andere würde sich sicherlich heute melden und ihm gratulieren.
Die Zeit, in der Schmitz selbst Gymnasiast war, war eine komplett andere gewesen, dachte er. Humanistisches Gymnasium. Latein, Griechisch, selbst Hebräisch hatte er gelernt. Darauf fußend hatte er sich einige moderne romanische Sprachen autodidaktisch beigebracht, ebenso wie Englisch. Der Geschichtsunterricht, den er damals bei

seinem alten Lehrer Dr. von Stahlhagel genossen hatte war von erlesener Qualität gewesen. Auf wichtige Themen beschränkt, mit außerordentlich faktenreichen Details geschmückt und in druckreifen Sätzen vorgetragen. Nichts im Vergleich zu dem wirren Gestammel, was speziell jüngere Kollegen in den letzten Jahren seiner Lehrtätigkeit von sich gegeben hatten. Von der seltsam anmutenden Themenauswahl und Schwerpunktsetzung in den Lehrplänen ganz zu schweigen. Wie auch immer, der Unterricht seiner eigenen Schulzeit hatte dazu geführt, dass das Fach Geschichte neben den Sprachen zu seinem Steckenpferd geworden war.

Und wie die meisten Hobbyhistoriker hatte auch Schmitz ein Spezialgebiet. Er wollte wissen, woher er stammte, ethnisch gesehen. Nach ein bisschen Ahnenforschung wurde klar, dass die weibliche Linie seiner Vorfahren sich schnell im Dunkeln verlor. Väterlicherseits kam er immerhin bis ins ausgehende 18. Jahrhundert. Was davor war, blieb unklar. Aber immerhin wusste er, dass seine männlichen Ahnen seit dieser Zeit allesamt vom Niederrhein stammten, genauer gesagt aus Kalkar und Umgebung.

Doch diese Erkenntnis hatte seine Neugier kaum befriedigt, zumal die Linie nicht weiter zurückverfolgt werden konnte. Schmitz hatte sich also auf historische Fakten verlegt und die Herkunft der germanischen Völker erkundet, die am Niederrhein gesiedelt hatten.

Da waren zunächst die Cugerner aus dem Stamm der Sugambrer, die am linken Niederrhein ansässig waren. Diese waren jedoch von Tiberius um die Zeitenwende zwangsumgesiedelt worden.

Die niederrheinische Vorbevölkerung bestand aus Menapiern und Sunukern. Die Menapier waren ein keltisch-germanisches Mischvolk im belgischen Gallien, das um 52 v. Chr. von den Römern unter Caesar im Gallischen Krieg unterworfen wurde. Sie bewohnten die sumpfigen und waldreichen Tiefebenen von Gent im Westen bis Emmerich im Osten.

Der Name Menapier bedeutet so viel wie Bewohner des Sumpf- und Wasserlandes. Ihr Hauptort befand sich zunächst im heute französischen Cassel und später dann im heute belgischen Tournaix. Doch nach den Quellen, hauptsächlich Caesars Gallischer Krieg und der Corpus Inscriptorum Latinarum, waren es die frühesten, nachweisbaren Vorfahren der Niederrheiner.

Dieser Umstand inspirierte Schmitz außerordentlich. Dort waren sie also, seine ersten Wurzeln. Wie hatte dieses Volk gelebt? Woran hatten Sie geglaubt? Welche Werte besaßen sie?

Er hatte herausgefunden, dass die Menapier sesshaft waren und von Ackerbau und Viehzucht lebten.

Sie siedelten nicht in zusammenhängenden Dörfern, sondern in zur Hälfte in die Erde eingegrabene Einsiedlerhöfe, die sie als Schutz gegen Hochwasser auf Sand- oder Lehmrücken erbauten, nur knapp oberhalb des sie umgebenden Wasserspiegels. Diese Erhebungen hießen Donken, was sich als Namensbestandteil zum Beispiel in Orten wie Wachtendonk oder Hülsdonk erhalten hatte.

Nur wenig romanisiert und trotzig ihre Unabhängigkeit verteidigend, hatte sich ihr keltisch-germanisches Kulturgut weitgehend erhalten.

Sie hatten offenbar Salz und ihren Schinken exportiert, dessen Ruf bis Rom reichte.

Als Heiden verehrten sie unter anderem eine Schutzgöttin, die Heel genannt wurde. Sie war eine gütige Gottheit, die Beschützerin des häuslichen Herdes und ließ heilende Kräuter wachsen. An einsamen Orten mitten im Wald, vor allem an Quellen, wurde sie verehrt. Ob das deutsche Wort *heilen* auf sie zurückgeht, konnten die Etymologen wohl nicht eindeutig belegen.

Zu ihrem kriegerischen Stolz passend, huldigten sie einer anderen Göttin, Vagdavercustis, Göttin des Kampfes und des Krieges.

Am Kalkarberg zwischen Kleve und Kalkar wurde ein Tempel gefunden, der ihr geweiht war. Archäologisch Funde wiesen darauf hin, dass römische Soldaten sie nach der Eroberung des Gebietes der Menapier ebenfalls verehrten.

Nach der Zwangsumsiedlung der Cugerner auf linksrheinisches Gebiet waren die Menapier nach Westen verdrängt worden, Reste ihres Volkes gingen in den Cugernern und im Frühmittelalter schließlich in rheinfränkischen Stämmen auf. Und noch später, mit der Christianisierung, waren nach und nach die meisten kulturellen Wurzeln von ihm, Schmitz, verloren gegangen. Die Fällung der Donareiche als Symbol seiner eigenen Entwurzelung. Das heranbrechende Mittelalter: Theozentrismus und kollektive Debilisierung. Kulturelle Gleichschaltung der Völker von Sizilien bis zum Nordkap, von Finisterre bis zum Ural.

Schmitz war in Gedanken tief in eine ferne Zeit geglitten und zuckte überrascht zusammen, als das Telefon klingelte.

„Schmitz!"

„Sei gegrüßt, Wolfgang! Und herzlichen Glückwunsch zu deinem Geburtstag!".

Es war die Stimme von Klaus-Dieter Müller, einem Gleichgesinnten.

„Das ist sehr lieb von dir, dass du an mich gedacht hast", entgegnete Schmitz.

„Wie geht es dir an deinem Ehrentag?"

„Um ehrlich zu sein, wie jedes Jahr. Ich sitze in meiner Wohnung, schaue auf den deutschen Schicksalsstrom und wundere mich, dass ich schon so alt bin."

„Du übertreibst, Wolfgang. 67 ist doch nicht alt."

„Älter als 50 auf jeden Fall", antwortete Schmitz in Anspielung auf Müllers Alter. „Und mit jedem Jahr, was dazu kommt, fehlt mir eins, um die Sache voran zu treiben. Ich glaube, wir müssen unsere Strategie überdenken. Ich habe daher beschlossen, dass wir uns kommenden *Donarstag* zum Sonnenuntergang treffen. Die anderen sind bereits benachrichtigt und haben zugesagt.

„Ich habe verstanden. Dann sehen wir uns nächste Woche. Ich wünsche Dir noch einen schönen Geburtstag. Auf bald!" „Ja, auf bald."

Hagen kehrte mit dem frischen Bier zum Tisch zurück.

„Ich habe mir auf etlichen sozialen Medien einen neuen Account zugelegt", begann Hans. „Facebook, Twitter, YouTube, Instagram und WeChat. Die jeweilige Identität habe ich ziemlich unauffällig gestaltet und nur dem Zweck, an einem bestimmten Tag eine Theorie zu posten. Natürlich eine Verschwörungstheorie. Um mal etwas Besonderes zu tun, habe ich mich entschlossen, eine Metatheorie zu konstruieren. Sie soll einige der wichtigsten und bekanntesten Verschwörungstheorien miteinander verknüpfen. Und natürlich nahelegen, dass sie alle zutreffen."

„Wow, da hast Du Dir ja ganz schön was vorgenommen!" meinte Hagen. „Und was wäre mein Part dabei?" fragte er ängstlich.

„Hilf mir einfach beim Brainstorming", antwortete Hans.

„Mhm, lass mich mal überlegen. Aber hole doch erstmal das Essen vom Grill, ich habe einen Mordskohldampf."

Hans tat, worum er gebeten wurde und servierte die Steaks. Genüsslich kauend machten sie sich über die Stücke aus Chalerois-Rind her.

„Wie wär's mit: Trump ist in Wirklichkeit das Resultat eines missglückten Versuchs mit künstlicher Intelligenz?" meinte Hagen mampfend.

„Tja, könnte natürlich sein, aber als Grundlage für eine Verschwörungstheorie ist die Person Trump schon zu abgegriffen".

„Oder: Merkels gesetzeswidrige Entscheidung, die Grenzen zu öffnen, war eine Spätfolge der Pädophilie in der Kirche."

„Klingt mir fast schon zu bodenständig. Was hältst Du von: Der Glyphosat-Entscheidung von Schmid sind keine Bestechungsgelder vorausgegangen."

„Das ist nun wiederum allzu abwegig und an den Haaren herbei gezogen."

„Stimmt!" entgegnete Hans. „Vielleicht brauchen wir noch ein bisschen Inspiration. Ich beschaffe uns mal einen guten Korenwijn, als kleinen Verdauer."

Außerhalb der Niederlande kaum bekannt, war Hans ein Anhänger dieses veredelten Genevers, der erstaunlicherweise kaum nach Alkohol schmeckte.

„Gut!" war Hagens Kommentar dazu. „Schmeckt nicht wie die Brandbeschleuniger, die man in meiner Heimat früher so getrunken hat."

„Schon mal was vom erfundenen Mittelalter gehört?" fragte Hans.

„Ja klar. Irgend so ein Spinner hat behauptet, das dem Mittelalter knapp 300 Jahre nachträglich hinzugefügt wurden, die nie stattgefunden haben."

„Mal gesetzt, das stimmt…", begann Hans.

„Hey, jetzt hör aber mal auf. Wenn ich mich recht entsinne, ging es dabei um das siebte, achte und neunte Jahrhundert. Es hätte also Karl den Großen beispielsweise nie geben dürfen. Aber dafür, dass es ihn gegeben hat, ist die Beweislage durch Primär- und Sekundärquellen erdrückend."

„Das weiß ich. Aber erstens haben wissenschaftliche Beweise die Anhänger von Verschwörungstheorien noch nie interessiert und zweitens sind in unserer Zeit der alternativen Fakten harte Beweise ohnehin etwas aus der Mode gekommen. Sie sind nicht mehr sexy. Drittens geht es mir nicht darum, ob irgendetwas stimmt. Ich will etwas Neues erschaffen. Also, mal angenommen, das erfundene Mittelalter stimmt. Mit welchem anderen Scheinereignis könnte man das verknüpfen?"

Hagen nippte genießerisch an der ätherischen Flüssigkeit. „Nun, mit dem Bermudadreieck, der Psychokinese oder der Ermordung Kennedys."

„Letzteres klingt doch schon mal ganz gut. Wie also könnte das erfundene Mittelalter mittelbar oder unmittelbar Kennedys Tot verursacht haben?"

„Unmittelbar ist glaube ich, aufgrund der räumlichen und zeitlichen Distanzen ein bisschen schwierig. Aber Schritt für Schritt. Wie war das nochmal genau mit den erfundenen Jahrhunderten?"

„Warte, ich habe mir ein Lesezeichen gesetzt", antwortete Hans und nestelte ein bemerkenswert verkratztes und verschmutztes Smartphone hervor. „Auf das Jahr 614 ist ohne ein Jahr dazwischen 911 gefolgt. Otto der Dritte, und Papst Silvester der zweite haben die fehlenden Jahre erfunden, weil sie selber den Milleniumswechsel erleben wollten."

„Krasse Aktion. Und so völlig selbstlos. Aber ich kann beim besten Willen keine Verbindung in die USA des 20. Jahrhunderts erkennen."

„Ich auch nicht", meinte Hans leicht bedrückt. „Aber vielleicht gehen wir die Sache chronologisch mal aus der anderen Richtung an. Was könnte Kennedys Ermordung ausgelöst haben? Und wer war überhaupt der Mörder?"

„Lee Harvey Oswald war es ja bekanntlich nicht.

„Mhmm", machte Hans, „es wird jemand gewesen sein, der etwas gegen Kennedy's liberale Politik hatte. Jemand, der auf Rassendiskriminierung steht, vielleicht etwas gegen seine Ankündigung, die Menschheit erreiche bald den Mond.

Denn es war ja nicht die ganze Menschheit, sondern nur eine Nation. Das macht doch neidisch. Eine Nation gewinnt nicht nur den zweiten Weltkrieg…"

„Du wirst doch nicht…" versuchte Hagen zu unterbrechen.

„…sondern übernimmt dann auch noch die militärische, wirtschaftliche und technologische Vorherrschaft. Und um dem ganzen die Krone aufzusetzen, verbreitet diese Nation auf dem ganzen Erdball Kaugummi, unvölkische Kleidung…"

„Hans! Nein!! Aus!!!"

„…und Negermusik! Warte, ich google schnell was…hier, aus den Weekly World News 19. Juli 1994 in Canada: *Hitler, Kennedy, Elvis faked their death!* Ich hab's doch gewusst! Hitler und Kennedy haben sich getroffen. Und Hitler hat Kennedy aufgrund seiner politischen Absichten als mächtigsten Mann der Welt ermordet. Oder vielmehr durch die Mafia ermorden lassen."

„Hans, ich finde Du solltest keinen Korenwijn mehr trinken", sagte Hagen mit ernster Stimme. Allerdings musste er sich selber gegenüber einräumen, dass der Gedanke eines gewissen Charmes nicht entbehrte, war doch das Ausmaß an Absurdität einer Hypothese direkt proportional zu deren Anerkennung bei Verschwörungstheoretikern. Also beteiligte Hagen sich an den Gedanken mit einem logischen Einwand: „Aber laut dem Artikel haben doch alle drei ihren Tod vorgetäuscht. Und Du nimmst Kennedy jetzt einfach raus und behauptest, sein Tod sei real aber durch

Hitler verursacht. Und wo bleibt überhaupt Elvis in der Geschichte?"

„Mhm, warte, was fällt mir denn dazu ein? Ähm, ah, ich hab's: Elvis war für viele seiner Fans ein fast schon gottgleiches Idol. The King. Und der größte Verbreiter von Negermusik…"

„Sag nicht immer Negermusik, das nervt!"

„Ist ja schon gut, Du weist, was ich meine. Ich werde auch nie wieder Führerschein sagen. Der Artikel irrt also. Nur Hitler hat seinen Tod vorgetäuscht und erst Kennedy und dann Elvis umbringen lassen. Als Repräsentanten der ihm so verhassten Popkultur."

„Ich habe auch was gefunden", sagte Hagen. „Lisa Marie Presley, Elvis Tochter, war Scientologin. Wenn sie es war, war es ihr alter Herr wahrscheinlich auch."

„Ja und weiter?"

„Die Scientologen glauben doch an Xemu, diesen außerirdischen Herrscher, der vor Jahrmillionen gelebt und die Geschicke der Menschen beeinflusst."

„Ja?" fragte Hans in ängstlich-genüsslicher Erwartung.

„Du erinnerst Dich an den Roswell-Zwischenfall 1947?"

„Warte, war das nicht diese angebliche Ufo-Landung mit gefakten Leichen von Außerirdischen?"

„Genau. Also das lief so: Xemu hat Abgesandte zur Erde geschickt, um endlich hier die Macht übernehmen zu können. Das hat er aber erst nach Ende des 1000-jährigen Reiches machen können. Die Aliens hatten dann bedauerlicherweise technische Probleme bei der Landung und wurden ausgenullt. Aber es gab ja immer noch Elvis, der die Macht auf Erden auf seine Weise übernehmen konnte. Also hat Hitler Elvis 1977 umbringen lassen. Da war er schon 88 Jahre alt, ich glaube nicht, dass er es selbst getan hat."

„Brillant!" entgegnete Hans. „Aber wie steht das in Zusammenhang mit Kennedy's Ermordung? Moment, klar doch! Wenn er die Morde nicht selbst verübt hat, wen hat er dann beauftragt? Natürlich die Mafia! Schau mal was ich bei Wiki gefunden habe:

1962 unterhielt Kennedy eine Liebesaffäre mit Judith Campbell, die während dieser Zeit auch mit den Gangstern Sam Giancana und John Roselli (Cosa Nostra) verkehrte."

„Puh, langsam wird's kompliziert."

„Nein, es ist doch bloß ein Kampf um die Weltherrschaft. Alle wollen ans Ruder, die Scientologen und Elvis als Nachfahren Xemus, Hitler, Kennedy und die Mafia."

„Stimmt, jetzt klingt's schon wieder richtig plausibel!" konterte Hagen. „Nur fehlen mir da noch die Juden. Du weißt schon, die wollen doch auch die Weltherrschaft. Die Protokolle der Weisen von Zion waren kein Fake, sondern echt."

„Genau. Und die beginnen damit, dass die Juden durch die Brunnenvergiftung die Pest der Jahre 1347–1350 ausgelöst haben. Sie haben es selber zugegeben. Hör mal, was Wiki dazu schreibt:

Am Genfersee wurden vom 15. September bis 18. Oktober 1348 die ersten Juden festgenommen und gefoltert, bis ein jüdischer Arzt den Verdacht einer großangelegten Verschwörung aller Juden zur Vernichtung der Christenheit bestätigte."

„Hans?"

„Ja?"

„Das ist genial, bitte trink noch einen Korenwijn!"

„Mache ich. Und Du bekommst auch noch einen."

„Dieser jüdische Arzt, ein gewisser Bonanno", fuhr Hagen nach dem Zuprosten und einer erneuten Runde Googelns fort, „war Enkel des sizilianisch-jüdischen Arztes Bonanno, der während der sizilianischen Vesper in die Schweiz geflohen war."

„Sizilianische Vesper?" fragte Hans.

„Der Beginn der Cosa Nostra in Sizilien. Ein Aufstand der Bevölkerung gegen das französische Haus Anjou. Während des gewalttätigen Aufstands sorgte sich zur Vesperstunde des Ostermontags 1282 eine Mutter um ihre in die Tumulte geratene Tochter und rief: „Ma – ffia, ma – ffia!" (Meine Tochter, meine Tochter!) Das entwickelte sich später zum Schlachtruf und Auftakt, zum Inbegriff des Widerstandes für die ehrenwehrte Familie."

„Wow", machte Hans, „klingt nicht übel. Lass uns mal schauen, wieso das Haus Anjou Besitz von Sizilien ergriffen hat."

Hans suchte längere Zeit im Netz und fand schließlich einen passenden Eintrag.

„Hier: *Papst Urban IV., der einen Machtkampf gegen die Staufer führte, bewegte König Ludwig IX. dazu, Karl von Anjou sein Einverständnis zu einem Feldzug nach Sizilien zu geben, da er Man-*

fred den Staufer nicht auf seine Seite ziehen kann. Nach erfogreicher Schlacht wird er von Papst Clemens IV. zum König von Sizilien gekrönt."

„Mensch, mir fällt gerade was ein!", rief Hagen.

„Urban IV., das war doch derselbe Typ, der dem aus dem Venusberg zurückgekehrten Tannhäuser die Absolution verweigerte und sich darüber mit den Staufern verwarf. Außerdem fiel die für Tannhäuser vorgesehene Verdammnis auf ihn zurück."

„Und ich habe noch was gefunden", feixte Hans.

„Silvester II. hat sich mit Magie beschäftigt und ist mit dem Teufel im Bunde gewesen. Der Teufel überlässt Silvester Erkenntnisse in Mathematik, dafür wird Thannhäuser 13 Gegenpäpste später 1260 in die Venusfalle am Venusberg gelockt und der dann amtierende Papst unterliegt einem schweren Irrtum. Das war der legendenhafte Preis für den Teufelspakt!"

„Legendenhaft?"

„Nein, es stimmt natürlich!"

„Ja nee, is klar."

„Sieh doch, da ist sie endlich, die Verbindung. Silvester II. hat seine Rechenkünste nicht während seines Aufenthalts in al-Andalus in Córdoba und Sevilla gelernt. Er musste sich mit dem Teufel einlassen, als Preis für die Hilfe bei der Erfindung der überzähligen Jahrhunderte", trumpfte Hans auf.

„Geil! Also hat das erfundene Mittelalter über Umwege zur Bildung der Mafia geführt, die als Handlanger Hitlers Kennedy und Elvis ermordeten und so im Machtkampf gegen die Aliens Xe-

mus einen Meilenstein setzen", resümierte Hagen.
„Meinst Du, das ist konkurrenzfähig im Netz?"
„Absolut, das ist grandios, richtig sexy. Ich bin mir sicher, auf diese Enthüllung haben viele Menschen gewartet! Komm, wir trinken noch einen Korenwijn, dann wirst Du auch sicherer."

4

Hassan al Baris hatte einen anderen Nachnamen im Pass stehen. Doch jeder seiner arabischen Bekannten und Freunde nannten ihn nach seinem langjährigen Aufenthaltsort in Frankreichs Hauptstadt. Er hatte schon hier studiert. Seine ägyptische Familie war mit zahlreichen Gütern gesegnet und hatte ihn zur Ausbildung hier hin geschickt, wo er an den diversen Pariser Universitäten Ökonomie studiert hatte. Offiziell. Ohne das Wissen seiner traditionsbefangenen Familie schloss er noch in Geschichte, Philosophie und Sozialwissenschaften ab. Er hatte sich durch Sprachbarrieren gekämpft und voller Neugier, Entdeckergeist und unsäglichem Fleiß einen weiten Horizont humanistischer Bildung erschlossen. Profaner Bildung, wie seine Familie betont hätte.
Seit dem Tod seines Vaters vor einigen Jahren war er als ältester von drei Brüdern, die Schwestern zählten ja nicht, Familienoberhaupt. Damit blieben ihm Dinge wie Rechenschaft ablegen zu müssen erspart. Mit der Leitung der familieneigenen Phosphathandelsgesellschaft hatte er einen

amerikanischen Geschäftsführer beauftragt und ließ sich von diesem nur monatlich, quartalsweise und jährlich Reporten. Durch diesen erfreulichen Umstand konnte er einen großen Teil des Jahres in seiner geliebten Stadt verbringen und anders als viele andere Zuwanderer aus dem islamischen Umfeld war er wirklich frankophil, verehrte die Geschichte, Kultur, die Lebensweise und Speisen und Getränke der Franzosen.

Trotzdem war er nicht immer glücklich, wie sich die Dinge in seinem Leben entwickelt hatten. Er fühlte sich manchmal zerrissen, seine Herkunft, Familie, Traditionen, religiöse Erziehung, all das vermisste er gelegentlich, obwohl er es in einem lange andauernden Prozess nach und nach aus seinem Leben verbannt hatte. Es war unmöglich, nach diesen Werten und Normen zu leben, wenn man einmal die Freiheit aufgeklärten Denkens gekostet hatte. Außerdem war mit dem Bruch noch die felsenhafte Last einer schweren Sünde von ihm gefallen. Hassan war nämlich bisexuell und niemandem brauchte man zu erklären, was das in der muslimisch geprägten Kultur Ägyptens bedeutete.

Er war von seiner Wohnung in Montparnasse durch den Jardin du Luxembourg geschlendert, genoss die milde Luft des aufkeimenden Sommers und setzte sich ins Petit Journal, um einen Ricard zu trinken. Er goss Wasser aus einer Karaffe in die klare Flüssigkeit und beobachtete, wie diese sich augenblicklich milchig färbte. Entspannt nestelte er eine blonde Gitanes aus der zerknautschten Packung und beobachtete die vorbeiziehenden Passanten. Doch er nahm sie nicht wirklich war. Nach den ersten Schlucken seines Ricards weilten seine Gedanken woanders. Erst vor ein paar Tagen war in seiner alten Heimat wieder einmal ein Anschlag auf eine christliche Kirche verübt worden. Viele unschuldige Todesopfer. Frauen, Kinder. Die Anschläge hier, in seinem geliebten Paris. Bataclan, Stade de France, Charlie Hebdo…

Die Opfer: zur falschen Zeit am falschen Platz. Die Täter: Typen, die jede menschliche Empfindung abgelegt hatten, zugunsten einer gewaltverherrlichenden Ideologie, die sich anmaßte, die Deutungshoheit des Islam durch Laien an sich zu reißen. Dar es Salam, Haus des Friedens. Dass ich nicht lache, dachte Hassan bitter. Sicher gab es auch die andere Seite seiner ehemaligen Religion, die intellektuellen Gelehrten an der Al-Azhar Universität. Sie bemühten sich um eine sehr behutsame, neuzeitliche Exegese. Doch wurden perspektivlose Jugendliche in aller Welt eben nicht von diesen inspiriert, sondern von krassen Hasspredigern und debilen Extremisten. Letztlich hatte die Religion in seinem Land zu nicht viel Gutem geführt und wer weiß in welches Elend sie es noch hinabstürzen würde. Schließlich waren ja hauptsächlich die Armen und ungebildeten Rekrutierungsbasis der Deppen. Da war es gar nicht gut einem Volk zu Wohlstand und Bildung zu verhelfen.

Dabei hatte sein Land eine so großartige Vergangenheit. Dreieinhalb Jahrtausende hatten Pharaonen dieses Reich autark regiert. Eine Sprache und ein Alphabet geschaffen, Kunst und Architektur, eine Verwaltung aufgebaut, die Landwirtschaft systematisiert. Aber irgendwann um die Mitte des letzten vorchristlichen Jahrtausends kamen die Perser und errichteten eine Fremdherrschaft, dann Griechen, Römer, Araber, Türken, Engländer. Aus und vorbei. Keine einzigartige Kultur mehr. Arabisch-islamischer Einheitsbrei.

Dabei war es das alte, antike Ägypten aus dem seine Vorfahren kamen. Seine genetische Heimat. Seine Herkunft und verloren gegangene Identität. Aber was verloren gegangen war ließ sich ja vielleicht wieder finden.

Hassan trank seinen Ricard aus, legte das Geld auf den Tisch und schlenderte wieder zu seiner Wohnung. Er musste noch packen und wollte am Gare du Nord den Nachtzug nach Deutschland nehmen. Er war gespannt, was Wolfgang und die anderen zu berichten hatten.

Der befürchtete Kater war für Hagen und Hans am Samstagmorgen weitgehend ausgeblieben. Zu groß war die Euphorie über die bisher gewonnenen Geschichtskenntnisse.

„Ich würde heute gerne noch etwas unternehmen, bevor ich mich morgen an die Rückfahrt mache", sagte Hagen. „Du hast doch bestimmt eine Idee, was wir bei dem schönen Wetter anfangen können".

„Ja, klar. Du hast doch extra Dein Mountainbike mitgebracht. Lass uns eine Tour an den Fluss Lech machen. Da können wir eine Pause einlegen, in den Fluss springen und uns ordentlich abkühlen. Für abends kenne ich einen geilen Biergarten mit rustikaler schwäbisch-bayerischer

Küche. Krustenbraten, Zwiebelrostbraten und andere Schonkost. Dazu regionales Bier, keine zehn Kilometer von hier gebraut."

„Hört sich nach einem Plan an. Und wie sieht es mit Frühstück aus?"

„Mach doch schon mal Kaffee", antwortete Hans. „Ich gehe derweil zur Metzgerei an der Ecke und hole uns Leberkässemmeln."

„Und mittags gehen wir leer aus?", wollte Hagen wissen.

„Natürlich nicht. Für mittags habe ich einen Biergarten ausgespäht, der auf dem Weg liegt. Dort können wir Weißwurstfrühstück machen."

Zufrieden mit der angedrohten Kalorienorgie machte Hagen sich an der Kaffeemaschine zu schaffen.

Nach dem Frühstück radelten beide in sportlichem Tempo in Richtung Lech und erreichten diesen in der Nähe der ehemaligen Kanu-Olympiastrecke am Hochablaß. Dort hielten sie sich südlich stromaufwärts und folgten der alten Via Claudia Augusta bis zur Lechstaustufe 23, wo sie nach eineinhalb Stunden strammer Fahrt ziemlich verschwitzt ankamen. Unterhalb der Staustufe fand sich eine breite Kiesbank als Badestrand, an dem um diese Zeit aber noch nicht viele Menschen waren. Dankbar ließen sie sich in den schnellen, fast schon reißenden Fluss fallen, dessen Temperatur selbst um diese Jahreszeit eisig war. Nach wenigen Minuten verließen sie das erfrischende Nass.

„Wie machst Du jetzt eigentlich mit der Verbreitung Deiner Verschwörungstheorie weiter?"

„Wieso ich?" entgegnete Hans, genüsslich an seiner Gauloises qualmend.

„Du willst…"

„Dass Du mir hilfst. Wir fangen zeitgleich an, Bruchstücke unserer Theorie in Blogs und Beiträgen zu veröffentlichen. Schonend bringen wir einer wissbegierigen Öffentlichkeit Stück für Stück den wahren historischen Durchblick. Ich könnte es auch allein, aber gerade in der Anschubphase wäre es enorm hilfreich, wenn ich Unterstützung hätte."

„Mhm. Ich weiß nicht…"

„Wir sprechen uns über die Einzelthemen ab. Wir beginnen, sagen wir, mit was vertrautem, dem erfundenen Mittelalter. Dessen Wahrheitsgehalt ist unter Verschwörungstheoretikern Allgemeinplatz. Und dann Karl von Anjou und das Ende der Staufer?"

„Nein, das klingt zu nüchtern, richtig unsexy", entgegnete Hagen.

„Okay, dann verknüpfen wir eben das erfundene Mittelalter direkt mit der Entstehung der Mafia. Die Zwischenschritte schieben wir später ein".

Etwa sechs, sieben Meter von den beiden entfernt hatte sich ein dunkelhaariges Pärchen auf der Kiesbank niedergelassen. Gelegentlich trug der Wind Fetzen einer Unterhaltung zu Hans und seinem Begleiter, die diese nicht verstanden. Sie wussten anfänglich nicht einmal, um welche Sprache es sich handelte. Erst mit der Zeit erriet Hans durch die zahlreichen Umlaute, dass es sich um Ungarisch handeln könnte.

„Ja, das ist cool", antwortete Hagen. Wir können ja in den Beiträgen diskutieren. Du stellst eine Hypothese auf, die ich zu widerlegen versuche, wobei Du mich natürlich am Ende überzeugst. Beim nächsten Mal machen wir es dann umgekehrt."

Hans war froh, dass Hagen offensichtlich Blut geleckt hatte.

Bence und Reka Szabó, so hieß das Paar auf dem Badetuch nebenan, unterhielten sich intensiv in ihrer Muttersprache. Zwar wären sie auch des Deutschen mächtig gewesen, aber es war ihnen ganz recht, wenn diese Unterhaltung nicht jeder mitbekam. Sie taten nichts Ungesetzliches, sprachen nichtmals darüber. Sie wollten nur ihre Privatsphäre.

Sie waren in ihrem Urlaub an einen der wichtigsten und symbolträchtigsten Orte der ungarischen Geschichte gepilgert, dem Lechfeld. Hier, womöglich sogar genau hier, auf einer der zahllosen Kiesbänke des Flusses, hatte vor mehr als tausend Jahren die Schlacht auf dem Lechfeld stattgefunden. Dass ihre Vorfahren die Schlacht trotz zahlenmäßiger Überlegenheit verloren hatten, übrigens an einem drückend heißen Augusttag wie heute, war nicht Grund ihrer Betrübnis. Schließlich wurde hier nur einer Expansion Einhalt geboten, die das Reich der Magyaren ohnehin schon strategisch überdehnt hatte. Nein, es waren vielmehr die Folgen auf ungarischer Seite, die sie bedauerten.

Der alte Stand der Reiterkrieger wurde entmachtet, Großfürst Geza ließ sich taufen und etablierte mit seinem Sohn Stephan I. endgültig das Christentum in Ungarn.

Dieser Umstand war es, dessen das Ehepaar Szabó hier gedachte. Aber nicht als Errungenschaft, sondern als Verlust. Wo war sie, die Identität ihrer Ahnen? Was war aus diesem kriegerischen, wilden und stolzen Reitervolk aus den Steppen Asiens geworden? Mit der Sesshaftwerdung und Vermischung mit slawischen Bevölkerungsteilen, mit der alles erdrückenden Allmacht der römischen Kirche waren sie ihrer wahren Wurzeln beraubt worden. Kulturell-religiöser Bestandteil einer mitteleuropäischen Einheitsmasse.

„Gute Idee", meinte Hans. „Wenn Du einverstanden bist, würde ich nächste Woche mit einem Post auf Facebook beginnen. Ich schicke Dir dann den Link und meine neue Identität."

„Abgemacht. Jetzt werde ich selber langsam neugierig, ob sich unser Konstrukt ausbreitet und wenn ja, wie schnell".

„Lass uns weiterfahren", sagte Hans. „Auf uns warten Weißwürste, Brezel, süßer Senf und ein Weißbier".

Hans wurde das Gefühl nicht los, dass Hagen beim Aufbruch etwas hektisch war.

5

William T. Henry hatte einmal anders geheißen, aber das spielte jetzt keine Rolle mehr. Genauso wenig, wie er es bewerkstelligt hatte, Sozialversicherungsausweis und Pass mit diesem Namen zu beschaffen. Er verfolgte keine kriminellen Absichten mit diesem Manöver. Es ging ihm lediglich um den symbolischen Wert dieses Namens. Im 18./19. Jahrhundert hatte es einen William Henry gegeben, dessen eigentlicher Name Gelelemend gewesen war. Und dieser war Häuptling der Munsee, einem Stamm der Lenape Indianer, und Anführer des Turtle-Klans. Daher das ‚Mid-Initial‘.

Der Häuptling hatte sich taufen lassen und zahlreiche andere Mitglieder seines Stammes taten es ihm nach. Die getauften und dem Frieden verpflichteten Männer gingen dem Stamm als Krieger verloren, was der nachfolgenden Vertreibung aus ihrem Gebiet des heutigen New York Vorschub leistete. Sie wurden durch die europäischen Migranten nach Westen abgedrängt und später fast vollständig vernichtet.

In den Augen des modernen William war das Verrat. Aber er sah in der historischen Person vor seiner Taufe eine Leitfigur, die es eben hätte besser wissen müssen. Vielleicht konnte er, der neue William Henry, ja einen winzigen Beitrag zur Wiedergutmachung der an seinem Volk verübten Verbrechen beitragen.

Er war, wie so viele indigene Amerikaner, in ärmlichen Verhältnissen und an einem sozialen Brennpunkt der East Bronx aufgewachsen. Seine spätere Verwicklung in einen Teufelskreis aus Armut, Drogen und Kriminalität schien denn auch schon so gut wie vorgezeichnet, hätte nicht ein aufmerksamer Lehrer entdeckt, dass in ihm außergewöhnliche Fähigkeiten schlummerten. Er verfügte über ein sehr ausgeprägtes Verständnis für Logik und ein gewaltiges Abstraktionsvermögen. Dieser Lehrer verschaffte ihm schließlich ein ‚need-based aid' Stipendium an der Columbia-University in New York. Hier hatte er nach dem obligatorischen Studium Generale seinen Master of Science abgelegt und arbeitete nun schon etliche Jahre hundert Kilometer außerhalb der Stadt New Yorks, bei IBM in Armonk.

William hatte eine anstrengende Woche als Hardwareentwickler hinter sich. Das Projekt, an dem er arbeitete, war völliges Neuland gewesen und anfangs er hatte sich mit Bereichen der Physik auseinander setzen müssen, die er schon im Studium etwas absurd fand. Doch zugleich war es eine besondere Herausforderung, mit den Erkenntnissen von Planck, Heisenberg und Schrödinger die Computer der Zukunft ins Leben zu rufen. Es wäre nichts weniger als ein neues Zeitalter. Das Ende der binären Welt, Bits abgelöst durch Qbits. Kein einfaches ja oder nein mehr, sondern auch ein vielleicht. Er schlenderte gemütlich durch den Central Park, aß auf der Höhe Museum of Natural History einen Hot Dog und ließ sich am Lake gegenüber der Bow Bridge auf einer Bank nieder. Er genoss noch ein wenig die Kühle des Abends, die er nach dem schwülheißen Augusttag dringend benötigte. Dann brach er auf zu seinem Appartement. William musste noch packen und wollte früh zu Bett. Morgen ging sein Flug von Newark nach Deutschland.

Etliche tausend Kilometer östlich bereitete sich noch jemand auf seinen bevorstehenden Flug nach Deutschland vor. Ariel Levi stopfte gerade einige Kleidungsstücke in seine Reisetasche und war sich unsicher, was das Wetter an seinem Reiseziel betraf. Laut Vorhersage sollte es heißer sein als hier in seiner Heimat Jericho. Unglaublich. Und was, wenn es doch plötzlich zu Ende war, mit den tropischen Temperaturen in Mitteleuropa? Ein paar warme Kleidungsstücke zur Sicherheit konnten nicht schaden. Er steckte noch zwei Sweatjacken ein und war bis auf den Kulturbeutel fertig. Dann setzte er sich raus auf den Balkon und beobachtete das Treiben auf der Medvedev Street.

Auch unsicher war er, was den Sinn und Erfolg seiner Reise anging. Er hatte anstrengende Arbeitswochen hinter sich und hätte eigentlich Erholungsurlaub gebraucht. Doch auf der anderen Seite konnte er sich auf Wolfgang verlassen und wusste, dass dieser nicht ohne wichtigen Grund ein Treffen ansetzen würde.

Ariel nahm noch eine Falafel mit Knoblauch zu sich, trank einen Schluck Shoko b'sakit und lehnte sich zurück.

Er liebte diese Stadt. Auch wenn sie nicht zu Israel gehörte, sondern zu den palästinensischen Autonomiegebieten. Sein Leben war sehr widersprüchlich und das bedrückte ihn oft. Er war entschiedener Verfechter einer friedlichen Koexistenz Israels und der Palästinenser. Gleichzeitig brachte es seine Tätigkeit beim Inlandsgeheimdienst Shin Bet manchmal mit sich, dass er feindselige Aktionen militanter Araber durch vorbeugende Maßnahmen unterband. Dabei gab es auch Kolateralschäden unter Unschuldigen. Er kannte keinen Weg zur endgültigen Befriedung beider Völker. Auch wusste er nicht, ob es ihn überhaupt gab. Aber eines war ihm klar. Eines der größten Hindernisse auf dem Weg zum Frieden stellte weder der reich-arm Unterschied, die Sprache, noch das Bildungsniveau dar. Nein, es war die Religion, die stets die verbissensten Antagonisten und die hartnäckigsten Torpedierer des Friedens hervorbrachte. Ultraorthodoxe Juden, sunnitische Hamas, schiitische Hisbollah, all jene, denen die verstaubten Worte längst vergangener Epochen wichtiger waren, als ein oder auch viele Menschenleben. Juden, die an die biblische Legitimation Groß-Israels glaubten. Araber die glaubten, Mohammed habe von Jerusalem seine Reise in den Himmel angetreten. Christen, die glaubten, Jesus sei hier gekreuzigt worden und wiederauferstanden. Könnte man nicht statt der Menschen elektronische Mönche anschaffen, Monkbots, die das alles glaubten, so wie in einem der Romane von Douglas Adams?

Was hatten die Religionen an Unglück über dieses gemarterte Land gebracht. Das war in prähistorischen Zeiten deutlich einfacher gewesen. Vor zehn bis zwölf Tausend Jahren, als diese vermutlich älteste Stadt der Welt langsam entstand, hatte man an den Mondgott Jarich geglaubt, auf dessen Name der Name der Stadt zurückging. Das waren höchst wahrscheinlich glücklichere Zeiten, dachte

Ariel, kehrte zurück in seine klimatisierte Wohnung und legte sich schlafen.

Hans saß vor seinem Schreibtisch in der geisteswissenschaftlichen Fakultät der Uni und hatte den Telefonhörer abgenommen. Mit der anderen Hand tippte er eine Nummer in die Tastatur. Bevor es jedoch am anderen Ende läuten konnte, legte er wieder auf. Er schaute aus dem Fenster und dachte nach. Dann ergriff er den Hörer erneut, wählte die Nummer dieses Mal vollständig und wartete.

„Rung?" ertönte es aus dem Hörer.

„Guten Morgen Ina, hier ist Hans."

„Na das ist ja mal eine Überraschung! Was verschafft mir Deine unverdiente Aufmerksamkeit?"

„Ja, ich weiß, ich habe mich länger nicht gemeldet."

„Länger? Seit unserem letzten Kontakt sind zwei oder drei neue Smartphone-Generationen erschienen, zahlreiche Regierungen abgetreten und neue gewählt worden und sogar die Plattentektonik hat sich merklich verschoben! Und Du nennst das länger?"

„Hör mal, ich weiß, ich bin nicht besonders gut darin, soziale Kontakte zu pflegen. Genau deswegen rufe ich jetzt ja an und um einfach mal zu hören, wie es Dir so geht."

„Mir geht es bestens. Nach dem Aus unserer sogenannten Affäre, das muss so gegen Ende der letzten Eiszeit gewesen sein, habe ich jemanden kennengelernt, geheiratet, ein Haus gebaut, Kinder und Enkelkinder in die Welt gesetzt."

„Oh, mh, ach so, ja…"

„Überrascht? Keine Angst, war nur ein Scherz."

„Ach so", antwortete Hans, der eine erleichterte Modulation seiner Stimme verbergen wollte, aber nicht ganz konnte.

„Das mit den Enkelkindern jedenfalls. Der Rest stimmt."

„Oh, okay. Ja also dann herzlichen Glückwunsch dazu."

„Hans? Wieso rufst Du an? Hast Du niemanden für's Bett?"

„Jetzt fang nicht schon wieder damit an. Du weißt, dass das bei uns nie im Vordergrund stand."

„Stimmt.", gab Ina spitz zurück. „Und das einzige Mal, als es im Vordergrund stand, ist es dann ja auch gleich schief gelaufen. Man sollte einfach mit guten Freunden nicht intim werden. Also, was willst Du?"

„Ich hätte gerne Deine Hilfe. Es geht da um so eine Sache, die ich gerade in einigen sozialen Netzwerken durchziehe."

Hans erklärte Ina nach und nach seine Forschungsaufgabe und den damit zusammenhängenden Plan.

„Das hört sich so bescheuert an, wenn man Dich kennt, weiß man sofort, dass sowas nur von Dir stammen kann", kommentierte Ina seine Ausführungen.

„Also gefällt's Dir?"

„Ich finde die Idee spannend WEIL sie so absurd ist und OBWOHL sie von Dir stammt."

„Und, magst Du mir helfen?"

„Ruf mich morgen nochmal an", meinte Ina seufzend, „ich lasse es mir nochmal durch den Kopf gehen."

„Super, dass Du nicht sofort abgelehnt hast. Also, schönen Abend Dir!"

„Dir auch."

Hans hatte ein zwiespältiges Gefühl. Auf der einen Seite war er erleichtert, dass er das, was er hatte von Ina bekommen wollte, wahrscheinlich bekommen würde. Auf der anderen Seite keimte doch tatsächlich so etwas wie Eifersucht in ihm auf. Und das wegen einer Frau, die er Ewigkeiten total links liegen gelassen hatte. Erstaunlich, was das Konzept der Spermienkonkurrenz doch so in einem auslösen konnte.

Morgen würde es soweit sein. Wolfgang Schmitz verließ sein Haus am Hafendamm in Orsoy, einem pittoresken kleinen Ort am linken Niederrhein. Es war ein schwüler und heißer Abend und die Sonne war vor einer Stunde untergegangen. Er stieg in seinen alten Mercedes 230 und fuhr Richtung Budberg. Dort angekommen ließ er den Wagen auf dem Parkplatz des Freibad-Schwimmvereins stehen und betrat über den Nachteinstieg das Gelände. Von irgendwo vernahm er vergnügte Stimmen und Wasserplanschen. Es war in solchen Nächten nicht ungewöhnlich, dass Badende noch nach Einbruch der Dunkelheit hier her kamen. Ihm begegnete aber niemand direkt. So gelangte er ungesehen in den hintersten Winkel des Bades. Hinter Brombeerbüschen hatte der hohe Stacheldrahtzaun, den das Gelände umgab, hier ein Loch. Wolfgang, der eine reißfeste Weste zum Schutz vor den Dornen trug, schlüpfte hindurch. Auf der rückwärtigen Seite des Freibads lief er eine alte Kiesstraße entlang und wendete sich nach einigen hundert Metern nach links. Er kannte diesen Weg wie aus seiner Westentasche und fand so selbst im Dunkeln durch das dichte Gehölz den Weg zu seinem Ziel. Die Dunkelheit barg allerlei Tiere, deren Geräusche er deutlich vernahm. Zweige knackten unter seinen Füßen. Er schnappte einen intensiven Geruch nach Verwesung auf und hielt kurz inne. Manchmal fühlte sogar er sich, der sich für furchtlos hielt, hier ein wenig beklommen. Nach fünf Minuten zeichnete sich in der Dunkelheit absolute Schwärze ab. Er war angekommen. Er befand sich nun auf der Rückseite des Schloss Wolfskuhlen.

Das Schloss, im 13. Jahrhundert erbaut, war ehemaliger Rittersitz und hatte eine wechselvolle Geschichte durchlebt. Irgendwann war es als Kinderheim genutzt worden und angeblich waren dort unvorstellbare Grausamkeiten begangen worden. So kursierten Gerüchte um eingemauerte Kinder und kindlichen Klagelauten vom angrenzenden Friedhof. Immer wieder gab es Berichte von Spukerscheinungen. Anfang der neunziger Jahre des letzten Jahrhunderts war es abgebrannt, so dass nur noch die Ruinen des ehemaligen Herrenhauses vorhanden waren. Im Inneren sammelten sich Müll, Graffiti und die Reste schwarzer Messen. Pflanzentriebe trachteten danach, einen Mantel des Vergessens um diesen Ort zu legen und die bebaute Fläche der Natur zurück zu geben. Doch das Gebäude barg noch ein Geheimnis, von dem vermutlich nur Wolfgang wusste und das er sich zunutze machte: es besaß einen Kellerraum. Dieser war nur über eine etwa vierzig Meter abseits gelegene Bodenklappe und einen unterirdischen Gang erreichbar.

Wolfgang harrte einige Minuten in der Nähe der Klappe aus. Als er sicher sein konnte, alleine zu sein, schob er Laub und Reisig beiseite und öffnete das von ihm angebrachte Vorhängeschloss. Die Klappe gab keinen Laut von sich, da er sie schon zuvor mit Caramba behandelt hatte. Er schaltete seine Stirnlampe ein, schloss die Klappe über seinem Kopf und betrat den finsteren Gang. Am Ende des Gangs befand sich eine uralte, schwere Eichenholztür, die er behutsam aufschloss.

Der Raum hinter der Türe war, wie er ihn verlassen hatte. In der Mitte befand sich ein großer, alter Bauerntisch aus schwarzem Eichenholz und darum sechs Stühle derselben Machart. An den massiven, steinernen Wänden waren Kerzenhalter angebracht. An der Stirnseite des Raumes hatte er eine Figur zur Verehrung der Göttin Vagdavercustis aufgestellt. Daneben stand eine kleine Truhe mit keltisch-germanischen Devotionalien. Wolfgang entzündete zwei Kerzen an einem der Halter und setzte sich.

Dieses sagenumwobene Gemäuer hatte seine Neugier schon in Jugendjahren geweckt. Er hatte alles an Legenden aus alter und neuerer Zeit, historischen Quellen in Form von Texten und Zeichnungen zusammengetragen und studiert. Hatte Kirchenbücher und Stadtarchive ebenso durchforstet wie die umliegenden Katasterämter. Nach und nach hatte er sich ein Bild von der Geschichte, insbesondere auch der Baugeschichte des Anwesens gemacht und war irgendwann zu dem Schluss gelangt, dass es mindestens noch einen Raum geben musste, der in keinem Grundriss verzeichnet war. An einem eiskalten und windigen Sonntagmorgen im Februar, als kein Mensch unterwegs war, hatte er die rückwärtige Fläche hinter der Ruine mit einem Bodenradargerät abgesucht und war prompt fündig geworden.

Wolfgang stand auf und untersuchte den Reinigungszustand des Raums. Hier entfernte er einige Spinnweben, dort etwas Staub. Er kam nur selten hierher, schon aus Angst entdeckt zu werden. Und er trachtete nicht danach, sein Geheimnis an die Öffentlichkeit zu bringen. Es war sein privater Rückzugsort der besonderen Art. Nur morgen würde er ausnahmsweise einmal Gäste hierher bringen. Erlesene Gäste. Warum ausgerechnet hier hin und nirgendwo anders, hätte er nicht so ohne weiteres beantworten können. Wahrscheinlich war es sein Sinn für Dramatik und Romantik, die ihn die Zusammenkunft hierhin hatte legen lassen.

„Glück, dass Du mich erreichst", keuchte Ina außer Atem ins Telefon. „Ich bin gerade erst zur Tür rein".

„Na, dann kann ich ja auch gleich mit der selbigen ins Haus fallen", antwortete Hans.

„Lass mich doch erstmal setzen. Also, ich werde Dir helfen. Aber vielleicht solltest Du mir das Ganze nochmal ausführlicher erklären. Bist Du eigentlich hin und wieder mal in Deiner alten Heimat?"

„Klar, relativ häufig sogar."

„Dann schau doch mal bei uns vorbei. Wir können in aller Ruhe drüber reden und Du kannst die Kinder und Horst kennen lernen."

„Die Kinder und wen?"

„Tue jetzt bloß nicht so, als ob Hans ein so hipp klingender Name wäre!"

„Natürlich nicht, aber Horst?"

„Hans?"

„Ja?"

„Ich möchte, dass Ihr Euch vertragt, wenn Du hier bist, ist das klar?"

„Ja."

„Ist das klar?"

„Du misstraust mir?"

„Diese Frage möchte ich nicht beantworten."

„Pass auf, ich habe heute meine letzte Semesterarbeit korrigiert. Ab morgen habe ich Lehrseitig also auch Semesterferien. Ich schmeiße gleich ein paar Sachen in meinen Pickup und komm für ein paar Tage an den Niederrhein. Ich brauche nur noch Hagen um Asyl bitten. Wir haben einen netten Kaffeeklatsch mit Deiner Familie, reden über mein Projekt und ich kann endlich mal wieder eine vernünftige Pommes Spezial mit einer richtigen Currywurst essen. Was hältst Du davon?"

„Also gut, solange Du nicht nur wegen der Currywurst kommst. Was ist denn so schlimm an den Currywürsten in Bayern"?

„Es sind Bockwürste mit Currysoße!"

„Okay, das ist grausam und erklärt alles. Wann sehen wir uns dann?"

„Übermorgen so gegen vier?"

„Abgemacht", stimmte Ina zu. „Bis übermorgen."

An diesem Abend hatte Klaus-Dieter einen Fortschritt erzielt. Sein Chatbot, den er in Ermangelung originellerer Namen ,ConBram' getauft hatte, war einen Schritt weiter.

Als Akronym für ,Counter Abrahamitic Religi-
ons', war er nur die Benutzeroberfläche eines
künstlichen neuronalen Netzwerks. Die in dem
Netzwerk verwendete, gleichnamige Software
war spezialisiert auf die latente semantische Ana-
lyse, also auf die sinnhafte Verarbeitung von Texten. Mit der Methode des Deep Learning hatte
Klaus-Dieter im Laufe der letzten drei Jahre
ConBram perfektioniert. Er war den mutigen
Weg gegangen. Während die meisten Experten
dem Konzept der schwachen KI den Vorzug gaben, hatte er von Anfang an auf die starke KI gesetzt. Bei der schwachen Form künstlicher Intelligenz ging es um konkrete Anwendungsproble-
me, bei ihrer starken Ausprägung um die best-
mögliche Simulation menschlichen Verhaltens.

Heute Abend hatte Klaus-Dieter erkannt, dass ein
entscheidender Fortschritt geglückt war: seine
Schöpfung konnte endlich Selbstgespräche führen. Ähnlich wie AlphaGo, eine Software, die
nach abermillionen Spielen gegen sich selbst den
amtierenden Go-Weltmeister geschlagen hatte,
hatte ConBram angefangen in Tausenden, ja Millionen von Dialogen mit sich selbst zu diskutieren. Seine Sprache war grammatikalisch korrekt
und sein Vokabular stetig angewachsen. Vor allem aber konnte die Software mittlerweile auf
eine riesige Datenbank zurückgreifen, beschaffte

sich selbst Informationen aus dem Internet und perfektionierte nach und nach die semantische Interpretation der Eingabe und die semantische Qualität der Ausgabe.

Es fehlt nur noch ein winziger Bruchstein, dachte Klaus-Dieter, dann würde ConBram den Turing-Test bestehen. Es wäre in den meisten Fällen nicht mehr möglich zu unterscheiden, ob man mit Mensch oder Maschine chattet.

Dabei waren die ersten Chatbots deprimierend dämlich gewesen. Einmal hatte er den Sprachassistenten eines berühmten Smartphone Herstellers ‚dämliche Trockenpflaume' genannt. Und war prompt gefragt worden: ‚Ich kenne keine dämliche Trockenpflaume. Soll ich im Internet danach suchen?'

Zufrieden schickte Klaus-Dieter mit einem Klatschen seiner Hände das Tablet in den Schlaf und begab sich selber ebenfalls dorthin.

6

Das Getuschel und Gemurmel der Personen, die um den alten Eichenholztisch Platz genommen hatten, begann nachzulassen.

Wolfgang Schmitz stand als Einziger, den Rücken gerade und die Brust rausgestellt, wirkte er haltungsstark und geradezu würdevoll. Der Schein der flackernden Kerzen verlieh den markanten Furchen seines Gesichts zusätzliche Dramatik. Er räusperte sich kurz und begrüßte die Anwesenden, genau wissend, dass sechs Augenpaare aufmerksam auf ihm ruhten.

„Meine Lieben Freunde, ich freue mich außerordentlich, dass wir heute Abend hier zusammenkommen. Einige hatten eine weite Anreise und Bedenken wegen der möglichen Auffälligkeit eines solchen Treffens. Ich akzeptiere die Einwände und versichere Euch, es wird auch künftig nur höchst selten dazu kommen. Wir bleiben weiterhin bei unserer verschlüsselten Kommunikation via Email und WhatsApp. Doch heute müssen wir uns mit einer Thematik befassen, die mir ein persönliches Zusammentreffen angeraten erscheinen ließ. Zudem ist es manchmal wichtig, die persönlichen Bindungen, die sich unter uns im Laufe der Zeit ergeben haben, zu pflegen und zu stärken. Ich bedanke mich für Euren Einsatz und die Mühen, die es Euch gekostet hat, nun hier zu sein.

Als erstes geht es um das Thema Sicherheit. Ariel, was hast Du uns zu berichten?" fragte er den Israeli und setzte sich in angemessenem Tempo wieder hin.

Ariel Levi erhob sich, blickte kurz in die Runde und meinte:

„Es gibt keine Auffälligkeiten. Unser Tun hat zumindest bei den westlichen Geheimdiensten keine Spuren hinterlassen."

„Beruhigend zu wissen", antwortete Wolfgang wohlwollend. „Hassan, wie läuft's bei Dir?"

„Wie befürchtet, haben meine und die Beiträge unserer Bots in der arabischen Welt zum Teil heftige Reaktionen ausgelöst. Beschimpfungen und Morddrohungen, der übliche Scheiß. Wir müssen aufpassen, dass wir nicht zu auffällig werden. Vor allem nicht, weil unseren Bots immer noch Fehler unterlaufen."

„Danke, Hassan. Das ist die passende Überleitung zum nächsten Thema. Klaus-Dieter, was gibt es neues?"

Klaus-Dieter Müller war im Gegensatz zu den anderen Anwesenden betont lässig, geradezu schlampig gekleidet. Außerdem gebrach es seiner Körperhaltung auffällig an Muskelspannung. Er hatte sich die ganze Zeit lethargisch auf seinem Stuhl gefläzt und mit halb geschlossenen Liedern zugehört. Nun aber, da er an der Reihe war, blitzte es in seinen Augen auf, er erhob sich und hatte folgendes zu berichten:

„ConBram kann endlich Selbstgespräche führen. Das ist ein entscheidender Fortschritt. Es hat angefangen, in Millionen von Dialogen mit sich selbst zu diskutieren. Seine Sprache ist grammatikalisch korrekt und sein Vokabular enorm. Es kann auf eine riesige Datenbank zurückgreifen und im Internet recherchieren. Die semantische Interpretation von Eingabe und Ausgabe ist beeindruckend."

Wolfgang nickte wohlwollend. „Soweit, so gut", meinte er anerkennend. „Aber wir haben ein Problem mit unserem ursprünglichen Zeitplan. Wenn wir im bisherigen Tempo weiter arbeiten, wird der Umbruch nicht bis 2033 gelingen. 2000 Jahre nach dem angeblichen Tod einer fiktiven Person. Es sei denn, es gibt vorher einen Punkt, an dem die linearen Fortschritte ins Exponentielle rutschen, ConBram die Deutungshoheit übernimmt und die technologische Singularität erlangt. Aber wie weit sind wir wirklich auf diesem Weg? Wie weit sind wir beim Turing-Test, Klaus-Dieter?"

„Bei den letzten Tests hat ConBram besser abgeschnitten als Google Duplex", antwortete der angesprochene lässig, aber nicht ohne Stolz.

„Ich gebe zu, das ist herausragend und danke Dir für Dein Engagement. Doch selbst, wenn die KI emotional, emphatisch und kreativ antworten kann, dauert es zu lange. Ich weiß Deine Arbeit sehr wohl zu würdigen, Klaus-Dieter. Und sie war nicht vergebens. Doch wir müssen unsere Strategie verändern. Das heißt nicht, dass wir das bisher erreichte über Bord werfen. Nein, wir werden es um einen noch sehr jungen aber umso vielversprechenderen Ansatz ergänzen. William?"

William T. Henry stand auf und blickte versonnen in die Runde, als suche er nach passenden Worten. Dann begann er zu reden.

Als er fertig war, senkte sich andächtiges, scheinbar minutenlanges Schweigen über den Raum. Williams kleiner Vortrag hatte die übrigen Anwesenden zutiefst beeindruckt. Als erste meldeten sich Bence und Reka Szabó wieder zu Wort.

„Das..., das klingt so unglaublich absurd, wenn ich in einem anderen Personenkreis säße", sagte Reka, „würde ich es für eine total abgedrehte Phantasterei halten. Wir wissen alle, dass Bence, Hassan und ich sozusagen Eure Sponsoren sind. Hier geht es um Unmengen an Geld. Um den Ausgaben auch nur ansatzweise zuzustimmen, brauchen wir dringend mehr Hintergrundinfos. Was meinst Du, Hassan?"

„Da gebe ich Dir unumwunden Recht!" antwortete der Angesprochene. „Und ich habe dazu auch schon eine Idee. Wenn Du wirklich so weit bist, wie Du sagst, William, warum überlässt Du uns nicht das Equipment und wir testen an uns selbst, wie gut es funktioniert?"

„Das habe ich mir auch schon überlegt," entgegnete William. „Ich kann es allerdings schlecht verschicken, das wäre viel zu riskant. Da müsstet Ihr schon zu mir kommen."

„Wären die anderen einverstanden, wenn Klaus-Dieter und ich diesen Part übernehmen? Klaus-Dieter als Fachmann und ich als Vertreter der Investoren?"

Nach kurzer Diskussion erfüllte zustimmendes Gemurmel den kleinen Saal.

„Ich benötige ohnehin deine Hilfe, Klaus-Dieter", sagte William schließlich. „Meine Programmierkenntnisse reichen nicht aus und wir brauchen da noch einen richtigen Durchbruch."

Wolfgang Schmitz erhob sich und öffnete eine sehr alt aussehende Flasche Wein, aus der er den Gästen in winzige Gläschen ausschenkte. „Château Pétrus Pomerol 1945 'mise château'. Ich denke das ist der Feierlichkeit zu Ehren dieser entscheidenden Wende in unserer Sache angemessen. Die Kosten dafür gehen übrigens nicht zulasten unseres Projekts", fügte er augenzwinkernd hinzu, „irgendjemand hat eine Kiste davon hier zurückgelassen".

Es gibt viele Arten, nachmittägliche Kaffeetafeln zu zelebrieren. Da gibt es gemütliche Omatafeln, die nach selbstgebackenem Kuchen und ein, zwei Gläschen Likör ins Lustige gleiten. Dann sind da riesige, familiäre sonntagsnachmittags Kaffees, die irgendwann nahtlos in ein frühes Abendessen übergehen. Oder lässige Rock-Events, auf denen man mit guten Freunden bei starkem Kaffee, Selbstgedrehten und ein paar Keksen einen launigen Ausflug durch vier Jahrzehnte Rockgeschichte unternimmt. Und dann gab es da diese eine, spezielle Art der Kaffeetafel, die Ina, Horst und Hans gerade zu erleben gezwungen waren.

Nach einer recht formalen Begrüßung tischte Ina einige Teilchen aus einer nahegelegenen Bäckerei auf, die nahezu göttlich schmeckten. Diese Bäckerei war schon seit Jahrzehnten von Hans hochgeschätzt, was Ina natürlich wusste. Dies hob Hans Stimmung augenblicklich und er geriet beinahe in einen emotionalen Höhenflug beim Anblick der Rosinenschnecken und Mohnstreusel. Das diese Traditionsbäckerei nach achtzig Jahren aufgrund von Nachwuchsproblemen demnächst schließen musste, war eine Nachricht, die Hans Höhenflug jäh beendete. Das andere Ereignis, dass ihn dann endgültig dem gefühlsmäßigen Abgrund näher brachte, war das Erscheinen von Horst im Türrahmen. Horst war in Hans Alter, hatte eine rundliche Figur und längeres, fettiges Haar. Für seine dioptrienstarke Brille konnte er sicher nichts, doch leider verstärkte diese den ironisch-überheblichen Ausdruck in Horsts Augen. Ein Viertagebart zierte das leicht aufgedunsene Gesicht. Der Designeranzug saß betont lässig und beschönigte einen Teil der ausladenden Bauchwölbung.

„Darf ich Euch vorstellen?" rief Ina fröhlich. „Hans, das ist Horst".

„Hallo" sagten beide und gaben einander die Hand. Hans hatte das Gefühl, in einen Quarkbeutel zu greifen und zog seine schnell wieder zurück.

Beim Kaffee ergab sich zunächst eine seichte Unterhaltung, die aber immer mehr von Horst an sich gezogen wurde. Er war, wie sich herausstellte, Strafverteidiger. Und nun gab er nicht nur seine rechtsphilosophischen Ansichten zum Besten, sondern unternahm auch ausgiebige Streifzüge in die Rechtsethik. Nach einem etwa zehnminütigen Vortrag über seine wichtige Rolle als Anwalt und Verteidiger entschwand Ina in die Küche und erledigte dringende Arbeiten. Hans war nun auf sich gestellt, fühlte sich ausgeliefert und verraten. Schließlich ging Horst dazu über, an konkreten Fallbeispielen aufzuzählen, wie er der Gerechtigkeit zum triumphalen Sieg verholfen hatte.

Da war zunächst der mehrfache Vergewaltiger, der aufgrund seiner schwierigen Jugend mit der Mindeststrafe davon gekommen war. An diesen hängte sich ein messerstechender Mörder, der nun wegen einer psychischen Störung behandelt wurde, anstatt eine Haftstrafe abzusitzen. Horst holte gerade zu einem dritten Beispiel aus, als er unterbrochen wurde:

„Was gibt es Dir, wenn krimineller Abschaum nicht einer halbwegs gerechten Strafe zugeführt wird? Holst Du Dir einen darauf runter?" wollte Hans wissen.

„Es ist nur legitim, beim Strafmaß mildernde Aspekte mit in die Waagschale zu werfen. Schließlich gilt hier nicht das Prinzip des Revanchismus. Und der politisch nicht korrekte Begriff ‚Abschaum' gehört nicht in eine juristische Debatte. Du…"

„Aha, Dir geht es also weder um Gerechtigkeit, noch um Rechtssicherheit, sondern um politische Korrektheit. Na, was kann man erwarten, wenn die Kinder der 68er Generation aus gesinnungstechnischen Gründen solche Funktionen ausüben dürfen. Von mir aus kannst Du an Deiner politischen Korrektheit und Deinem moralischen Überlegenheitsdünkel ersticken!"

Bevor Horst antworten konnte, kam Ina aus der Küche geschossen und rief lautstark: „Ich habe gesagt, Ihr sollt Euch benehmen wie erwachsene Menschen. Aber Ihr seid ja Männer, da ist das wohl einfach zu viel verlangt!"

Horst blickte verdattert und Hans verlegen zu Boden. Schließlich erhob sich Hans und meinte: „Sorry ist wohl besser, wenn ich jetzt gehe. Ich wollte Euren familiären Frieden nicht stören. Ohne sich von Horst zu verabschieden wendete er sich zur Wohnungstür. Dort angekommen sagte er Ina, die ihn hinausbegleitete, kurz Tschüss und raunte ihr zu: „Es tut mir leid, ich musste etwas sagen. Der ist nicht gut für Dich!"

„Es wäre schön, wenn Du dieses Urteil mir überlässt. Das war wirklich überflüssig. Ach ja und meine Mithilfe bei Deinem Projekt hat sich dadurch wohl auch erübrigt. Tschüss!"

Hans saß mit Hagen im Schwarzen Adler, so etwas wie ihre gemeinsame Stammkneipe, Rückzugsort, Erholungszone und strategische Planungsstätte.

Hagen nippte an seinem frisch gezapften Pils, schüttelte sachte den Kopf und kommentierte die jüngsten Ereignisse: „Es ist typisch für Dich, so die Kontrolle zu verlieren. Aber das weißt Du und trotzdem ist es Dir wieder passiert. Du bist in diesem Punkt einfach nicht lernfähig".

„Doch bin ich. Ich fahre jetzt wieder hin, bitte lieb um Entschuldigung und signalisiere Horst, dass er Recht hat, er ist ja schließlich Rechtsanwalt. Und dann schlage ich vor, psychisch kranke Schwerstverbrecher nicht mit einer nervigen Behandlung zur Last zu fallen, sondern mit erlebnispädagogischer Heilkunst wieder auf den Pfad der Tugend zu verhelfen. Sagen wir bei Mord und Vergewaltigung ein halbes Jahr Töpfern und Schnorcheln auf den Malediven. Natürlich mit allabendlicher Reflexionsrunde am Lagerfeuer, um die Ernsthaftigkeit dieses Weges zu unterstreichen."

„Ich gebe Dir ja Recht," antwortete Hagen. „Aber jetzt sind wir die Mithilfe Inas los und was Horst angeht, Gutmenschen im Endstadium kannst Du sowieso nicht helfen, geschweige denn von irgendetwas überzeugen. Sie sind ja aus ihrer Sicht im Besitz der moralisch höherwertigen Position, weshalb alle anderen Denkweisen im buchstäblichen Sinne indiskutabel sind. Verwerflich und böse."

„Lass uns von was anderem reden", sagte Hans. „Ich habe gestern Abend noch in einem Blog auf weltverschwoerung.org auf die Zusammenhänge zwischen dem erfundenen Mittelalter und der Entstehung der Mafia hingewiesen. Könntest Du was darauf antworten?"

„Mache ich doch glatt", meinte Hagen grinsend.

„Mal sehen, was mir dazu einfällt. Das Grobkonstrukt steht ja."

„Ach ja und noch etwas", fügte Hans hinzu. „Was machst Du nächsten Winter so im Februar? Meinst Du, Du kannst Urlaub nehmen?"

„Wahrscheinlich maximal eine Woche oder zehn Tage. Reicht das zum Töpfern auf den Malediven?"

„Ja, das reicht, aber nachdem Du jetzt endlich nennenswert mehr als fünfzig Tauchgänge beisammen hast, würde ich eher eine Tauchsafari dort vorschlagen."

„Klingt gut, Prost!"

„Prost!"

7

Horst Lipsch war in einem ganz besonderen Zeitkorridor und an einem exklusiven Ort zur Welt gekommen. Der Ort war als westliche Industrienation in der gemäßigten Klimazone definiert, der Zeitkorridor umfasst Jahrgänge, deren Kindheit und Jugend von einer ökonomisch und sozial stark abgesicherten Umgebung geprägt war. Auch die Generation seiner Eltern hatte schon davon profitiert. Sie wies dieses Privileg jedoch im

Rahmen der Studentenrevolten Ende der 60er Jahre brüsk zurück. Man wollte nicht einer gut situierten, bürgerlichen Mittelschicht angehören. Revolutionäre Ansichten, Antikapitalismus, Antiamerikanismus, Antisemitismus im Zuge der Solidarisierung mit den Palästinensern, Verbrüderung mit dem Sozialismus bis hin zur Verherrlichung von Hammer, Sichel und Kulturrevolution, waren bei etlichen Altersgenossen Horsts Eltern Gemeinplätze. Die Ablehnung der BRD als Rechtsnachfolger Nazideutschlands. Die volle Souveränität hatte die so gerne verunglimpfte Bananenrepublik von den Alliierten ebenso wenig zurück, wie die volle Verantwortung für sich selbst. Alles was nicht deutsch war, war gut. Über Spanien lacht die Sonne und über Deutschland die ganze Welt. Man wollte nicht Teil einer freiheitlich-demokratischen Grundordnung sein, die einem die Freiheit bot, dieselbe zu bekämpfen. Beiße ruhig in die Hand, die dich füttert, Herrchen ist zahnlos und beißt nicht zurück. Gleichzeitig Gelder der so gering geschätzten Gesellschaft in Form von Arbeitslosengeld oder Sozialhilfe in Anspruch zu nehmen, galt nicht als widersprüchlich. Das völkerrechtliche Manko des jungen Staates an Eigenverantwortung wirkte bis in die Sozialethik mancher seiner Bürger hinein.

Mit dem Wertewandel von sozialer Marktwirtschaft und Demokratie hin zu sozialistischen Idealen ging auch eine Erosion pädagogischer Werte einher. Mit zahlreichen antiautoritären Ansätzen wurde zwar nicht das Ziel verfolgt, Menschen ohne Eigenverantwortung zu erziehen, es wurde jedoch nolens volens allzu oft erreicht.

Horsts Eltern waren im Laufe der Jahre bürgerlicher geworden. Nach dem Studium Beamter, bzw. Beamtin, ein eigenes kleines Häuschen in der Innenstadt. Ein PKW, Urlaube im Ausland, kostspielige Nahrung vom Biohof und im ayurvedischen Restaurant.

In diesem Milieu nun war Horst groß geworden und hatte die nahezu kostenlose Schul- und Universitätsbildung eines Staates genossen, der seinen Bürgern vertikale Mobilität und soziale Sicherheit bietet.

Allerdings war auch in seinem Denken und Handeln das Motiv der Undankbarkeit stark ausgeprägt. Eine gewisse Grundabneigung gegen die eigene Herkunft, die heimatliche Kultur und den Staat, der ihn hatte gedeihen lassen, war ihm auf dem Wege der familiären Sozialisation quasi in die Wiege gelegt worden. Diese Tendenz hatte sich später, im universitären Umfeld, verstärkt. Insbesondere, als er sich zur Mitarbeit im allgemeinen Studentenausschuß AStA entschlossen hatte und dort auf Gesinnungsgenossen traf, gab es kein Halten mehr. Er trat einer Partei mit marxistisch-leninistischen Wurzeln bei, deren heimat- und kulturverneinender Internationalismus ihn genauso anzog, wie die Bevormundungstendenzen der sozialistischen Avantgarde gegenüber dem liberalen Bürgertum. Außerdem hatte er als Strafverteidiger die Möglichkeit, gegen die Staatsanwälte, also die Repräsentanten des Staates zu agieren.

Das hatte ihn eine ganze Weile befriedigt. Doch der Zusammenbruch des Sowjetsozialismus, der Verlust Kubas und das verzweifelte Machtklammern des dahinsiechenden Regimes in Nord-Korea hatten ihn zunehmend aufgewühlt. Sogar in China hatte der Kapitalismus unter einer nur noch nominal kommunistischen Führung die Oberhand gewonnen. Die Freunde, die er noch aus AStA-Zeiten kannte, hatten ganz ähnliche Probleme mit der mangelnden Prophezeiungskraft marxistischer Theorien. Mit ihnen traf er sich gelegentlich in der Kneipe oder zum Sport. Es war viel geredet und diskutiert worden, immer wieder dieselben Themen, wie schon zu alten Studienzeiten. Und irgendwann war jäh die Erkenntnis aufgetaucht, dass die Zeit des Redens nun an ihr Ende gelangt sei und es nunmehr angebracht wäre, zu handeln.

Einige Monate waren vergangen. Hans saß in seinem Appartement und schaute durch die Balkontür auf den nahegelegenen Wald, der von einer dicken Schneeschicht bedeckt war. Eigentlich wäre er jetzt lieber am Niederrhein wo nun, Mitte Dezember, der Winter noch nicht Einzug gehalten hatte und milde Temperaturen herrschten. Doch nun war er eben hier und genoss den zugegebenermaßen tollen Blick auf die verschneiten Hügel und Wälder des Naturparks westlich von Augsburg. Und er musste zugeben, dass seine samstägliche Wanderung und die knirschenden Schritte auf den winterlichen Wegen eine entspannte und angenehme Form von Müdigkeit in seinem Körper hinterlassen hatte.

Hans bereitete sich einen aromatischen Arabica-Kaffee aus Äthiopien zu, entzündete eine Gauloises und dachte an die zurückliegende Woche.

Er musste sich wohl oder übel eingestehen, dass er sein Untersuchungsprojekt, welches er nicht mal selbst Forschungsprojekt nennen mochte, zum Ende des Semesters einstellen sollte. Und dann hieß es, mühsam ein neues Thema finden, dass den Zuspruch des altersgeplagten Lehrstuhlinhabers fand. Was war bloß schief gelaufen?

Auch ohne die Mithilfe Inas hatte er es zusammen mit Hagen geschafft, eine ordentliche Welle von Beiträgen und Diskussionen in etlichen sozialen Medien loszutreten. Allerdings war das Interesse nur allzu schnell wieder abgeflacht. Du hast es versaut, sagte er sich. Du hast die Mondlandung, PSI Phänomene und die Zombies vergessen! Von Reichsbürgern und Umvolkung gar nicht zu reden. Oder lag es nur an der Komplexität seiner Metatheorie? Einzelne Zusammenhänge, wie der zwischen den Scientologen und dem Roswell-Zwischenfall waren noch ganz gut angenommen worden. Doch jedes Mal, wenn sie versuchten, die einzelnen Bausteine zusammen zu fügen, ließ die Aufmerksamkeit der Akteure in den einschlägigen Medien rapide nach. Wie ja überhaupt die Welt des Internets von einer zumindest schwachen Form des Aufmerksamkeitsdefizitsyndroms regiert wurde.

Ich muss an ihre Emotionen, dachte er. Ich muss aus Bildmaterial einen Film machen, beeindruckende Gänsehautbilder, hinterlegt mit dramatischer Musik. Und dann ab auf YouTube und Instagram. Texte wurden zunehmend out. Sie sind anstrengend zu konsumieren und wenn sie einen gewissen Grad an Komplexität erreichen, braucht man Schulbildung, Allgemeinbildung, einen breiten Wortschatz und andere völlig aus der Mode gekommene Eigenschaften. Aber wie sollte er das unbemerkt bewerkstelligen? Das war eine Arbeit für Mediendesigner oder andere Profis. Und jemand Dritten konnte er unmöglich einbinden, denn dann wäre alles aufgeflogen.

Genervt und frustriert setzte er sich an seinen PC und suchte unter verschiedensten Begriffen nach Videos im Netz. Erfundenes Mittelalter, Mafia, Kennedy, Hitler, Scientology. Nach einem weiteren Kaffee, als er gerade etwas planlos die Anfänge des Frühmittelalters durchforstete, erregte ein kurzes YouTube seine Aufmerksamkeit. Da es offenbar mit Hilfe einer 360 Grad Kamera aufgenommen war, setzte er seine neue VR-Brille auf und tippte auf das Abspielsymbol. Beeindruckende Bilder einer natürlichen Landschaft durchfluteten sein Bewusstsein. Es war eine wunderschöne Landschaft, Wald, Moor, einige Findlinge aus der Eiszeit. Vogelgezwitscher und das Summen von Bienen. Unbesiedelt. Nein, nicht ganz, jetzt traten einige Hütten ins Bild, die auf eine Art Erdfundament errichtet waren, vermutlich zum Schutz vor dem sie umgebenden Wasser. Vor einer dieser Hütten waren Menschen. Beeindruckende Menschen, wie Hans fand. Dürftig in Felle und Leder gekleidet, langes, helles Haar. Es war vermutlich ein Paar. Der Mann war muskulös und sehnig. Er trug eine Art Axt am Gürtel und vor dem Eingang stand so etwas wie ein Speer. Die Frau trug einen langen geflochtenen Zopf und schnitt gerade eine Scheibe von einem großen Schinken mit Salzkruste, den sie gegen ihren gewaltigen Busen drückte. Jetzt kamen drei oder vier Kinder ins Bild, die lachend Fangen spielten. Es waren schöne, gesunde, glückliche Kinder. Hans mochte seinen Blick gar nicht von dieser Familie abwenden, sie schien so harmonisch, stimmig, stolz und…, ja, angstfrei. Diese ästhetischen Menschen verschmolzen mit der sie umgebenden, herrlichen Natur zu einer Form von Paradies, in dem man nur allzu gerne auch nicht-virtuell Zaungast gewesen wäre.

Dann änderte sich sukzessive alles. Der Wald wurde lichter, ja kahl. Felder und Weiden bestimmten das Bild. Die Hütten waren verschwunden und man sah eine kleine Ortschaft aus steinernen Häusern. Neben dem Ort gab es so etwas wie ein kleines Schloss oder zumindest Herrschaftssitz. Näher kommend, erblickte man einige Menschen auf den Straßen des Ortes. Sie trugen sackartige Kleidung aus grober Wolle oder Leinen. Und sie sahen nicht gesund aus. Ein teuer gewandeter Herr, der gerade aus einer Schenke kam, war übermäßig fett, die anderen eher abgemagert. Und blass. Bei dem ein oder anderen zeigten sich rötlich blaue Beulen auf der Haut, beim nächsten kleine, eiternde Wunden. Die Straßen waren nicht befestigt sondern bestanden aus festgestampften Lehm und Müll. In diesem wühlten magere Sauen und räudige Köter nach Essbarem. Auch wenn diese virtuelle Welt keine Signale abgab, die der Geruchssinn wahrnehmen konnte, spielte ihm Hans' Unterbewusstsein einen Streich und sandte in dem Moment ein olfaktorisches Signal, als aus einem der Gebäude eine Schüssel mit Urin auf die Straße gekippt wurde. Ab und an entblößte jemand beim Lächeln faulige

Zähne aber insgesamt wurde wenig gelacht oder gelächelt. Sie sahen nicht glücklich aus, diese Menschen. Hans hatte das dringende Bedürfnis zu ihnen zu gehen und zu fragen, was denn los sei. Ob er irgendwie helfen könne. Obwohl ihm bewusst war, dass er sich in einer virtuellen Welt befand, konnte er sich nicht von den Eindrücken lösen und noch viel weniger war er in der Lage, sich einfach die VR-Brille vom Kopf zu reißen und dem Ganzen zu entfliehen. Es war faszinierend, abstoßend und verstörend zugleich. Erst als das Video zu Ende war, schaffte er es, wieder ins Hier und Jetzt zurück zu kehren. Es hatte den Titel ‚Fortschritte der Menschheit' getragen. Na Prost Mahlzeit, dachte Hans, erhob sich ruckartig von seinem Sessel, riss das Fenster auf und ließ die angenehm frische, nach Schnee riechende Winterluft ins Zimmer. Nach einer Weile ging es ihm wieder besser. Er verspürte das Bedürfnis, andere Sinneseindrücke durch seinen Kopf strömen zu lassen und scrollte ein wenig wahllos durch verschiedene YouTubes. Dort war eines, das ihn magisch anzog. Er setzte erneut seine VR-Brille auf und spielte es ab.

Sogleich erkannte er die mittelalterliche Kleinstadt wieder, die er im vorhergehenden Film schon gesehen, quasi sogar besucht hatte. Die Stadt war erheblich größer geworden. Es gab zahlreiche neue Straßen und Häuser. Hans erblickte ein Rathaus und einen Kirchturm. Beides kam ihm vage bekannt vor. Sonst hatte sich an den Gebäuden kaum etwas verändert, auch nicht am Müll auf den Straßen und dem Gestank, den Hans glaubte, dieses Mal besonders intensiv wahrzunehmen. Geradezu als würden die Bits und Bytes des Videos nicht nur Bilder und Geräusche transportieren, sondern auch Gerüche. Die Menschen der Stadt hatten sich ebenfalls nicht großartig verändert. Es waren außer ein paar wohlhabend aussehenden Patriziern überwiegend ärmliche, blasse Gestalten, schmutzig und notdürftig in sackartige Kleidung gehüllt. Doch dieses Mal war die Stimmung anders. Die Menschen krochen nicht schlapp und lethargisch umher, kaum ein paar Worte wechselnd. Nein, sie drängten mit Macht auf den Platz vor der Kirche zu, eilig und rücksichtslos einander schubsend. Und sie waren fröhlich gelöst, lachten und schwätzten laut. Hans vermutete ein Volksfest auf dem Kirchplatz und erspähte in diesem Moment auch schon die ersten Händler, Buden und Musikanten. Und dann erblickte er das Zentrum des Geschehens und erfasste gleichzeitig den Grund für soviel fröhliche Ausgelassenheit: Ein Scheiterhaufen.

Daran gefesselt war irgendein Unglücklicher, der mit weit aufgerissenen Augen in den Himmel starrte. Vor dem Haufen stand offenbar eine Art Scharfrichter, der ein brennendes Holzscheit in der Hand hielt. Und ein feister Pfaffe, gewandet in Kasel und Dalmatik, auf dem Kopf ein Birret, stand ebenfalls dort. Er versuchte eine fromm-ernste Miene zu machen, was aber von seinem runden Pfannkuchengesicht konterkariert wurde. Jede seiner zahlreichen Speckfalten gab eifrig Auskunft über seine fetten Pfründe.

Das Jubeln und Schreien der Menge wurde leiser, als der Geistliche seine Stimme erhob. Es dauerte nicht lange, offenbar verkündete er ein Urteil. Hans schnappte Sprachfetzen wie ‚Deus vult' und ‚Amen' auf, aus der Menschenmasse wurden die Rufe wieder lauter: Brennen soll er, Tod dem Ketzer und dergleichen mehr. Der Moment, als der Scharfrichter den brennenden Holzscheit an den Haufen hielt und sich das sehr trockene Holz mit einem fauchenden Geräusch entzündete, fiel mit dem frenetischen Jubel der Zuschauer zusammen, die gemeinsam den Höhepunkt des Volksfestes zelebrierten. Der Kirchplatz war erfüllt von Jubel und Geschrei sowie dem Knistern des gewaltigen Feuers. Und nicht nur der Geruch des brennenden Holzes war deutlich vernehmbar, sondern auch der gegrillten Fleisches. Hans riss sich erneut die Datenbrille vom Kopf, rannte zum Klo und übergab sich.

Einige hundert Kilometer weit nordwestlich, in Orsoy am Niederrhein, war das Wetter noch nicht winterlich. Hagen lief über den Rheindamm und beobachtete nachdenklich den Schiffsverkehr und die ans Ufer schlagenden Wellen. Es stürmte und regnete aber die Temperaturen waren mild. Obschon erst Nachmittag, sorgten die schwärzlichen Wolken für abendliche Stimmung. Er hatte eigentlich einen ausgedehnten samstäglichen Spaziergang machen wollen, aber aufgrund des Wetters entschied er sich schon bald dafür, es sich in seiner Wohnung in der Sankt-Nikolaus-Straße gemütlich zu machen. Er aß früh zu Abend, trank einen heißen Tee und verzog sich mit seinem Tablet auf die Couch. Der Regen prasselte an die Scheiben und der Wind brauste durch die kleine Gasse. Entschieden gemütlicher, jetzt hier auf der Couch zu liegen, dachte Hagen schläfrig. Er checkte seine Emails, löschte den Spamordner und browste anschließend gedankenverloren durch die Weiten des Internets. Auch wenn es ihm zunehmend schwerer fiel, Hans Verschwörungsprojekt zu unterstützen, es schien mehr und mehr im Sande zu verlaufen, hatte er einige Stichworte im Kopf, die er googelte. Es war aber kein konzentriertes Arbeiten, eher eine lose Recherche, bei der er von Link zu Link hüpfte, sich ausschließlich von seiner Intuition tragen lassend. Er kam vom Stichwort ‚Erfundenes Mittelalter' zum Wikipedia-Eintrag ‚Mittelalter', googelte verschiedene Seiten zu Spät- Hoch- und Frühmittelalter und landete schließlich bei einer Reihe von Beiträgen, die sich mit dem Übergang der Spätantike zum Frühmittelalter beschäftigten. Offenbar gab es hierzu auch verschiedene YouTubes, die den teilweise drögen Stoff Schülern oder Studenten näherbringen sollten. Eines davon klickte er an und setzte aber zuvor seine VR-Brille auf, da es optisch ansprechend gestaltet zu sein schien.

Hagen sah eine phantastische, natürliche Mittelgebirgslandschaft. Dichte Wälder, getaucht in mildes, abendliches Sommerlicht. Er hörte Vögel zwitschern und Insekten summen. Fast meinte er, die lieblichen Gerüche des Sommerabends in der Nase zu spüren. Der Wald hatte eine große Lichtung auf einem Berg. In der Mitte der Lichtung befand sich eine uralte, majestätische Eiche. An deren Fuß knieten mehrere Männer und Frauen, in einfachster Kleidung aus Fellen und Leder. Sie hatten dort verschiedene Dinge abgelegt: Beeren, Pilze, selbstgefertigte Gegenstände aus Ton. Und sie schienen Zwiesprache zu halten mit diesem riesigen Lebewesen von Baum. Sie hatten offene, ehrliche Gesichter und vermittelten den Eindruck vollkommener Entspanntheit. Liebe und Sehnsucht lag in ihren auf der Eiche ruhenden Augen. Hagen empfand so viel Zuneigung und Sympathie für diese Menschen und die ganze Szenerie, dass er eine Weile vergaß, sich in einer virtuellen Welt zu befinden. Er lechzte geradezu danach, die Eindrücke in sich aufzusaugen.

Mit einem Mal begann sich Unruhe breit zu machen. Man erkannte einen Mann in brauner Kutte, einer Tonsur und mit einem Kreuz, unschwer als Mönch zu identifizieren. Er wurde begleitet von einem guten Dutzend berittener Soldaten mit Schild und Schwert. Außerdem kamen sechs grobschlächtige Männer mit großen Äxten ins Bild. Ohne weiteren Verzug vertrieben die Soldaten die anwesenden Menschen aus der Nähe der Eiche. Die sechs Männer begannen mit ihren Äxten den Stamm des Baumes zu malträtieren. Entsetzen und Verzweiflung breitete sich unter den Einheimischen aus. Die Frauen begannen zu weinen. Die Männer versuchten die Fremden von der Baumfällung abzuhalten, wurden von den Soldaten aber brutal daran gehindert. Zwei fielen unter den rücksichtslosen Streichen ihrer Schwerter. Als das Werk vollendet war und der unter dem ohrenbetäubenden Kreischen seines berstenden Stammes niedergegangene Baumriese am Boden lag, trat ein tiefer Ausdruck der Selbstzufriedenheit in das Gesicht des Mönchs.

In diesem Moment wusste Hagen, was er hier sah: Die Fällung der Donareiche durch Bonifatius, alias Winfried. Dieser hatte sie fällen lassen, weil er mit der Missionierung der Germanen nicht wie gewünscht vorankam. Sie hatten selbst nach Annahme des christlichen Glaubens nicht mit ihrer Verehrung Donars aufgehört. Doch obwohl Hagen von diesem Vorfall wusste, war es für ihn wie eine neue Erkenntnis. Er hatte es gleichsam miterlebt. Er war sozusagen Zeitzeuge geworden, wie ein selbstgerechter, von religiösem Wahn ergriffener Mönch nicht nur ein Naturdenkmal zerstörte, sondern damit zugleich auch die Sehnsüchte, Hoffnungen, die kulturelle Identität dieser wundervollen Menschen. Er verspürte den starken Wunsch, in die virtuelle Szene eingreifen und den Geschehnissen rückwirkend einen anderen Verlauf geben zu können.

Hagen verweilte noch etliche Minuten wie erstarrt auf der Couch, ehe er sich wieder fing. Kaum zu glauben, wie er sich durch so ein YouTube emotional aufwühlen ließ, dachte er. Er klappte sein Tablet zu, erhob sich von der Couch und zog sich Jacke und Schuhe an. Dann verließ er die Wohnung und machte noch einen Spaziergang. Das windig nasse Wetter würde ihn auf andere Gedanken bringen.

8

In der Stadt, in der Horst Lipsch studiert hatte, hatte es nur wenige Studentenkneipen gegeben. Eine davon, die etwas abseits lag und spärlicher besucht wurde als die anderen, war schon immer der Treffpunkt linker Möchtegern-Revolutionäre und selbsternannter Freizeitsozialisten gewesen. Das Ambiente war alt und abgeramscht, die Gläser, der Thekenbereich und der Wirt angejahrt und nicht immer sauber.

Horst saß mit zwei ehemaligen Kommilitonen an einem wackeligen Tisch, Frank B. und Stefan D.. Sie kannten sich nun seit zwei Jahrzehnten und waren diskussionserprobt. Und so hatten sie gleich nach dem Austausch privater Neuigkeiten damit begonnen, Ergebnisse festzuhalten. Horst nahm dabei so etwas wie eine Führungsrolle ein.

„Was ist Dir besonders wichtig, Stefan?" Der Angesprochene fühlte sich offensichtlich geschmeichelt, als erster gefragt worden zu sein. Das war gut für sein ramponiertes Selbstbewusstsein. Dieses hatte nämlich darunter gelitten, dass er beruflich und wirtschaftlich dauerhaft gescheitert war und nun, mit Mitte vierzig, wieder bei seinen betagten Eltern wohnte. Er räusperte sich ausgiebig und entgegnete:

„Mir geht es vor allem um die Beseitigung sozialer Ungleichheit. Verstaatlichung möglichst vieler Wirtschaftsbereiche und die bedingungslose Versteuerung privater Vermögen über 100.000 Euro. Und zwar progressiv bis zu einem Satz von hundert Prozent. Eine Gini-Einkommensverteilung nahe Null."

„Und Dir, Frank?"

Frank, der IT-Experte der Gruppe, blickte angestrengt von seinem schon wieder leeren Bierglas auf und verkündete mit bereits leicht schleppender Stimme: „Ich will hauptsächlich einen möglichst schnellen Bruch mit der bisherigen Energiepolitik. Ausstieg aus der Kohleverstromung in fünf Jahren und Verbot privater PKW mit Verbrennungsmotor im selben Zeitraum. Ein Verbot von Flugreisen zu touristischen Zwecken."

„Ok, halten wir das erst einmal fest", antwortete Horst. Er setzte eine wichtige Miene auf und fuhr in gravitätischem Tonfall fort: „Bei mir sind es zwei Dinge, die mich bewegen. Zum einen will ich sozialistische Solidarität auf der ganzen Welt und das heißt für mich bedingungslos offene Grenzen und die Anerkennung wirtschaftlicher Not als Aufenthaltsgrund für alle Einreisewilligen. Zum anderen geht es mir im Kampf gegen Rechts um die pädagogisch-didaktische Hoheit. Zur Durchsetzung einer richtigen Gesinnung müssen bürgerlich-liberale Werte zurückgestellt werden. Hier müssen alle an einem Strang ziehen. Erst wenn Schulen, Unis, die Medien und die Regierung ein einheitliches Meinungsbild vermitteln, ist die Gefahr von rechts gebannt. Die Avantgarde hat einen Erziehungsauftrag."

Allgemeine Beifallsbekundungen folgten.

„Aber da ist noch so viel mehr", ereiferte sich Stefan, der gerade in kreative Rage geriet. „Zum Beispiel die Überwindung patriotisch-nationalistischen Denkens durch die Abschaffung des Tags der deutschen Einheit oder das Verbot von Heimat- und Schützenvereinen".

„Und verbindliche Sprachhygiene", warf Frank ein. „Die strafrechtliche Verfolgung nicht gegenderter Berufsbezeichnungen!"

„Okay, immer langsam", versuchte Horst die Kreativität und den Eifer seiner Mitstreiter einzubremsen. „Ziele haben wir viele. Aber wir müssen sie auch endlich umsetzen. Frank wie weit bist Du mit der Automatisierung von Beiträgen in Chats und Foren?"

„Ich mache Fortschritte. Aber wir werden noch ein Weilchen brauchen. Mein Chatbot ist noch in der Trainingsphase und kann noch allzu leicht als solcher identifiziert werden".

„Das dauert ja noch ewig", antwortete Horst. „Wir müssen die Zeit bis dahin nutzen und Zeichen setzen, Exempel statuieren".

„Genau und ich hätte da auch schon ein paar Ideen", meinte Stefan grinsend und erläuterte, was ihm vorschwebte.

„Und dann müssen wir noch etwas gegen diesen neonazistischen Unfug des Neugermanentums unternehmen", ergänzte Frank.

Hans und Hagen hatten nun einen ziemlich anstrengenden Flug fast hinter sich. Erst eine Stunde Anreise zum Franz-Josef-Strauß Flughafen und zwei Stunden einchecken. Dann sechs Stunden von München nach Dubai, dreieinhalb Stunden Wartezeit am Dubai International Airport und dann noch einmal gute vier Stunden bis zum Malé Velana International Airport, Malediven. Die Maschine der Emirates war schon im Landeanflug und beide streckten ihre steifen Knochen. Einige Luftlöcher erschütterten die Boeing 777 und im selben Moment riss die Wolkendecke auf, den Blick auf die winzige Flughafeninsel Hulhulé freigebend. Nach dem Auschecken und der Gepäckabholung zippten sie die Unterbeine ihrer Cargohosen ab, tauschten ihre Trekkingschuhe gegen Badelatschen und machten sich auf den Weg zum Ausgang. Dort stand auch schon eine junge Frau mit einem Schild in den Händen, auf dem MV Orion, der Name ihres Safaribootes, aufgemalt war. Nach der Begrüßung verließen sie das klimatisierte Gebäude und hatten nach einer fast schlaflosen Nacht erstmal mit der tropischen, feuchten Wärme zu kämpfen, die sich schon jetzt, am frühen Morgen, bemerkbar machte. Doch sie brauchten nur eine Straße zu überqueren und erreichten nach nur hundertfünfzig Metern den Anleger des Dhonis, das sie zum Safariboot brachte. Immer wieder schön, dachte Hans, der Urlaub beginnt mit dem Verlassen des Flughafengebäudes. Schon der Anblick der zahlreichen Dhonis, der typisch maledivischen Wasserfahrzeuge, der Fähren zwischen Hulhulé und der Hauptstadt Malé sowie der wartenden Wasserflugzeuge der weiter entfernt liegenden Hotelinseln ließen ihm das Herz aufgehen. Vom Meer kam eine angenehme Brise, der Geruch von Salzwasser vermengte sich mit dem von Diesel, was in Hans immer Freiheitsgefühle auslöste.

Nach dem Verstauen der Ausrüstung und der wenigen übrigen Reiseutensilien gab es ein Bootsbriefing und anschließend Mittagessen im Salon. Dann warf die Crew die Leinen los, das Boot und das kleinere, es begleitende Taucher-Dhoni, setzten sich in Richtung Korumba im Nord-Male

Atoll in Bewegung. Dort fand ein Check-Dive statt, bei dem die richtige Bleimenge und das Funktionieren der gesamten Ausrüstung überprüft wurde. Hans und Hagen saßen nach dem Tauchgang entspannt auf dem Achterdeck und ließen bei einem Kaffee die Inselwelt des Atolls an sich vorbeiziehen. Das Boot nahm südlichen Kurs Richtung Vaavu Atoll. In diesem Atoll gibt es eine kleine Insel namens Alimatha, vor der man über Nacht vor Anker ging. Für die Zeit nach Sonnenuntergang hatte Ulrike, die die Tauchgänge führte, noch eine Überraschung versprochen. Hans kannte den Tauchplatz schon, verriet Hagen aber nichts vom bevorstehenden Erlebnis. Als es gegen halb sieben blitzartig dunkel wurde, legten sie ihre Ausrüstung an und bereiteten Kameras und Lampen vor. Während dessen pflegten die Hotelangestellten auf der Insel ein allabendliches Ritual: sie warfen am Ende einer langen Jetty, die übers Riff raus aufs Meer führt, die über den Tag angesammelten Küchenabfälle ins Wasser. Das taten sie jeden Abend um die gleiche Uhrzeit.

Unter dem Holzsteg von Alimatha Jetty, so hieß dieser Tauchplatz, war in etwa zehn Metern Tiefe ein Seil angebracht. An diesem hingen nun die Taucher in der Strömung und harrten aus. Es vergingen nur wenige Minuten bis die ersten Besucher kamen. Die kurz zuvor verklappten Abfälle hatten zahlreiche Stammkunden angelockt. Und es wurden immer mehr und es tauchten immer größere Exemplare auf. Teppichgroße Stachelrochen, Ammenhaie, Leopardenhaie, riesige Makrelen, alles schoss durchs Wasser und versuchte so viel wie möglich von der fetten Beute

81

abzubekommen. Die Fische interessierten sich überhaupt nicht für die Taucher, verloren jede Scheu. Sie schwammen ihnen zwischen den Beinen durch und rempelten sie ständig an. Leider war nach etwa einer Stunde der Luftvorrat aufgebraucht und die Taucher mussten diesen einmaligen Ort verlassen.

„Wow!", sagte Hagen völlig überwältigt. Das war das geilste, was ich bisher gesehen habe.

„Darauf trinken wir erstmal ein Dekobier", antwortete Hans. Das war der scherzhafte Begriff für ein während der Dekompressionsphase nach dem Tauchen getrunkenes Bier. „Es war super, aber warte mal ab, das war nicht der einzige Tauchgang der Superlative".

Werner Götz würde morgen 96 Jahre alt werden. Er saß nach einem zu üppigen Abendessen alleine im Wohnzimmer bei seinem allabendlichen Glas lieblichen Weißweins und sinnierte. Der Umstand, immer älter zu werden, war von Dingen begleitet, die er so nicht erwartet hatte. Seine Frau war bereits vor zehn Jahren verstorben und der einzige Sohn schon im zarten Alter von zwanzig bei einem Verkehrsunfall umgekommen. Seine Schwester lebte ebenfalls nicht mehr, genauso wenig wie der jüngere Bruder. Freunde hatte er inzwischen auch keine mehr. Noch vor sechs Jahren hatte er sich mit zwei verbliebenen, langjährigen Freunden wöchentlich in der Kneipe zum Skat getroffen. Doch auch die lagen mittlerweile unter der Erde, von der Altersschwäche dahin gerafft. Und da war noch etwas, was ihm missfiel. Die Welt um ihn herum hatte sich so stark verändert, dass er viele Dinge nicht mehr verstand. Als die Menschheit auf dem Mond gelandet war, gehörte er zu vielen, die dieses Ereignis erstaunt und gebannt verfolgt hatten. Er hatte verstanden, dass die Berechnungen der komplizierten Flugbahn nur mit Hilfe eines Computers zu leisten war. Doch schon bei der Einführung des Internets ließ sein Verständnis für die ihn umgebende Technik nach. Und obwohl er täglich Zeitung las, fühlte er sich abgehängt. Er wollte kein Handy oder Notebook. Er hatte ein Festnetztelefon für Notfälle. Wen hätte er auch anrufen sollen.

Und so ging er seinen täglichen Routinen nach. Essen, ein Glas Wein, ein täglicher Spaziergang. Und Grabpflege. Mit Hingabe pflegte er die Gräber seiner Familie. Außerdem kümmerte er sich um ein Kriegsgräber-Denkmal, das einzige seiner Art in seinem Heimatort.

Er hatte ein ambivalentes Verhältnis zu diesem Denkmal. Er selbst war in der Hitlerjugend gewesen und war im letzten Kriegsjahr noch von der Wehrmacht eingezogen worden. Das ganze Ausmaß der nationalsozialistischen Verbrechen, staatlicher Terror wie Kriegsverbrechen, war ihm erst nach dem Krieg bewusst geworden, auch wenn er früher schon gewusst hatte, dass da einige Dinge gewaltig schief liefen. Es hatte viele Jahre gedauert, bis er das aufgearbeitet und eine selbstkritische, reflektierte Haltung dazu entwickelt hatte. Und so mochten unter den Gefallenen, derer hier gedacht wurde, auch Kriegsverbrecher gewesen sein. Doch in der Hauptsache waren es zunächst mal einfache Soldaten, die für ihr Vaterland ihr Leben gegeben hatten, wenn auch zugleich für einen falschen Herren und eine falsche Sache. Und so hatte sich Werner Götz der Aufgabe angenommen, das Andenken der Gefallenen zu bewahren helfen.

Er schaltete den Fernseher ein und zappte durch die Programme. Da war das eine oder andere öffentlich-rechtliche, dass es auch vor fünf Jahrzehnten schon gegeben hatte. Aber der Charakter hatte sich verändert. Früher hatte es immer ein regierungsfreundliches und ein kritisches Programm gegeben, heute hörte man nur noch Zustimmendes, als seien die Beiträge zuvor im Bundeskanzleramt geprüft worden. Das Dritte zeigte immer wieder Beiträge von sogenannten Künstlern, in denen junge Menschen gegen alte aufgehetzt wurden. Das nannten sie dann Satire. Und das Ganze auch noch bezahlt von staatlich zwangseingetriebenen Beiträgen. Bei den privaten Sendern liefen oft geisteskranke Shows, die Landwirte beim Flirten oder Hartz IV Empfänger im Streit mit Nachbarn zeigten. Und wenn dann mal ein Spielfilm lief, bei dem er die Schauspieler noch kannte, war er von fünf Werbeblöcken unterbrochen, für Produkte, die niemand braucht.

Genervt und gelangweilt legte er sich schlafen. Morgen würden wieder Gratulanten des öffentlichen Lebens kommen, da wollte er fit und ausgeschlafen sein.

Vom Vaavu Atoll aus wendete die MV Orion gegen Westen und erreichte nach einigen Stunden Fahrt das Süd-Ari Atoll. Alle Gäste wechselten nur mit Maske, Flossen, Schnorchel und Kamera bewaffnet auf das Dhoni. Die Gegend war bekannt für immer wieder auftretende Walhaie. Es hätte viel zu lange gedauert, bei einer Sichtung eine Tauchausrüstung anzulegen, bis dahin hätte sich der größte unter allen Fischen längst verdünnisiert. Also saßen alle nur mit Schnorchelausrüstung im Dhoni und warteten geduldig auf den ersehnten Ruf des Spähers: whaleshark! Das konnte dauern, unter Umständen viele Stunden, die das Dhoni hier im südlichen Ari Atoll kreuzte. Und der Erfolg war keineswegs garantiert, etliche dieser Touren blieben ohne Sichtung.

Nach zwei Stunden des angestrengten ‚Augen offen halten' dösten Hans und Hagen mit halbgeschlossenen Augenliedern im Schatten.

„Mir ist da vor ein paar Wochen was ziemlich seltsames passiert", sagte Hagen.

„Was denn?"

Ich habe durch Zufall ein YouTube angeschaut, über den Übergang von der Spätantike zum Frühmittealter. Es ging um die Fällung der Donareiche durch Bonifatius, aber das habe ich nicht sofort begriffen. Eigentlich ein ganz guter Ansatz, Schülern die Geschichte auf diese Art näher zu bringen. Es war nur so… bedrückend echt. Es hat mich aufgewühlt. Es hat in mir den übermächtigen Wunsch erzeugt, das Geschehen zu verhindern. Ich hatte auch völlig vergessen, in einer virtuellen Welt zu sein. Total verrückt. Es waren nicht nur die Bilder, auch die Geräusche waren so räumlich wie in einem Dolby-Surround Film. Es wirkte alles so real, dass mir mein Unterbewusstsein sogar Gerüche vorgegaukelt hat! Hans?"

„Äh, ja?"

„Du machst gerade ein Gesicht, als hättest Du einen Walhai im Freibad auf dem Fünfmeterturm gesehen. Was ist los?"

„Das verrückteste an Deiner Geschichte kommt erst noch, Hagen. Ich hatte nämlich im selben Zeitraum das gleiche Erlebnis. Es ging zwar geringfügig um etwas anderes."

Hans gab kurz die Inhalte der von ihm gesehenen YouTubes wieder.

„Aber es war genauso beeindruckend wie Du es geschildert hast. Außerdem gibt es eine inhaltliche Gemeinsamkeit. In beiden Fällen hat einem das Video eine besonders abscheuliche Seite des Christentums und der Christianisierung unter die Nase gehalten, zum Teil sogar im buchstäblichen Sinne. Auch wenn ich immer noch nicht kapiere, wieso ich solche Geruchseindrücke überhaupt hatte. Vor allem aber hat es auch in mir den Wunsch erzeugt, etwas gegen den Verlauf der Dinge zu tun. Sie zu verhindern oder wo schon geschehen, rückgängig zu machen. Übrigens schaust jetzt Du so, als wäre der Walhai nicht gesprungen, sondern als hätte er sich am Kiosk ein Softeis geholt."

„Ja, ich muss zugeben, ich bin jetzt echt perplex. Aber ich fühle mich auch ein bisschen erleichtert, dass ich nicht der Einzige bin, der das erlebt hat. Ich fing schon an, an meinem Verstand zu zweifeln. Ich würde gerne…"

„Whaleshark!!!"

Der Ruf des Spähers beendete jede Konversation, alle begaben sich an die Reling, um im entscheidenden Moment springen zu können. Nach zwei oder drei Minuten war es soweit. In der Nähe der

Insel Bodufinolu waren sie fast unmittelbar über dem Tier und sprangen ins Wasser.

Ein Walhai bewegt sich, auch ohne sichtbaren Flossenschlag, wie ein langsam fahrender Zug durchs Wasser. Von weiter weg sieht das behäbig aus. Aber wenn man nah dran ist, erkennt man, dass der Zug doch ganz schön Fahrt aufgenommen hat. Hans und Hagen gaben ihr Bestes, um ihn nicht nur von hinten und oben zu sehen. Das etwa zehn Meter lange Tier schwamm in vier bis sechs Metern Tiefe. Wollte man es von der Seite sehen, hieß das: Abtauchen und Gas geben. Wollte man es von vorne sehen, bedeutete das: Abtauchen und Vollgas geben. Dieses Manöver hatten sie nacheinander durchgeführt, um das beeindruckende Tier mit seiner charakteristischen Zeichnung mit Punkten und Linien nicht zu belästigen. Immerhin reichte die Kondition für ein frontales Porträt und mehr als glückliche Gesichter. Prustend und hustend lenkten sie ihren Flossenschlag wieder zum Dhoni. Zurück an Bord der MV Orion gab es erstmal ein großes Lion Lager Beer aus Sri Lanka. Achthundert Meter Speed-Schnorcheln, davon hundert Meter abgetaucht und als Sprint, forderten ihren Tribut.

„Das war…irre, einfach absolut phantastisch!" brachte Hagen hervor. „Er hat mich richtig wahrgenommen."

„Ja, sie haben eine Persönlichkeit und einen individuellen Charakter. Deshalb hast Du das Gefühl, einer Person zu begegnen und nicht einem Fisch."

„Diese Safari ist echt das Größte! Abgesehen von den vielen Korallenfischen, Barrakudas, Adlerrochen und Schildkröten, dann auch noch das Erlebnis hier und am Alimatha Jetty."

„Ja" antwortete Hans. Er holte den beiden noch ein Lion Lager, zündete sich eine Gauloises an und prostete seinem Kumpel zu. „Ich hatte gehofft, dass es so toll würde wie bei meiner ersten Safari hier und das ist eingetreten. Und ein weiteres Highlight haben wir noch auf dem Programm."

Wie fast jeden Tag war Werner Götz um sechs Uhr aufgestanden. Er wusch und rasierte sich, kleidete sich sorgsam in Anzug und Krawatte und holte die Zeitung aus dem Briefschlitz. Hier riecht es aber nach Farbe, dachte er beim Öffnen des Schlitzes. Er ließ einen Kaffee durch die Maschine laufen, bereitete sich ein belegtes Brot und frühstückte. Anschließend deckte er den Tisch im Wohnzimmer mit Sonntagstischdecke und dem Hochzeitsservice, das er und seine Frau vor siebzig Jahren geschenkt bekommen hatten. Er wartete nur noch auf die Lieferung Streuselkuchen und Bienenstich, dann konnten die Gratulanten kommen. Ein Jammer, dachte er. Nun würde bald die Bäckerei Schmidt, bei der er so viele Jahrzehnte Kunde gewesen war, für immer schließen. Aber die Endlichkeit so vieler Dinge und Menschen, die sein Leben begleitet hatten, erschien ihm gleichzeitig wie ein drohendes Symbol seiner eigenen Vergänglichkeit.

Die Türklingel riss ihn aus seinen trübseligen Gedanken.

„Guten Morgen Herr Götz und herzlichen Glückwunsch zum Geburtstag!" sagte der vor der Tür stehende Auslieferungsfahrer.

„Guten Morgen, danke sehr".

„Was haben die denn mit ihrem Haus angestellt?"

„Warum?" Götz betätigte den Türschnapper und trat auf die Straße.

Es war unfassbar! Die komplette Fassade und die noch runtergelassenen Rollläden waren mit Graffitis beschmiert. Überall fanden sich Hakenkreuze und Wörter wie ‚Nazisau' oder ‚Gegen Rechts'.

Von Bodufinolu aus steuerte die Orion in nördliche Richtung. Im Nord-Ari Atoll stand vormittags noch ein Tauchgang am ‚Fishhead' an, der dutzende Weißspitzenriffhaie, die im Gegensatz zum Weißspitzenhochseehai noch nie jemandem gefährlich geworden waren, und etliche graue Riffhaie zu bieten hatte. Nachmittags besuchten Sie das schön mit Korallen und Anemonen bewachsene Wrack der ‚Fesdu'. Ihren nächtlichen Ankerplatz fanden sie in einer naheliegenden Lagune, der ‚Fesdu Lagoon'.

„Abendessen gibt es heute wieder später, Briefing in einer halben Stunde", verkündete Diveguide Ulrike augenzwinkernd. Jeder wusste, was das zu bedeuten hatte. Es gab zum einen noch einen Nachttauchgang und zum anderen war noch keine Zeit für ein Dekobier. Denn beim Tauchen gilt die eiserne Regel: Du kannst an Bord eines Schiffes zu jeder Uhrzeit ein Bier bekommen, aber dann ist das Tauchen an diesem Tag für dich zu Ende.

Die Crew holte einen starken Scheinwerfer, befestigte ihn an der Heckreling und klemmte ihn an. Es war ungefähr fünf Uhr nachmittags und wurde gerade ein kleines bisschen dämmrig.

Schon nach wenigen Minuten hatte der starke Lichtstrahl unzählige Kleinstlebewesen angelockt. Dem Phytoplankton folgte Zooplankton, Myriaden mariner Krebschen, kleine und größere Fische.

Plötzlich kam ein dunkler Schatten heran, das Wasser dicht unter der Oberfläche aufwühlend. Die ersten Gäste die sie erspähten, riefen freudig aufgeregt: ‚Manta!' Es schien noch ein kleineres Exemplar von ungefähr zwei Metern Spannweite zu sein. Doch es dauerte nicht lange, bis mehr und vor allem größere der Riesenrochen aufkreuzten. Als der Tauchplatz vor aufgeregt Plankton fressenden Mantas nur so brodelte, wurde es mit einem Schlag dunkel und die Taucher legten ihre Ausrüstung an. Sie sprangen aber nicht, wie sonst üblich, mit einem großen Schritt nach vorne von der Plattform, denn das hätte die Fische womöglich vertrieben. Stattdessen ließen sie sich steuerbord sachte in Wasser gleiten und tauchten ruhig ab. In etwa zwölf Metern Tiefe stießen sie auf Sandgrund und knieten sich dort nieder. Den Blick nach oben gerichtet verfolgten sie gebannt das Umherwirbeln der riesigen Fische. Schon nach kurzer Zeit lockte das Spektakel noch mehr von ihnen an. Und sie verloren jede Scheu. Mit weit aufgerissenen Mäulern, das Festmahl aus dem Wasser filternd, schwammen sie auf die Menschen zu. Erst eine Handbreit vor den Gesichtern der Menschen stiegen sie auf und flogen Zentimeter über ihre Köpfe der hinweg, die den dadurch erzeugten Wasserstrom im Haar spüren konnten.

Auch dieses unvergleichliche Erlebnis brannte sich in die Erinnerung der Taucher. Wer so etwas noch nicht erlebt hatte, hatte definitiv etwas verpasst, dachten Hans und Hagen. Umso bedauerlicher, dass die MV Orion morgen wieder Kurs auf das Nord-Male Atoll und zur Flughafeninsel Male Hulhulé nehmen würde.

Auf dem sich in die Länge ziehenden Rückflug räsonierten Hans und Hagen über die bevorstehenden Dinge des Alltags in Deutschland.

„Wie geht es eigentlich mit Deinem Lehrauftrag im neuen Semester weiter?" wollte Hagen wissen.

„Ich habe vor unserem Abflug die neuen Themen mit dem Prof abgestimmt. Wir waren uns einig, dass eine Fortführung der Untersuchung zur Ausbreitung von Verschwörungstheorien nicht in Frage kommt. Stattdessen untersuche ich nun etwas, das sich wunderbar statistisch mittels Befragungen erheben und auswerten lässt. Es geht um nichts Aufregenderes als Kirchenaustritte."

„Mhm, meinst Du die steigenden Zahlen der letzten Jahre? Wundert mich nicht. Missbrauch- und Finanzskandale bei den Katholiken, die Unterstützung professioneller Schlepperbanden und die Politisiererei bei den Protestanten."

„Das stimmt bis dahin, aber das meine ich nicht. Der ohnehin schon zu verzeichnende Anstieg der Austritte ist in den letzten Monaten noch einmal dramatisch gestiegen, die Kurve weist seit Jahresanfang steil nach oben."

„Ah, okay. Na dann bin ich ja mal gespannt, was Du so als Ursachen identifizieren kannst."

9

Joshua genoss das Leben in vollen Zügen. Seine Eltern hatten einen Avocado-Handel aufgebaut, aus dem im Laufe einiger Jahrzehnte ein sehr einträgliches Unternehmen geworden war. Die Geschäftsleitung und die Eigentumsrechte an dem Unternehmen waren im gegenseitigen Einvernehmen auf seinen älteren Bruder Ben übergegangen. Allerdings hatte Joshua sich dafür fürstlich abfinden lassen und das daraus resultierende Geld sicher angelegt. Und so lebte er hautsächlich von Immobilienmieten und Aktiendividenden. Dadurch hatte er, im Gegensatz zu seinem Bruder, den Vorteil nicht sechzig oder siebzig Stunden wöchentlich arbeiten zu müssen. Ihm reichten zehn bis fünfzehn Stunden in der Woche, um sein Vermögen zu verwalten. Und es gab noch etwas, das ihn von seinem Bruder unterschied: Während Ben mit schon fast inbrünstiger Leidenschaft dem jüdischen Glauben anhing, bedeutete ihm die Religion nicht viel. Er fand sich zwar an manchem Feiertag in der Synagoge ein, aber das eher, um Kontakte zu pflegen und weniger, weil er wirklich gläubig war und ihm die Inhalte von Thora und Talmud etwas bedeutet hätten.
Josh, wie ihn seine Freunde nannten, war Mitte zwanzig, braungebrannt, schlank und durchtrainiert. Er besaß ein ebenmäßiges Gesicht, freundlich lachende Augen und wirkte auf die meisten

Menschen anziehend, besonders die weiblichen Geschlechts.

Er lebte im Ortsteil Tel Aviv Florentin, in dem er ein todschickes Loft bewohnte. Seine Tage begannen oft mit einem späten Frühstück in einem der zahlreichen Cafés, wo er sich mit Freunden traf. Anschließend ging es zum Surfen am nahegelegenen Strand. Abends stand ihm ein reges Nachtleben mit Clubs, Bars und Diskotheken zur Verfügung, das er häufig nutzte.

Josh kam gerade vom Surfen zurück, duschte sich den Sand von Haut und Haaren und setzte sich mit einer kalten Limo auf die Couch. Es war ein guter Tag gewesen. Viele gleichmäßige, aber hohe Wellen, die sich genau am richtigen Punkt auftürmten und wieder brachen. Ein Wind, wie von einem Surfer für einen Surfer gemacht. Zufrieden und von Wasser, Sonne und Wind ein bisschen müde, lehnte er sich zurück und klappte sein Tablet auf.

Er checkte die Emails, spielte ein paar Online-Spiele und schrieb die eine oder andere WhatsApp. Dann scrollte er ein wenig ziellos durch die Inhalte eines bekannten sozialen Netzwerks und las mehr oder weniger desinteressiert die Posts von Freunden, Bekannten und anderen Nutzern. Er stolperte über ein Video mit dem Titel ‚1982'. Er war weder historisch noch politisch interessiert, das hätte ihn zu sehr von seinem easy way of life abgelenkt. Trotzdem hatte er das Gefühl, es anklicken zu müssen. Da es offenbar ein 3D-Video war, aktivierte Josh seine VR-Brille.

Er hatte das Gefühl, auf einer Art Spähpanzer zu stehen und auf eine Siedlung zu blicken. Der Motor des Panzers war noch warm und knackte beim langsamen Abkühlen. Es roch nach Diesel und heißem Stahl. Die Siedlung lag still dort, nur gelegentlich schrie irgendwo ein kleines Kind. Am Eingang zur Siedlung standen zahlreiche Soldaten, aber sie hatten nicht die gleiche Uniform wie er, als Späher, sondern waren eher wie Milizen gekleidet. Sie sprachen aufgebracht miteinander, immer wieder ungeduldig die Häuser der Siedlung fixierend, die in abendliches Licht getaucht waren. Dann verschwand die Sonne hinter der westlichsten Häuserzeile. Für einen scheinbar unendlich langen Moment verstummten die Stimmen der Milizionäre und eine bedrückende Stille trat ein. Irgendwer rief einen Befehl und unter lautem Gebrüll stürmten die Soldaten die Siedlung.

Josh konnte nirgends eine gegnerische Streitmacht ausfindig machen. Hatte diese sich vielleicht in den Häusern versteckt und die Milizen rannten in einen Hinterhalt?

Mit einem Mal veränderte sich die Perspektive und er glaubte sich in den Hinterhof eines mehrstöckigen Gebäudes versetzt. Vor einer Mauer standen vier junge Männer, nein, Jungs von vielleicht zwölf oder dreizehn Jahren mit dem Gesicht zur Wand, die Hände hinter dem Kopf. Einer der Milizen, seitlich von ihnen stehend, bewachte sie und gab einem anderen, der direkt hinter den Gefangenen stand, ein Zeichen. Daraufhin hob dieser seine Uzi, ein trocken-kurzer Feuerstoß verließ den Lauf seiner MP und die

Gefangenen sanken zu Boden. Auf dem Boden breitete sich eine Blutlache aus und auch die Wand war mit Blutflecken bespritzt. Die beiden Milizen hielten sich nicht lange mit den Ermordeten auf, sondern liefen ins Gebäude. Die Kameraperspektive folgte ihnen und schwenkte im Erdgeschoss in eine Wohnung, aus der ein nervenzerfetzender, gellend hoher Schrei zu hören war. Im größten Raum der Wohnung hatten sich zwei Blutlachen gebildet, deren Blut bereits ineinander lief und sich vermengte. Die Lache in der linken Ecke stammte von der Leiche eines einbeinigen Greises, der deutlich erkennbare Einschusslöcher am ganzen Körper trug. Außerdem hatte ihm jemand vor oder nach seinem Tod die Nase und Ohren abgeschnitten. Irgendwo von weiter oben vernahm man weitere Schreie und das Hämmern von automatischen Waffen. Es roch nach Blut, Exkrementen, Angst und Schweiß. In Josh flackerte für einen kurzen Moment der Wunsch auf, sich die Brille vom Kopf zu reißen, doch er konnte nicht. Dann schwenkte sein Blick auf die Lache in der rechten Ecke und fiel auf den Kadaver einer jungen, schwangeren Frau, deren Leibesfrucht aus ihrem aufgeschlitzten Bauch heraushing.

Josh gelang es mit Mühe, sich die VR-Brille runter zu zerren, war mit zwei Sätzen über der WC-Schüssel und kotzte sich die Seele aus dem Leib.

Morgen Vormittag noch arbeiten, dachte Hans, dann hätte er die Woche geschafft. Und er würde sich, mitten im Semester, ein langes Wochenende in seiner Heimat gönnen. Nach der Sprechstunde von zehn bis zwölf, für die Studenten, deren Semesterarbeit er betreute, würde er direkt in seinen Pickup steigen und an den Niederrhein fahren. Dann hätte er mit dem Maifeiertag und dem daran anschließenden Wochenende fünf Tage frei. Arbeitsreiche Monate lagen hinter ihm, die aber zu guten und brauchbaren Ergebnissen geführt hatten. Die Studie, die eine deutschlandweite Verbandsstudie einiger renommierter Universitäten war und sich mit den Gründen der massenhaften Kirchenaustritte befasste, hatte er für den ihm zugeteilten Regierungsbezirk Schwaben erfolgreich abgeschlossen. Seine Stelle als Lehrkraft war um zwei Jahre verlängert worden. Und er hatte das Aktiendepot, vor einigen Jahren während der weltweiten Wirtschafts- und Finanzkrise günstig erstanden, in den darauf folgenden Zeiten des Booms sehr gewinnbringend verkauft. Zum ersten Mal seit langer Zeit hatte er so etwas wie ökonomische Sicherheit verspürt. Doch er wäre nicht Hans gewesen, wenn er nicht sogleich überlegt hätte, wie er den monetären Gewinn in Lustgewinn oder Zuwachs seiner Lebensqualität umwandeln könnte. Und so hatte er sich daran gemacht, einen alten Lebenstraum zu verwirklichen. Er suchte nach einem alten, aber gut erhaltenen Motorkajütboot. Eine Stahlyacht mit mindestens zwei oder drei Kabinen, Kombüse, Dusche und WC schwebte ihm vor. Am besten mit einem langsam laufenden Reihensechszylinder Diesel. Und natürlich einem zweiten Steuerstand auf dem Oberdeck. Er hatte lange in diversen Bootsbörsen gesucht aber nie etwas Bezahlbares gefunden, das seinen Kriterien genügt hätte. Zu teuer, zu alt und runtergekommen, zu schwach motorisiert oder zu üppig und mit dann inakzeptabel hohem Stundenverbrauch. Aber vor zwei Wochen war er fündig geworden, hatte die Besitzer des angebotenen Schiffs kontaktiert und für morgen einen Besichtigungstermin im Yachthafen am Griethauser Altrhein vereinbart.

Glücklich über die aktuellen Lebensumstände, schwang er sich vom Sofa, fuhr eine nahe gelegene Tankstelle an und betankte den Pickup für die bevorstehende Fahrt. Auch Motoröl, Kühlwasser und Reifendruck wurden kontrolliert. Dann tat er etwas sehr seltenes: Er fuhr mit dem Wagen durch die Waschstraße und unterzog es einer Innenreinigung, hoffend, dass die ungewohnte Sauberkeit nicht zu technischen Pannen führen würde. Anschließend belud er die Ladefläche mit einer Kiste voller Tauchequipment, verschloss diese mit einem Vorhängeschloss und packte eine Reisetasche für fünf Tage.

Am folgenden Tag verließ Hans nach der Sprechstunde und fünf Stunden Autobahn die A3 und folgte der B57 über Wesel und Xanten Richtung Kleve. Ab Kalkar wählte er nicht die Bundesstraße, sondern entschied sich für die landschaftlich schönere Strecke über Wissel, Grieth und Griethausen. Der April zeigte sich von seiner schönsten Seite. Überall grünte und blühte es. Hans öffnete das nachträglich eingebaute Schiebedach und genoss das Zwitschern der Vögel und einen milde wehenden Südwestwind. Er erreichte den ehemaligen Fischerort Griethausen und fuhr entlang des malerischen Altrheinarms über Brienen zum Yachthafen.

Gertrud und Friedhelm, die Besitzer von Nora, die Hans besichtigen wollte, kamen ihm am Bootssteg entgegen, um ihn zu begrüßen. Es war ein älteres Paar, sicher jenseits der Siebzig mit einer sympathischen Ausstrahlung und Hans hatte von der ersten Sekunde an ein gutes, vertrauenswürdiges Gefühl. Nach herzlichen Händedrücken und kurzen Begrüßungsformeln kam Friedhelm zur Sache:

„Sie sehen ja, es muss einiges an Kosmetikarbeit geleistet werden. Der Bootskörper ist in Ordnung, auch unter der Wasserlinie. Aber die Aufbauten müssten komplett neu gestrichen werden. Überall abgeblättert und angerostet. Viel Schleifarbeit, neue Grundierung und neue Farbe. Technisch ist dafür alles in Butter. Die Maschine läuft auch nach zweitausend Betriebsstunden sauber und rund. Ich habe sie regelmäßig gewartet, jedes Inspektionsintervall eingehalten. 5,7 Liter DAF, 120 PS, unzerstörbar. Die Wellenanlage ist dicht, die Steuerung arbeitet präzise. Nur die Kette der Ankerwinsch müsste ausgetauscht werden, da sind ein paar Glieder durchgerostet. Aber gehen wir erstmal an Bord, dann machen Sie sich selber ein Bild."

Auch innen war die Nora technisch in gutem Zustand. Gasherd, Kühlschrank, Dusche und Bordtoiletten funktionierten einwandfrei. Die Bilge war trocken, auch die Lenzpumpe schien tadellos zu arbeiten. Maschine und Wendegetriebe hatten nicht mehr Ölspuren, als üblicherweise zu erwarten. Klar, dachte Hans, im Salon muss das eine oder andere abgewetzte Polster ausgetauscht, in den Kajüten Gardinen und Matratzen gewechselt werden. Aber das hätte er ohnehin getan und wäre schnell erledigt.

„Probefahrt?" fragte Friedhelm erwartungsvoll.

„Gerne. Ich starte mal die Maschine."

Der große Sechszylinder sprang mit sonorem Grollen aber unverzüglich an. Gertrud und Friedhelm lösten die Leinen und Hans legte ab. Sie verließen den Rheinarm und Hans probierte alle Manöver. Volllast, Maschine zurück, aufstoppen, Wenden auf engstem Raum. Alles lief vorbildlich. Auch die Bugwellen passierender Rheinschiffe durchstieß der fast vierzehn Meter lange Rumpf der Nora mit stoischer Gelassenheit. Nach einer halben Stunde kehrte das Schiff in den Yachthafen zurück. Hans legte an und die Verkäufer machten fest.

Gertrud holte drei Kaffee aus der Pantry und sie setzten sich auf das Achterdeck in die Sonne.

„Unsere Preisvorstellung kennen Sie ja", meinte Gertrud nach dem ersten Schluck. Und wir denken, das ist mehr als fair. Von daher möchten und werden wir aber auch nicht verhandeln. Uns ist das Schiff sehr ans Herz gewachsen in den letzten zwanzig Jahren. Nun wird es uns langsam zu mühsam. Sie wissen ja, die Kojen sind nicht gerade überbreit, in den Durchgängen muss man sich bücken und so weiter. Aber wir möchten es nur in gute Hände geben. Das ist uns wichtiger als ein hoher Kaufpreis".

„Das verstehe ich sehr gut", antwortete Hans. „Ich finde den Preis auch angemessen. Ich möchte mir aber trotzdem erst das Unterwasserschiff anschauen, ich habe nämlich mein Tauchequipment dabei."

„Oh, ja, wenn Sie wollen", meinte Friedhelm.
„Überzeugen Sie sich, wir haben nichts dagegen.
Wir holen in der Zwischenzeit, alle Dokumente
aus dem Auto, die zur Nora gehören. Sagen Sie,
wo übernachten Sie eigentlich heute?"

„Wieso?"

„Na Sie können gerne eine Probenacht an Bord
verbringen, dann bekommen Sie ein besseres Gefühl für das Schiff und ob Sie die richtige Entscheidung treffen."

„Danke, das ist sehr großzügig und ich nehme es
gerne an."

Nach dem Inspektionstauchgang, der den guten
Gesamteindruck der Nora bekräftigte und Durch-
sicht der Dokumente verabschiedeten Sie sich bis
zum nächsten Morgen.

Hans lief zur nahegelegenen Gaststätte Johanna
Sebus Denkmal. Hier verspeiste er einen vorzüglichen Burger und schlenderte zurück zum Boot.
An Bord versorgte er sich mit einem Bier aus
dem vollen Kühlschrank, er würde es natürlich
bezahlen. Er ließ sich auf dem Vordeck nieder
und lauschte dem leisen Schwappen der Wellen.
Ganz schön aufregend, dachte er. Nun wurde es
konkret. Es ist eine Sache, von etwas jahrelang
nur zu träumen und eine andere, diesen Traum
wahr werden zu lassen. Vierzig Tausend Euro,
ein großer Teil seiner Ersparnisse, würden dafür
drauf gehen. Aber gemessen an dem, was er dafür
bekam, war es kein Euro zu viel, das wusste er.
Natürlich würde das Einschränkungen zur Folge
haben. Erstmal keine Tauchsafaris oder Interkon-
tinentalreisen mehr. Dafür Freiheit und Abenteuer
auf eigenem Kiel! Den Liegeplatz im Yachtclub

konnte er zu einem bezahlbaren Preis übernehmen, die Versicherungsbeiträge hielten sich in Grenzen. Die Verbrauchsangabe war mit etwa fünf Liter Diesel pro Stunde realistisch.

Hans stand auf, um seine noch feuchte Taucherausrüstung zu versorgen. Sorgsam drehte er das Neopren wieder auf rechts und hängte es erneut in den Wind und die letzten Strahlen der abendlichen Sonne. Dann richtete er seine Koje her, holte sich noch ein König Pilsener aus dem Kühlschrank und prostete sich selbst zu, ihm, den künftigen Eigner von Nora. Wenig später fiel er glücklich in den Schlaf.

Josh hatte seinen Kreislauf mit einem isotonischen Getränk wieder aufgebaut und saß, seine Gedanken ordnend, auf dem Sofa. Was hatte er da nur gesehen? Oder vielmehr miterlebt? Die Abscheulichkeit der begangenen Verbrechen war ein Punkt, der ihm zu schaffen machte. Der andere war die verstörende Echtheit der Eindrücke. Er hatte nicht nur die Bilder im Kopf, sondern ebenso die dazugehörigen Geräusche, Gerüche und andere Sinneseindrücke, die er nicht näher identifizieren konnte. Hatte er tatsächlich den Geruch von Blut wahrgenommen? Die Erschütterung durch Geschosssalven? Die Hitze, die der Stahl eines Panzers abstrahlte gefühlt? Es schien unfassbar.

Er begann das Jahr 1982 zu googeln und stieß schon bald auf passende Einträge. Offenbar war es um das Massaker von Sabra und Schatila gegangen. Ortsteile von Beirut, in denen palästinensische Flüchtlinge untergebracht waren. Falangistische Milizen hatten im September die Lager nach Widerstandskämpfern durchsucht aber niemanden angetroffen. Außer eben hunderte von Zivilpersonen, hautsächlich Frauen, Kinder und Greise. Und hatten sich barbarisch für die Schändung eines christlichen Friedhofes einige Zeit zuvor gerächt. Es war hingerichtet, verstümmelt, gefoltert und vergewaltigt worden. Hunderte von Toten, die mit Baggern aus dem Viertel geschafft wurden. Und das Ganze unter den Augen Zahals, der Armee seines Landes. Die hatte nämlich den Befehl bekommen, nicht in Beirut einzumaschieren. Stattdessen war man vor den Ortsteilen in Wartestellung gegangen, nicht eingeschritten und hatte das zwei Tage dauernde Massaker aus gesicherter Distanz verfolgt. Und die Falangisten mit Wasser und Nahrung versorgt. War ja schließlich anstrengend, schwangeren Frauen den Bauch aufzuschlitzen. Widerwärtig!

Josh dachte an das, was er sonst vom Libanon wusste, auch wenn es nicht allzu viel war. Die Schweiz des Nahen Ostens hatte man das Land einmal genannt. Beirut als multireligiöses Paradies verschiedener Glaubensrichtungen. Und dann so etwas. Hatte sein Land denn gar keine Ethik, kein Verantwortungsgefühl? Kann man in einen Nachbarstaat einfallen und solche Gräuel zulassen? Und wofür? Klar war vielen Arabern die Existenz Israels ein Dorn im Auge und hätten es lieber heute als morgen von der Landkarte gelöscht. Dem musste man entgegenwirken, dass verstand er. Aber was hatten Angehörige seines Volkes da getan? Und noch viel mehr. Illegale Siedlungen in den besetzten Gebieten errichtet und den Konflikt damit geschürt. Alles nur für ein paar ultraorthodoxe Siedler, die den Traum von Jerez Israel nicht ausgeträumt hatten. Sollten sie ihn doch in Ruhe lassen, mit ihrem religiösen Scheiß. Man sah ja, wohin das führte. Josh, der seiner eigenen, jüdischen Religion bisher indifferent bis verhalten positiv gegenüber gestanden hatte, spürte mit einem Male eine heftige Abneigung aufkeimen. Und das Gefühl, etwas dagegen tun zu müssen.

Hans stand am Steuer seines neu erworbenen Schiffes, das durch tief blaues Wasser glitt. Sie Sonne stand fast senkrecht und glitzerte auf den Wellen. Backbord glitten winzige, mit Kokospalmen bewachsene Inseln vorbei, die von weißem Sandstrand umgeben waren. Inmitten der Inseln leuchtete das Wasser türkisfarben. Eine Schule Delfine begleitete die Nora spielerisch springend. Wie war er nur so schnell vom Rhein hier hin gekommen? War das da vorne nicht Alimatha im Vaavu Atoll? Er blickte aufs Achterdeck und sah eine Frau mit atemberaubenden Kurven, die ihn verführerisch anlächelte. Warum war ihr Gesicht so unscharf? Und warum kamen so seltsame Geräusche aus dem Maschinenraum? Hans schreckte aus dem Tiefschlaf hoch und stellte fest, dass er immer noch am Griethausener Altrhein war. Was war das für ein Geräusch gewesen, das ihn geweckt hatte? Glas. Irgendwo war Glas gesplittert. Und gleich nochmal. Wieder war eine Scheibe zu Bruch gegangen. Er sprang aus der Koje, zog Hose und Schuhe an und rannte aufs Deck. Zwei Yachten weiter machten sich offenbar Vandalen zu schaffen. Hans zog den stählernen Bootshaken aus seiner Halterung, sprang von Bord und rannte zur Nachbaryacht. Ein Sprung und er war an Bord. Was er sah, war eine dunkel gekleidete Gestalt in Kapuzenpulli, die mit einer Stange zu einem weiteren Schlag ausholte.

„Eh, Du Affenarsch!" brüllte er dem Vandalierer entgegen und rannte mit erhobenem Bootshaken auf ihn zu. Dieser schrak hoch, stutzte einen Moment und versuchte auf der anderen Seite des Schiffes zu entkommen. Hans setzte ihm nach. Mittschiffs hatte er ihn fast eingeholt. Er holte mit seinem als Speer zweckentfremdeten Bootshaken aus, traf den Gegner im Rücken und sah, wie dieser zu Boden ging. Doch im selben Moment traf ihn mit voller Wucht ein Schlag gegen die linke Schulter. Hans verlor das Gleichgewicht, stürzte über die Reling und landete im dunklen, eiskalten Wasser. Vor Überraschung schluckte er erst einmal etwas davon. Da er mit dem Kopf untergetaucht war, hatte er keine Orientierung, alles war schwarz. Er hielt einen Moment inne, merkte, dass er noch Luft in den Lungen hatte und ließ sich zur Oberfläche treiben. Als er wieder auftauchte, sah er zwei Gestalten wegrennen und hörte kurz darauf den Motor eines Autos starten. Der Fahrer gab kräftig Gas und ließ die Reifen quietschen. Außerdem vernahm er ein Martinshorn und sah fernen, blauen Schimmer. Jemand hatte wohl die Polizei verständigt.

„Da sind Sie ja nochmal mit einem blauen Auge davon gekommen", sagte der Polizist, bei dem Hans aussagte. „Sie hätten lieber gleich die Polizei gerufen, als sich auf ein Abenteuer einzulassen. Sie wussten doch nicht, wie viele Personen beteiligt waren, welche Bewaffnung sie hatten und wie gewalttätig sie wären."

„Ach, und dann hätte ich in aller Seelenruhe auf Sie gewartet und dabei zugeschaut, wie sie mein Schiff auch noch ruinieren?"

„Das ist Ihr Schiff?"

„Ähm, nein", antwortete Hans peinlich berührt. „Noch nicht jedenfalls, aber ich habe von den Leuten, denen es noch gehört, die Erlaubnis bekommen, hier zu übernachten. Da passe ich natürlich dann auch drauf auf. Was gibt es nur für Deppen auf der Welt? Wer macht denn sowas?"

„Wissen tue ich das auch nicht", entgegnete der Beamte. „Aber ich habe da so einen Verdacht. Können Sie sich nicht denken, aus welchem Umfeld das kommt?"

„Nein, leider nicht."

„Na sehen Sie, morgen ist doch der erste Mai. Da hat wohl jemand schon mal den Tag der Arbeit vorgefeiert. Und es gibt noch einen Hinweis, sehen Sie mal oben, am Kai."

Die beiden gingen zur Kaimauer. In der Nähe des demolierten Bootes war mit Graffiti das Wort ‚Kapitalistenschweine' aufgesprüht worden.

10

Klaus-Dieter war mit dem TGV von Düsseldorf nach Paris gereist, hatte die Metro vom Gare du Nord zum Flughafen Charles de Gaulle genommen und war dort auf Hassan getroffen. Gemeinsam waren sie mit der Air France KLM nach New York Newark geflogen, standen nun im Arrival Bereich und hielten nach William Ausschau. Nach etwa zwanzig Minuten rollte ein Chevrolet Tahoe vor und hielt vor den beiden. William öffnete von innen die Heckklappe, zwei Reisetaschen verschwanden im riesigen Kofferraum und die Besucher erklommen den ebenso großen Innenraum. Sie begrüßten einander kurz und William nahm Kurs in Richtung Manhattan.

Nach etwa einer Stunde Fahrt, was für die hiesigen Verhältnisse recht kurz war, erreichten sie das Haus in der 96. Straße West, in dem William ein großes Appartement bewohnte. Sie bekämpften ihren Jetlag mit einer Dusche und machten sich über Kaffee und Sandwiches her.

„So, einigermaßen fit, Ihr zwei?" wollte der Gastgeber wissen.

„Ja, alles ok" antwortete Hassan.

„Ja schön, dass wir uns mal wieder persönlich sehen", entgegnete Klaus Dieter. „Nachdem wir in den letzten Monaten so intensiv zusammen gearbeitet haben."

„Na dann wollen wir mal".

Sie nahmen den Aufzug und fuhren von der neunten Etage elf Stockwerke nach unten, in das zweite Untergeschoss.

„An dieser Stelle habe nur ich den Schlüssel zur Öffnung der Türe, ich habe das komplette Geschoss gemietet", erklärte William nicht ohne Stolz.

Er aktivierte den Lichtschalter und Klaus-Dieter wie Hassan nahmen erstaunt zur Kenntnis, wie riesig der Raum war. Es war nicht ganz das, was Hassan sich vorgestellt hatte. Anstelle riesiger Rechner und endlos aneinander gereihter Terminals, befand sich am Rand ein ganz normal aussehender Computer mit zwei Monitoren und einigen anderen Peripheriegeräten. Und in der Raummitte prägte das Bild ein gläserner Zylinder, etwa zwei Meter hoch und zwei Meter im Durchmesser. Darin tummelten sich zahlreiche Leitungen, die Hassan in nichts an die Hardware-Architektur im inneren eines normalen Rechners erinnerte.

„Also, wollt Ihr mal?"

Klaus-Dieter und Hassan schnappten sich je eine handelsüblich aussehende Playstation VR und eine Oculus Quest, wissend, dass diese sich in einigen wesentlichen Merkmalen von ihren Serienbrüdern unterschieden.

Sie schauten sich einige YouTubes an, während William sie dabei aufmerksam musterte. Als erster riss sich Hassan das Gerät vom Kopf. „Wow, das ist wirklich genial, so können wir es schaffen!"

Auch Klaus-Dieter war begeistert. Sie tauschten die Geräte und testeten erneut, wieder mit durchschlagendem Erfolg.

„Das Problem ist nur", warf Klaus Dieter ein, „wie kriegen wir die Dinger unters Volk? Wir haben bislang gerade mal ein paar hundert mehr oder weniger zufällig gestreut. Wir brauchen mindestens die zehntausendfache Menge davon."

„Es gibt nur einen Weg, den ich im Moment sehe und das ist eine Mammutaufgabe. Wir müssen sie kaufen, modifizieren und wieder verkaufen, als

Neuware originalverpackt und mit Garantie. Und dann natürlich billiger als sonst im Handel angeboten."

„Und das kostet uns pro Gerät wieviel Bugs?" wollte Hassan wissen.

„Ich schätze mal zwischen zehn oder zwölf US."

„Das Problem ist die Gerätezahl", meinte Klaus Dieter. „Wie willst Du Millionen davon auftreiben, verändern und vertreiben, ohne dass es jemand merkt?"

„Wir machen es anders", sagte Hassan bestimmt. „Ich habe mit Bence und Reka schon darüber gesprochen. Sie haben über ihre Mehrheitspakete Kontakt zu zahllosen Industrieunternehmen. Wir werden sie selber fertigen und zwar zu einem unschlagbarem Preis und mit einem affengeilen Design. Wir werden damit gewaltige Marktanteile erreichen. Es ist im Prinzip alles fertig, das Design, die Marketingstrategie und Vertriebswege. Wir brauchen nur noch die Technik und die funktioniert ja, wie ich gerade gesehen habe", fügte er grinsend hinzu.

„Es gibt noch zahlreiche Fehler", räumte William ein. „Auf dem konventionellen Rechner läuft die Software stabil, aber viel zu langsam. Auf unserem Baby hier nicht stabil. Klaus-Dieter, wir müssen folgendes erreichen: Wir brauchen einen fehlerminimierten Selbstlernalgorithmus in Phyton, der auf der Basis von Qbits funktioniert."

„Dazu hätte ich eine Idee. Wir lassen die fehleranfällige Software sich selbst korrigieren. Das ist ein Optimierungsproblem und damit wie geschaffen für das Baby."

„Wie bist Du eigentlich auf den krassen Scheiß gekommen?" wollte Klaus-Dieter von William wissen.

„Ich hatte eine Stelle als Gastdozent an der Uni Kyoto. Und war Anfang 2018 dabei als es entwickelt wurde. Ich habe mir gedacht, wenn es als Interpretation von Gedankenoutput geht, muss es auch revers funktionieren."

Zwei Stunden später saßen die drei Männer in einer Rooftop Bar in der 71. West Ecke 35. Straße und prosteten sich mit einem Miller zu.

„Here's to future!" brachte William hervor, was die beiden anderen nur bekräftigen konnten.

Hans stand am nördlichen Ufer des Duisburger Innenhafens und konnte es nicht fassen. Er war mit Hagen hier her gekommen, um sich die Veränderungen während seines bayerischen Exils zeigen zu lassen und die waren in der Tat beeindruckend. Hagen hatte früher einmal eine Studentenbude hier gehabt, in der Hans nach epischen Gelagen auch dann und wann übernachtet hatte. Vor dem Haus hatte das schmutzig graue Wasser des Innenhafens vor sich hin gestunken. Dahinter hatten sich längst aufgegebene, heruntergekommene Lagerhäuser befunden, deren marode Dächer und kaputte Fenster deutliches Zeugnis einer zu Ende gehenden Industrieära abgelegt hatten. Auf der anderen Seite, etwas höher gelegen, befand sich die extrem stark befahrene A40, keine fünfzig Meter entfernt. Und außerdem verlief hier noch eine Bahnlinie mit Rangierbetrieb, so dass, wenn man im Gäste WC aus dem winzigen Fenster gesehen hatte, der Blick auf ein riesiges Schild ACHTUNG LOKOMOTIVAUSFAHRT gefallen war. Dafür hatte Hagen das Zimmer freilich zu einem abnorm günstigen Mietpreis bekommen, wenn ihn das gelegentliche Scheppern der Gläser im Schrank beim Vorbeifahren einer V60 Rangierlok auch eher als störend empfunden hatte. Dies umso mehr, nachdem er herausgefunden hatte, dass deren Führerhaus zwar schallisoliert war, seine Wohnung jedoch keineswegs, womit der alte Maybach Zwölfzylinder sich ungehindert Gehör in den Räumen verschafft hatte.

Lächelnd dachten Hans und Hagen an die alten Zeiten und bestaunten den nun modern angelegten Yachthafen, gesäumt von Cafés und Restaurants mit Terrassen am Wasser.

Sie schlenderten auf die andere Hafenseite, setzten sich in eines der Cafés und bestellten ein König Pilsener. Im Westen, über der Schwanentorbrücke, war gerade die Sonne untergegangen. Es war recht still, schließlich war heute Maifeiertag.

Plötzlich waren von Richtung Innenstadt störende Geräusche zu vernehmen, entfernter Lärm, Geschrei und scheppernde Geräusche. Das Splittern von Glas.

„Nicht schon wieder", entfuhr es Hans, der Hagen die Erlebnisse der letzten Nacht zuvor geschildert hatte. „Lass uns zahlen und abhauen."

Sie stiegen in Hagens BMW und umrundeten den Hafen. Doch anstatt nach Ruhrort, lenkte Hagen den Wagen nach rechts in Richtung Innenstadt. „Ich will doch mal sehen, welche Vollpfosten da randalieren", kommentierte er seine Entscheidung. Sie kamen nicht weit. Schon am Calaisplatz strömte ihnen ein aufgebrachter, randalierender Mob entgegen, gefolgt von einer Einheit Bereitschaftspolizei. Hagen wendete und war im Begriff wieder in Richtung Ruhrort davon zu fahren. „Warte kurz!" stieß Hans hervor. „Sieh mal da vorne! Ich habe es doch geahnt." Am Rande des Calaisplatzes rannten drei vermummte Gestalten auf einen roten Toyota Prius zu und verschwanden zügig im Wageninneren. Es war das Auto, das vor dem Haus von Ina und Horst gestanden hatte, als Hans zu Besuch war. „Fahr mal hinter her, die kennen Deinen Wagen nicht."

Mohammed Bassir schwitzte. Ein Schirokko hatte sich aus der Wüste angebahnt. Noch heute Morgen war die Luft strahlend klar gewesen. Der Kontrast aus den ockerfarbenen Stadtmauern, dem Grün von Palmen und Orangen, dem Blau des Himmels und den schneebedeckten Bergen des hohen Atlas hatten ihn mal wieder verzaubert und ihm versichert, dass seine Heimat, die Stadt Taroudant im Süden Marokkos, ein ganz besonderer und malerischer Ort war. Doch nun hatte sich ein braungrauer Schleier über die Landschaft gelegt, die Sonne verdeckt und die Temperatur am Nachmittag auf fünfundvierzig Grad steigen lassen. Der zunehmende Wind, der schon bald zum Sturm werden würde, machte es nicht angenehmer. Er war ein gigantisches Heißluftgebläse. Und er presste die ungeheuren Sandmassen, die der Schirokko mit sich führte, in die kleinsten Ritzen. Sand auf den Straßen, Sand im Haus, Sand in der Kleidung, Sand im Essen. Auch hier, in seinem kleinen Häuschen in der Nähe vom Bab el Kasbah fand sich mehr und mehr davon.

Mohammed hatte geduscht und sich nicht abgetrocknet, sondern nass aufs Bett gelegt. Der Deckenventilator sorgte auf der nassen Haut für angenehme Verdunstungskühle. Er hoffte, dass sich der Sturm bis zum Abend legen würde und er Gelegenheit hätte, zum Abendgebet in die Jnane Tasrif Moschee zu gehen. Er war nicht streng gläubig, als Elektroingenieur hatte er ein naturwissenschaftliches Weltbild. Aber trotzdem spendete ihm die Religion Trost, leitete ihn bei mancher ethischen Entscheidung und kanalisierte sein Bedürfnis an Spiritualität. Und zudem waren für ihn Wissenschaft und Religion keine Konkurrenten, sie beschrieben die Welt nur mit unterschiedlichen Sprachen.

Den Thé à la menthe, den typisch marrokanischen Minztee, hätte er normalerweise zuckersüß und kochend heiß getrunken. Nun trank er ihn literweise eiskalt aus dem Kühlschrank und schwach gesüßt. Eigentlich müsste man sich ein Video von den Eiswüsten der Antarktis anschauen, dachte er lächelnd. Dann würde er allerdings der von Gott gegebenen Prüfung der Hitze mental entfliehen, hielt er selbst dagegen. Nach einigen Minuten des Abwägens entschied er sich für die unterhaltsame Variante, setzte seine VR Brille auf und stöberte im Netz.

Mohammed sah eine Oase. Ein strahlender Himmel über einer einsamen Wüstenlandschaft. Er schien die Wärme der Sonne und einen leichten Wind auf der Haut zu spüren. Zikaden gaben aus der Ferne ein Konzert und lieblicher Duft von nahen Blüten erreichte scheinbar seine Nase. Nicht ganz einsam, winzige Häuschen aus Stein und Lehm schmiegten sich in einer Mulde aneinander. Vor einem der Häuschen saßen Männer und unterhielten sich in einem sehr altertümlichen Arabisch. Mohammed bekam nicht alles mit, nur, dass sie sich über die Regeln des Zusammenlebens im Dorf unterhielten. Und dass es offenbar einen Opinion Leader gab, dem die anderen gebannt lauschten. Es war ein älterer Mann, groß, schlank. Asketisch. Graue Strähnen durchzogen seinen langen Bart. Er hatte ein energisch vorstehendes Kinn und eine markante, lange Nase. Das Bemerkenswerteste aber waren seine Augen. Ein Ausdruck von Stolz und Autorität lag darin, aber auch von Weisheit und Güte. Vor allem aber strahlten sie eine kaum überbietbare Aura an Friedfertigkeit aus. Auf geheimnisvolle Art und Weise wirkte er wie jemand, der schon sehr viel erlebt hatte, dem nichts, was es zwischen Himmel und Erde gab, fremd war. Wie jemand, dem sich die Welt mit all ihren Mysterien offenbart hatte. Zugleich wirkte er zutiefst sympathisch und anziehend. Und in diesem Moment durchströmte Mohammed die Gewissheit, hier seinen Namensvetter zu sehen.

Unvermittelt wurde das Bild unscharf und sukzessive durch etwas anderes ersetzt. Mohammed sah ein älteres weißes Gebäude, das mit farbigen Säulen und Ornamenten verziert war. Davor befanden sich einige Cafés. Aus dem Gebäude drangen die Geräusche von Rockmusik. Ein VW Polo hielt davor. Drei Männer stiegen aus, bewaffnet mit Maschinenpistolen. Noch außen eröffneten sie das Feuer und erschossen zwei Fahrradfahrer. Dann rannten sie hinein. Die Kamera folgte ihnen und Mohammed hatte das Gefühl, mitten im Konzertsaal zu stehen. Ohrenbetäubend laute Musik erfüllte seine Ohren, er fühlte das Vibrieren der Bässe. Die Zuschauer, die den Saal füllten, waren junge Männer und Frauen, die meisten so Mitte zwanzig, viele jünger. Sie schienen ausgelassen mit der Musik mit zu gehen und zu feiern. Plötzlich sah man die ersten von ihnen zu Boden gehen. Die Musik erstarb und man hörte die Schreie vieler Menschen. Es roch nach Angst, Schweiß und Blut. Die Männer mit den Maschinenpistolen feuerten mehrere Magazine in die Menge und warfen mit Handgranaten. Überall lagen blutüberströmte Leichen. Einige versuchten verzweifelt, sich auf den Balkonen zu verstecken oder nach draußen zu entkommen. Die meisten der Flüchtenden wurden aber ebenfalls abgeschlachtet. Neben Mohammed wurde eine junge Frau von einer Handgranate zerfetzt, neben ihm lag der abgerissene Kopf eines jungen Mannes. Er riss sich die VR-Brille vom Kopf, sprang auf und stürzte zur Toilette, in die er sich heftig übergab.

„Sie fahren auf die A40", bemerkte Hagen. „Ich lasse mich mal ein bisschen zurückfallen, wir haben wenig Verkehr und fallen schnell auf.
Schon an der nächsten Möglichkeit, am Kreuz Duisburg, wechselte der Prius auf die A59 und verließ diese an der Ausfahrt Marxloh. Nach etwa fünf Minuten bog er in eine Seitenstraße und Hagen konnte gerade noch rechtzeitig abbremsen,

um dem verfolgten Auto nicht zu nah zu kommen. Sie beobachteten von einer Parkbucht aus, wie die Männer aus dem Prius stiegen und ein vierstöckiges Wohnhaus betraten. In der dritten Etage ging ein Licht an.

„Echtes Flitterwochenparadies!" kommentierte Hagen den Zustand der umliegenden Häuser und den Müll auf der Straße.

„Ja, ist schade drum. Aber nach dem Strukturwandel sind viele der türkischen Gastarbeiter, die hier gewohnt haben, abgehauen. Deutsche wohnen kaum noch hier und es wurden teilweise Wohnungen mit sechzig illegalen Bewohnern entdeckt. Naja, einer von den dreien scheint sich ja hier ganz wohl zu fühlen."

„Und was machen wir jetzt hier?"

„Nichts weiter, ich wollte einfach nur wissen, mit wem Horst randalieren geht".

„Wieso ist das so wichtig?"

„Ich kann es Dir nicht sagen. Aber jetzt weiß ich es und wir können in der Koloniestraße noch eine gepflegte Pommes Currywurst rot weiß essen".

„Machen wir", antwortete Hagen.

Hans wusste aber, dass er nicht zum letzten Male an diesem Ort gewesen sein würde.

Mohammed kam langsam wieder zu sinnen. Obwohl die Hitze und der Sandsturm noch zugenommen hatten, hatte sich ein Mineraliendrink nach der Verausgabung seines Magens als sehr hilfreich erwiesen. Was hatte er da nur gesehen? Nach und nach kamen ihm die Szenen wieder in Erinnerung. Die Intensität und das Durchdringende des Gesehenen, ja Erlebten, hatte ihn zutiefst irritiert. In der ersten, das war ihm klar, hatte er eine Szene aus dem Leben seines verehrten, ja geliebten Religionsstifters miterlebt. Und in der zweiten? Allmählich erkannte er, um was es gegangen war. Bataclan 2015. Salafistische Terroristen stürmen unter anderem ein Konzert. All dieses Gemetzel. Widerlich. Sinnloses Blutvergießen im Namen seiner Religion. Dahin gerafftes Leben junger Menschen. Vertane Existenzen, ausgelöscht durch Gestalten, die sich anmaßten, das Wort Gottes durch barbarische Taten zu verteidigen. Kuffar ohne religiöse Ausbildung, ohne wirkliche Werte. Schlimmer als Tiere es jemals hätten sein können. Doch was hatte den Boden dazu bereitet? Mit einem Male ergriff Mohammed die furchtbare Angst, die drohend finstere Vorahnung, die Menschen seien gar nicht reif, die kostbare und edle Frucht zu kosten, die diese Religion bereit hielt. Eine schwarze Klammer umfing sein Herz. Sollten sie doch alle in der Hölle verrotten mit ihrer Unfähigkeit, das Haus des Friedens mit Leben zu erfüllen. Er spürte den heftigen Wunsch, den Missbrauch der Religion wirksam zu unterbinden. Und da er keine realistische Perspektive zur Erfüllung des Wunsches ausmachen konnte, die Religion selber an genau dem Ort hinunter zu spülen, den er zehn Minuten zuvor aus einem anderen Grunde aufgesucht hatte.

Stunden später hatte Hans seinen Pickup in einer Nebenstraße stehen lassen. Natürlich war er nach Marxloh zurückgekehrt. Er wusste selbst nicht so genau, was er hier suchte oder ob er irgendwas finden würde. Er schlenderte an dem Haus vorbei, in das die drei Gestalten verschwunden waren. Auf dem dritten Briefschlitz stand der Name Frank Beukes. Nach etwa hundert Metern kehrte er um und fand auf der gegenüberliegenden Straßenseite einen kleinen Spielplatz mit Bank. Dort ließ er sich nieder und wartete. Aus Sekunden wurden Minuten, aus diesen Abschnitte von fünf Minuten, einer viertel Stunde, halben Stunde, Stunde. Nach etwas mehr als einer Stunde öffnete sich die Haustür und eine junge Frau mit zwei Kindern verließ das Haus. Als sie eine halbe Stunde später mit Einkaufstüten bewaffnet zurückkehrte, erhob sich Hans und lief dort hin. Er wartete, bis Mutter und Kinder ins Haus verschwanden, setzte sofort nach und hinderte die Tür am Zufallen. Er hörte die Schritte im Treppenhaus verstummen, eine Wohnungstür gehen und die Stimmen der Kinder jetzt nur noch gedämpft. Das war für ihn das Signal, sich leise die Treppe in den vierten Stock hinauf zu schleichen. Durch den Türspalt und den Spion der dort befindlichen Wohnung drang kein Licht. Er legte sein Ohr an die Tür, vernahm aber keinerlei Geräusche. Froh über diesen Umstand setzte er sich auf die oberste Treppenstufe.

Nach einer weiteren, sich ewig hinziehenden halben Stunde öffnete sich die Tür im Stockwerk unter ihm und eine Gestalt in Kapuzenpulli verließ die Wohnung mit einem deutlichen Zuknallen der Türe. Als Hans die Haustüre gehen hörte, ging er ein Stockwerk hinab und zog ein flaches Stück Edelstahlblech aus seiner Tasche. Es hatte in etwa die Form einer Kreditkarte, war aber dünner. Vorsichtig zog er das Blech durch den Schlitz zwischen Türe und Zarge. Plötzlich hörte er die Haustüre. Jemand kam polternd die Treppe herauf gerannt. In Windeseile zog Hans das Blech zurück und versuchte einen Kompromiss aus Rennen und Schleichen. Jedenfalls war er oben, bevor Beukes die zweite Etage erreicht hatte. Nun stand Hans in der vierten und lauschte. Sein Puls ging einigermaßen schnell. Beukes blieb keine zwanzig Sekunden in der Wohnung, kam wieder hinaus und lief runter. In den Händen hielt er ein Portemonnaie, das er offenbar zuvor vergessen hatte. Als er das Haus verlassen hatte, machte sich Hans erneut an die Arbeit. Schon nach zwanzig Sekunden spürte er, wie der Riegel schnappte und er war in der Wohnung.

Er zog seine Maglight hervor und schaltete sie ein. Ihr starker Lichtstrahl fiel auf Dinge, auf die er lieber nicht gefallen wäre. Überall in der Zweizimmerwohnung lagen schmutzige Kleidungsstücke auf dem Boden. Beeindruckende Spinnweben ersetzten die ansonsten fehlende Dekoration. Pizzakartons mit halb aufgegessenen Pizzen. Gebrauchtes Kaffeegeschirr wetteiferte mit leeren Bier- und Weinflaschen um den schönsten Anblick. Wo sollte er in diesem Chaos anfangen zu suchen? Wie lange würde Beukes weg bleiben?

Was sollte er gegen den Gestank tun? Würde sich irgendeine Kreatur in dem Müll versteckt halten und ihn aus dem Hinterhalt anfallen? Ihn mit einer gallertartigen Masse überziehen und verdauen?

Hans bahnte sich den Weg zu einem Schreibtisch, auf dem sich ein aufgeklapptes Notebook im

Standby Modus befand. Er berührte das Touchpad und wurde zur Eingabe eines Passworts aufgefordert. Mist! Mit banger Erwartung ging er ins Schlafzimmer und leuchtete unter das Bett. Außer den größten Staubflocken, die er je zu Gesicht bekommen hatte, einigen toten Tieren und einem Pornoheft fand sich hier nichts. Die Darstellerin auf dem Titelblatt dürfte allerdings kaum älter als vierzehn sein, dachte Hans und sein Magen krampfte sich zusammen. Noch am Boden kauernd fiel sein Blick unter den Nachttisch. Ein kleiner Zettel lag dort. Hans leuchtete drauf und las ‚Yachthafen Griethauser Altrhein'. Hans sprang auf und verließ die Wohnung. Er wollte gerade nach unten schleichen, als sich die Haustüre öffnete. Schritte kamen die Treppe herauf, die Hans bereits kannte. Es waren die von Beukes. Abermals versteckte er sich auf dem Treppenabsatz der vierten Etage, wartete bis die Luft rein war und verließ das Haus. Am Auto angekommen zündete er sich eine Gauloises an, wählte auf seinem Handy mit unterdrückter Nummer die 110 und gab einen anonymen Hinweis ab.

Einige Tage später war Hans zurück in seiner Wohnung in Diedorf, saß auf dem Balkon und grübelte. Sollte er sich bei Ina melden und ihr sagen, was er entdeckt hatte? Sie vorwarnen? Eine Familie zerstören? Oder nur das beschleunigen, was sich vermutlich ohnehin ereignen würde?

Ein kühler Ostwind vertrieb die warme Luft des Maitages. Hans fröstelte und ging hinein, setzte sich vor das Telefon. Er betrachtete es, als würde er es zum ersten Mal in Augenschein nehmen, als sei es ein völlig neuer und fremder Gegenstand in seinem Haushalt. Trotz des Versuchs, dem Gerät einen Hinweis oder einen Tipp zu entlocken, was er nun tun sollte, blieb es wie gewohnt stumm. Jedenfalls bis zu dem Augenblick, bis sein Klingelton Hans aufschrecken ließ. Inas Nummer erschien auf dem Display.

„Hans?"

„Du bist jetzt vermutlich ein bisschen perplex, dass ich mich melde", begann Ina das Gespräch. „Und es fällt mir auch unendlich schwer, das zu sagen, aber Du hattest Recht."

„Womit?"

„Horst sitzt in U-Haft. Schwere Sachbeschädigung und versuchte Körperverletzung sowie Vorbereitung eines Terroranschlags. Ich hatte ihn im Verdacht, mich zu betrügen, weil er in letzter Zeit so in sich gekehrt war und gleichzeitig immer mehr Zeit mit seinen alten Kommilitonen verbracht hat. Ständig hat er irgendwelche WhatsApp bekommen und geschrieben. Einmal habe ich es nicht mehr ausgehalten und in einem günstigen Moment seine Nachrichten gelesen. So bin ich ihm auf die Schliche gekommen. Ich habe lange überlegt, ob ich mit ihm reden soll. Doch erstens war mir klar, dass die Ehe kaputt ist, schon lange kaputt war. Und zweitens ist mir die Polizei zuvor gekommen. Sie sind über seinen Freund Beukes auf ihn aufmerksam geworden. In unserem Keller haben sie mehrere Brechstangen und haufenweise Graffiti Dosen entdeckt. Außerdem Ammoniumnitrat, Aluminiumspäne und einen selbstgebastelten Zünder. Alles was man für die Herstellung einer Emulsionssprengladung braucht."

„Wow!"

„Ja, wow. Da kann man nur von Glück sagen, dass er vorher aufgeflogen ist. Er streitet natürlich ab, etwas damit geplant zu haben. Ist mir auch egal. Ich ziehe mit den Kindern in eine günstige Wohnung. Es bleibt allerdings meine Aufgabe, ihnen alles zu erklären."

„Tut mir leid, darum beneide ich Dich nicht."

„Ich wollte nur, dass Du es weißt. Ich brauche erstmal eine Zeit, um wieder Ordnung in mein Leben zu kriegen. Es ging alles so verflucht schnell. Von heute auf morgen zerplatzt der Traum von trauter Familie und gemütlichem Heim. Ich melde mich dann wieder bei Dir, mach's gut".

„Ja, mach's Du auch gut und pass auf Dich auf".

11

Zwei Jahre später. Hans saß auf dem kleinen Balkon seines Appartements und tat mehrere Dinge gleichzeitig. Erstens hatte er seine Füße auf dem Geländer abgelegt und zweitens ruhte sein Blick auf dem satten, frühlingshaften Grün der westlichen Wälder. Drittens trank er einen weiteren, seiner bereits unzähligen Espressi an diesem Morgen und rauchte viertens schon wieder und nochmal eine völlig überflüssige Gauloises. Fünftens lauschte er dem Rauschen des Ostwinds in den hohen Kronen des Waldes und sechstens und das tat er eigentlich mehr als alles andere, wunderte er sich.

Er wunderte sich zunächst mal über sein Leben. Der Umstand, dass sein Lehrauftrag an der Uni nochmal um zwei Jahre verlängert worden war, war an sich schon erstaunlich. Wo es doch nie Mittel gab! Und er immer noch nicht promoviert hatte! Eigentlich hätte er inzwischen das gleiche Schicksal teilen müssen, das so viele seiner Kommilitonen ereilt hatte: Taxi fahren oder Würstchen verkaufen.

Ebenso verwunderlich war, dass sich sein neuer Forschungsauftrag in komplizenhafter Weise mit seinem Leben verbündet hatte. In seinem letzten Auftrag war es um die Eruierung der Gründe von Kirchenaustritten gegangen. Dass er darauf basierend nun einen neuen Forschungsauftrag bekommen hatte, hätte er sich nie träumen lassen. Und diesen Auftrag hätte er auch nie bekommen, wenn sich in der letzten Zeit nicht wahnsinnig viele, seltsame Dinge ereignet hätten, die geheimnisvoll miteinander verknüpft schienen und die eine wissenschaftliche Untersuchung geradezu einforderten.

Da waren zunächst mal die christlichen Kirchen. Nach den ohnehin schon zahlreichen Austritten der letzten zehn Jahre hatte die Zahl derer, die Katholizismus und Protestantismus den Rücken kehrten noch einmal dramatisch zugenommen. Weltweit. Länder, deren Kirchen auf Spenden angewiesen waren, mussten erleben wie sich das Spendenaufkommen gegen Null entwickelte. In Deutschland hatte das unter anderem ein drastisches Einknicken der Steuereinnahmen zur Folge. Versuche einer christdemokratischen Partei, die Steuern obligatorisch von jedem Steuerzahler einzuziehen, waren vor dem Bundesverfassungsgericht gescheitert. Gerade die katholische Kirche hatte eine Zeit lang von ihren beträchtlichen Vermögenswerten gelebt, sah diese aber nun langsam vor sich hin schmelzen. Schließlich hatten sich die Evangelische Kirche Deutschland, vertreten durch den Präses und die Deutsche Bischofskonferenz, ihrerseits vertreten durch deren Vorsitzenden in einem historisch einmaligen Prozess auf einen Zusammenschluss zur Ökumenischen Kirche Deutschlands geeinigt, der sie als Führungsduo vorstanden. In der Not rückt plötzlich zusammen, was jahrhundertelang Spinne feind war und etliche intrakontinentale Kriege heraufbeschworen hat.

Gleichzeitig hatte man hektisch versucht, sich zu popularisieren. Nicht nur, dass Frauen in beiden Kirchen als Pfarrerin zugelassen waren. Neu zu besetzende Stellen waren im allgemeinen Genderwahn sogar als *Pfarrer*in*e* ausgeschrieben, um jedes auch noch so exotische Geschlecht nicht auszugrenzen. Dass die Katholiken auch den Zölibat aufgehoben hatten, überraschte da kaum noch. Dadurch waren, wer hätte das gedacht, inzwischen sogar die Fälle sexuellen Missbrauchs deutlich zurückgegangen.

Auch an anderer Front hatte man lange mit sich gerungen, nur um letzten Endes doch noch Brückenbauendes für den Dialog der Generationen zu gestatten. Eine kanonische Version 3.0 des *Vater Unsers* begann mittlerweile mit:

Hey, abgespaceter Dad
mit deinem hippen Namen
du bist der Chef
und wir die Opfer
auf krass kleiner Erde und im fett großen Himmel
Gibst Junkfood jeden Tag...

Ob es half? Wohl eher nicht. Denn abgesehen von den Menschen, die schlicht nicht religiös waren, war auch noch ein neuer Trend offenkundig geworden: Die Wiederbelebung vorchristlicher Religionen und Kulturen. Und das waren in Deutschland einige keltischen, vor allem aber germanischen Ursprungs. In zahlreichen Kulturvereinen und sektenartigen Zusammenschlüssen wurde der neuen Mode gefrönt. Auch in seiner alten Heimat Orsoy gab es mittlerweile einen germanischen Kulturverein. Dessen Vorsitzenden, Wolfgang Schmitz, würde er in Kürze treffen.

Doch auch in anderen Kulturkreisen hatte es tiefgreifende Veränderungen gegeben. Die Umma hatte eine deutliche Abgrenzung vom Salafismus vollzogen. Das Königshaus Saudi-Arabiens hatte sich, um seinen Machterhalt zu gewährleisten, von der wahabitischen Auslegung des sunnitischen Islam verabschiedet. Ähnliches stand auf schiitischer Seite dem Ayatollah-Regime im Iran bevor. Die islamische Geistlichkeit versuchte händeringend der massenhaften Abkehr vor allem junger Menschen zu begegnen. Die Gleichberechtigungsbemühungen von Frauenrechtlerinnen trugen immer mehr Früchte. Mittlerweile gab es sogar eine von der Al Azahr Universität in Kairo vorsichtig in die moderne arabische Sprache übersetzte Version des Koran.

Doch die vielleicht erstaunlichsten Veränderungen hatten in Israel stattgefunden. In Jerusalem, dem Schmelztiegel der drei großen monotheistischen Religionen, war man erstaunlich nah zueinander gerückt. Inzwischen gab es dort sogar metareligiöse Gottesdienste, immer abwechselnd in einer Moschee, einer Synagoge und einer Kirche. Damit rollierten auch die Feiertage von Freitag bis Sonntag. Durch diese Anfangsprojekte waren andere Prozesse angestoßen worden. Der Niedergang der Ultraorthodoxen Juden, die Preisgabe der Idee von Großisrael, die Anerkennung Palästinas und wirtschaftliche Hilfen für die ehemaligen besetzten Gebiete hatte das Gewaltpotential auf Seiten der Palästinenser drastisch sinken lassen. Hamas und Hisbollah sahen sich der Bedeutungslosigkeit preisgegeben. Außerdem gab es auch in Israel Bemühungen, sich den alten, vorjüdischen Kulturen bewusst zu werden. Zum Beispiel existierte ein Verein, der sich der Verehrung des Mondgottes Jarich widmete.

Die erdrutschartigen, epochalen Veränderungen und insbesondere die Renaissance längst totgeglaubter Kulturen und Religionen, das war nun also der Gegenstand, den Hans in seinem neuen Forschungs- und Lehrauftrag zu untersuchen hatte. Ein Verband mehrerer europäischer und überseeischer Universitäten führte das Forschungsprojekt in etlichen Ländern gleichzeitig durch. Hans war naturgemäß Deutschland zugewiesen worden.

Als erstes auf seiner Liste stand der Besuch eines germanischen Festes am Niederrhein an. Er hatte einen Fragebogen entworfen, mit dem die Gäste des Festes nach ihren Motiven zur Teilnahme befragt werden sollten. Es ging im Kern um die Frage, ob folkloristische Gründe, Aspekte der bloßen Freizeitgestaltung oder tatsächlich religiöse Gründe für die Zuwendung zur germanischen Kultur ausschlaggebend waren.

Er würde also morgen wieder Reisevorbereitungen treffen und seine Heimat aufsuchen. ‚Odala‘ schoss es ihm durch den Kopf. Die germanische Rune für Heimat. Könnte er sich eigentlich als Sinnbild seiner eigenen, berufsbedingten Heimatlosigkeit auf die Schulter tätowieren lassen. Mit diesem Gedanken schwanger folgte er abwesend den Signalen seines Magens. Er musste sich ablenken. Also bestieg er sein Mountainbike, drehte eine ausgedehnte Runde durch die westlichen Wälder und kehrte auf eine Schweinshaxe und eine Maß in die Klostergaststätte Oberschönenfeld ein.

Wolfgang Schmitz war bester Laune. Das war zu einem kleinen Teil dem Umstand zu verdanken, dass er gerade bei einem opulenten Frühstück den Blick aus seinem Esszimmer genoss, der auf den in der Sonne glänzenden Rheinstrom fiel. Zu einem viel größeren Teil erfreute er sich an der Tatsache, dass der von ihm gegründete Kulturverein ‚Menapier e.V.‘ ein solches Interesse bei den Menschen am Niederrhein hervorgerufen hatte. Und das war nicht nur folkloristische Spielerei. Nein, er hatte es geschafft, den Neugierigen echte Inhalte, Werte und traditionelle Vorstellungen seiner Vorfahren zu vermitteln. Dabei war die Skepsis anfangs groß gewesen. Vor allem hatte es gegolten, sich vom naiv völkischen Denken des Nationalsozialismus und dessen absurden Rassentheorien glaubhaft abzugrenzen. Die dümmliche Verehrung und Vereinnahmung germanischer Kultur durch die Nazis hatte Ersterer mehr Schaden zugefügt, als es römische Elitesoldaten jemals hätten tun können. Allerdings hatte Schmitz von Anfang an betont, dass hier ja kein germanisches Volk verehrt wurde, sondern ein keltisch germanisches Mischvolk, dessen Ursprünge sogar rein keltisch waren.

Auch von klerikaler Seite war er naturgemäß scharf kritisiert worden, ging mit seinen Aktivitäten doch auch die Verbreitung vorchristlicher Glaubensinhalte einher. Aber das betrachtete Schmitz inzwischen als hochwillkommene Werbung für seine Sache, steigerte es doch abermals die Medienpräsenz.

Nun würde die stetig gewachsene Schar seiner Anhänger zur anstehenden Sommersonnenwende ein rauschendes Fest veranstalten und zum ersten Mal hofierte ihn Presse, Rundfunk und Fernsehen auf überregionaler Ebene.

Und er hatte einen würdigen Ort mit hohem Symbolgehalt für das Fest finden können. Menapier e.V. hatte eine große Wiese gepachtet, umrahmt von einigen hohen Eichen und von Weiden gesäumten Gräben am Fuße einer eiszeitlichen Endmoräne. Sie befand sich am Kalkarberg zwischen Kleve und Kalkar, dem Fundort eines Tempels zu Ehren der Mut und Kampfgeist fördernden Göttin Vagdavercustis. Da das gesamte Gebiet archäologisch bedeutsam war, waren zähe Verhandlungen mit den Behörden notwendig gewesen, um diesen Platz zu bekommen.

Das war der leichte Teil der Vorbereitungen gewesen. Auch einen Fleischer zu finden, der möglichst authentische Schinken herstellte und eine Brauerei, die das nur wenige Tage haltbare Bier braute, war noch einfach zu bewerkstelligen gewesen. Der weitaus schwerere Teil war, das Ganze nicht in ein kirmesartiges Volksfest ausarten zu lassen. Es sollte historisch so korrekt wie möglich ablaufen und gleichzeitig Lebendigkeit vermitteln. Im Mittelpunkt stand die Darstellung einer Sippe, die in ihrer natürlichen Alltagsumgebung das Fest zelebrieren sollte. Vielleicht gelang es ja schon beim nächsten Mal, aus umliegenden Sippen ein Gau zu formen? Wie auch immer, die Kenntnisse über die Menapier aus Caesars Gallischem Krieg waren überaus mager. Sie beschränkten sich in der Hauptsache auf die Darstellung militärischer Operationen. Doch wie hatten der Alltag und das Empfinden dieser Menschen ausgesehen, die Tacitus in seiner Germania als sittenstreng, tapfer und ehrlich geschildert hatte? Träge im Frieden sollen sie gewesen sein, einen übermäßigen Biergenuss an den Tag gelegt haben und oft dem Würfelspiel verfallen gewesen sein.

Schmitz, das musste er sich eingestehen, kam schon bei Kostümen und Frisuren an seine Vorstellungsgrenzen. Hatten Thorsberghose, wollene Wadenwickel bei den Männern und fußknöchellange Unterröcke bei den Frauen noch ihre Gewissheit, so waren die Frisuren nicht mehr rekonstruierbar. Nur, dass sie keinen Suebenknoten getragen hatten, wie die weiter südlich angesiedelten Stämme, wusste man.

Doch dankenswerterweise gab es ja diese modernen Hilfsmittel, von denen er selber nicht viel verstand und für deren Anwendung er seine Leute hatte. Und mit diesen war ein fast schon bedrückend realistisches Bild seiner Vorfahren gezeichnet worden, das er nun nur noch umzusetzen brauchte.

Hans hatte sich durch den Erwerb der *Nora* eines Problems entledigt. Er musste nämlich Hagen nicht mehr um Asyl bitten, wenn er an den Niederrhein kam. Aber natürlich stattete er Orsoy einen Besuch ab, sah in seinem Haus nach dem Rechten und besprach einige Dinge mit den Mietern. Danach traf er sich mit Hagen im Postgrill, verzehrte eine Frikandel Spezial mit Pommes und machte sich auf den Weg an den Griethauser Altrhein.

Die *Nora* lag friedlich und sanft schaukelnd in der Dünung. Sie hätte ein schönes Bild abgegeben an diesem sonnigen und warmen Abend. Dass sie es nicht tat, lag an den Verdauungsrückständen etlicher Möwen und Tauben, die diesen Ort wohl besonders ins Herz geschlossen hatten. Das rief in Hans sofort eine fast fünfzig Jahre alte Erinnerung wach: Als kleiner Junge hatte er in eben jenem Postgrill seine erste Portion Pommes Frites bekommen, damals aber keine Mayonnaise gewollt. Etwas hatte ihn abgelenkt, er hatte weggesehen und als sein Blick eine Sekunde später wieder auf die Pommes fiel, war dort Mayonnaise gewesen. Verwundert hatte er sich umgeblickt aber den Ursprung dieser plötzlichen Dreingabe nicht entdecken können. Erst als er nach oben geschaut und dort eine Möwe hatte fliegen sehen, war ihm der Ursprung der vermeintlichen Mayonnaise klar geworden. *Drecksmöwe*, hatte er gedacht. Er enterte die *Nora*, schloss auf und bewaffnete sich mit Lenzeimer und Schrubber. Nachdem die Persenning und die Deckplanken wieder sauber waren, verstaute er seine Reisetasche und setzte sich mit einem Bier auf das Achterdeck. Er lauschte dem Plätschern der Kräuselwellen und fragte sich, wie das Treffen mit Schmitz wohl werden würde.

Am nächsten Morgen erwachte er früh mit den ersten Sonnenstrahlen, die durch die Bullaugen der Eignerkabine im Bug fielen. Hans ließ einen Kaffee durch die Maschine laufen, frühstückte in Ermangelung frischen Backwerks eine Gauloises und machte sich auf den Weg nach Kleve, um das Nötigste einzukaufen. Anschließend unterzog er die *Nora* einer gründlichen Inspektion, die sein vernachlässigter Pickup von der Kaimauer aus eifersüchtig zu verfolgen schien. Den Nachmittag verschlief er größtenteils in der Sonne, nur unterbrochen vom ein oder anderen Sprung ins kühle Nass. Als die Sonne schon relativ flach stand, zog er sich um, bestieg seinen lauernden Pickup und fuhr an Kleve vorbei die B 57 Richtung Süden. Auf der Höhe von Kalkar bog er nach rechts ab auf die B 67 und nach kurzer Zeit erreichte er das Festgelände an der Viehstege.

Beeindruckend viele Menschen waren hier versammelt. Doch es war von der Stimmung her anders, als er gedacht hatte. Kein rummelplatzartiger Radau empfing ihn, sondern eher das heiter besinnliche Stimmengewirr einer Menschenansammlung, die geradezu andächtig wirkte. Selbst die Anwesenheit eines Fernsehteams und einiger Rundfunk- und Zeitungsreporter taten der beschaulichen Stimmung keinen Abbruch.

Hans sah sich um und wusste nicht so recht, wohin er sich als erstes wenden sollte.

„Verzeihung!", sprach ihn eine sonore Stimme von hinten an. „Sind Sie nicht Herr Kaufmann?"

Hans drehte sich um und streckte seine Hand der Person entgegen, die vermutlich Schmitz war. Der Mann hatte eine charismatische Ausstrahlung aber auch eine gewisse Strenge und erinnerte Hans in seinem Habitus an einen pensionierten Gymnasiallehrer.

„Ja, Hans Kaufmann. Ich nehme an, Sie sind Wolfgang Schmitz?"

„Angenehm, der bin ich. Kommen Sie, ich zeige Ihnen das Gelände."

Sie steuerten auf das Zentrum des Platzes zu, das von einer hohen, steinernen Stele gekrönt wurde.

„Darf ich vorstellen?", kommentierte Schmitz. „Hier gedenken wir Vagdavercustis. Die Göttin des Kampfes und der Tapferkeit. Offenbar waren die römischen Soldaten so vom Kampfgeist der Germanen und Kelten beeindruckt, dass sie sogar ihre Waffen von der fremden Göttin segnen ließen. Man hat zahllose davon gefunden, ganz in der Nähe".

Hans bewunderte den hohen schlanken Monolithen, der reliefartig die Züge der Göttin erkennen ließen.

Am rechten Rand des Festplatzes war eine hölzerne Bühne aufgebaut, auf der eine Gruppe von zeitgenössisch gekleideten Musikern tätig war. Hörner, Trommeln und Rasseln konnte Hans erkennen. Und ein seltsam anmutendes Instrument, eine Art lange, gebogene Trompete. „Eine Lure", bemerkte Schmitz, dem der fragende Ausdruck in Hans Gesicht nicht entgangen war. „Natürlich nicht original, sondern aus Bronze nachgegossen".

Hans bestaunte das Ensemble, dessen Melodien ihm halb vertraut und doch so fremdartig erschienen. Mit dem althochdeutschen Gesang erging es ihm genauso.

„Manche Klänge werden Ihnen vertraut sein", erläuterte Schmitz. „Sie haben einen vorchristlichen Ursprung und sind als Volkslieder weitergegeben worden, andere in Form von Weihnachtsliedern. Da hat man nur die Texte christianisiert."

Hans folgte den Erklärungen seines Gastgebers aufmerksam. Plötzlich spürte er etwas in seinem Rücken, das ihn dazu veranlasste, sich umzudrehen. Auf der linken Seite des Platzes war ein Stand errichtet, an dem ganze Schinken in Salzkruste von der Decke hingen und portionsweise verkauft wurden. Und davor stand sie, eine schöne unbekannte Germanin und blickte Hans mit schwer deutbarem Blick an. Die Andeutung eines Lächelns umspielte ihre vollen Lippen, das Hans automatisch mit einem Lächeln seinerseits erwiderte.

„Ah, ich sehe, Sie sind hungrig", kommentierte Schmitz. „Na Sie müssen ohnehin unbedingt unseren Schinken probieren".

Als die beiden den Schinkenstand erreicht hatten, war die Frau zu Hans maßloser Enttäuschung bereits entschwunden. Er reihte sich in die Schlange der Wartenden, während Schmitz am Nebenstand das trübe Frischbier für beide erstand.

„Der erste Eindruck von Ihrem Sonnenwendfest ist sehr positiv", bemerkte Hans, während sie aßen und tranken. „Was ist es, das sie dazu bewogen hat, alles mit so viel Detailliebe zu betreiben? Warum sind Sie überhaupt auf die Idee gekommen, diese Kultur zu reanimieren? Lautet nicht eine alte Indianerweisheit: versuche niemals ein totes Pferd zu reiten?"

„Ich bin mir durchaus bewusst, dass wir die alten Zeiten nicht wiederkehren lassen können. Aber darum geht es gar nicht. Mir geht es darum, eine Verbindung zu unserer ursprünglichen Kultur zu knüpfen. Diese Verbindung ist vor gut 1500 Jahren durch die Christianisierung abgerissen. Die authentische kulturelle Vielfalt der alten Völker ist durch etwas ersetzt worden, das alles homogenisiert hat. Das Christentum erscheint uns vertraut, weil es über viele Jahrhunderte unsere westliche Kultur in absolut dominierender Weise geprägt hat. Dabei ist es nicht von hier. Schon die Sprachen, in denen es zuerst Fuß gefasst hat sind nicht die unseren. Aramäisch, Hebräisch, Griechisch. Das Umfeld, in dem die meisten Geschichten spielen, ist das einer vorderorientalischen Hirtengesellschaft. Dies hat alles seine Berechtigung. Dort. Aber sollen uns solche Dinge spirituell erfüllen? Haben wir denn keine eigenen Bilder und Geschichten? Mit Göttern, die unserer natürlichen Umgebung entsprechen? Unsere Natur, Wälder, Sümpfe. Unsere Sehnsüchte. Dem natürlichen Lauf der Jahreszeiten. Und unseren Werten. Aufrichtigkeit, Mut, die Liebe zur Natur. Und außerdem: sehen Sie sich hier um. Finden Sie, diese Stimmung und Freude der Menschen können Sie als totes Pferd bezeichnen?"

„Ich danke Ihnen für diese aufschlussreiche Darstellung", entgegnete Hans. „Ich werde jetzt umhergehen und die Gäste und Darsteller befragen."

„Tun Sie das. Wir haben nichts zu verbergen."

„Dann noch einen schönen Abend", antwortete Hans, der sich über den Wahrheitsgehalt von Schmitz letztem Satz nicht wirklich sicher war. Er hätte nicht sagen können warum. Es war eher ein vages Gefühl.

Hans wendete sich den Gästen zu und startete die Befragungen. Auch die Musiker und anderen Darsteller befragte er. Nach etwa zwei Stunden hatte er genügend Material gesammelt und lenkte seine Schritte zu seinem Pickup. Schon von weitem bemerkte er etwas, das seinen Puls in die Höhe schießen ließ: die schöne, unbekannte Germanin hatte ihre üppige Figur gegen sein Auto gelehnt. Hans ging auf sie zu und wusste vor Verlegenheit nicht, was er sagen sollte.

„Und mich willst Du nicht befragen", sagte sie.

„Oh, doch, gerne. Wie heißt Du denn?"

„Frigga".

„Wie passend. Ich bin Hans. Ist das Dein richtiger Name?"

„Hier, an diesem Ort, schon. Bist Du vom Niederrhein?"

„Ja, aber zur Zeit lebe ich in Bayern. Und wenn ich hier bin, lebe ich auf einem Schiff."

„Auf einem Schiff, wie spannend. Und das ist hier in der Nähe?"

„Am Griethauser Altrhein. Ich…, ich kann es Dir zeigen, wenn Du willst", brachte Hans mit vor Aufregung brüchiger Stimme hervor, sich über den Mut seines etwas plumpen Versuchs wundernd.

„Aber nur, wenn Du mich nachher wieder hier hin fährst. Das Fest ist noch lange nicht zu Ende und sie werden mich am Schinkenstand noch brauchen."

Etwas perplex stimmte Hans zu und fuhr mit Frigga an den Altrhein. Zwei Stunden später hatte er ihr nach einer sehr knappen Befragung das Schiff mit allen Details gezeigt. Inklusive Eignerkabine.

Sie tauschten Mobilfunknummern, gaben sich einen Abschiedskuss und Hans ließ Frigga am Schinkenstand zurück. Ein wirklich gelungenes Fest, dachte Hans schmunzelnd, als er abermals zum Pickup lief.

Er hatte gerade den Motor gestartet aber das Licht noch nicht eingeschaltet, da sah er im schwachen Schein der Innenraumbeleuchtung eines alten Mercedes Schmitz. Offenbar war auch er gerade im Aufbruch. Hans spürte Neugier in sich aufsteigen und beschloss kurzerhand, dem Wagen zu folgen. Das würde nicht einfach sein, bei dem wenigen Verkehr um diese Uhrzeit, aber wenn er genügend Abstand hielt, könnte es klappen. Der

Mercedes fuhr über Üdem und Weeze zur niederländischen Grenze, die er bei Siebengewald überschritt. Nach kurzer Zeit bog er südlich ab und erreichte schließlich einen Parkplatz am Nationalpark ‚De Maasduinen‘. Hans war dem Wagen die letzten Kilometer ohne Licht gefolgt. Es gab absolut keine anderen Fahrzeuge mehr, die nachts hier unterwegs waren. Ihm war ein bisschen mulmig, hatten er und Ina doch vor vielen Jahren hier ein lebensgefährliches Abenteuer überstanden. Daran wollte er jetzt nicht denken. Kurz vor dem Parkplatz stieg er aus und lief eilig zum Mercedes. Der sich abkühlende Motor knackte in der Stille der Nacht. Hans folgte einem Pfad in Richtung Moor und hoffte, das Geräusch von Schritten aus der Kulisse der nächtlichen Moorlandschaft filtern zu können. Er hörte das Rascheln von Laub und irgendetwas brachte kleine Äste im Unterholz zum Knacken. Ein Waldkauz rief. Hans vernahm keine Geräusche menschlichen Ursprungs. Langsam gewöhnten sich seine Augen an die Dunkelheit. Der helle Dünensand war selbst jetzt gut zu erkennen. Der Pfad wurde schmaler. Heidekraut und Schilfgräser strichen um Hans Beine. Der Pfad verlief über einen langen Hohlsteg, unter dem dunkel glänzendes Moorwasser erkennbar war. Er erschrak über die Lautstärke seiner Schritte auf den Planken und bemühte sich, sehr behutsam aufzutreten. Nach etwa einer Stunde hatte er einen Teil der Fläche umrundet und setzte sich auf eine Bank an einem kleinen See, lauschte und spähte in die Nacht. Nichts. Keine Spur von Schmitz oder eines anderen Menschen. Na dann halt nicht, dachte Hans.

Also würde er dem Rest des Rundwegs einfach folgen bis er wieder zu seinem Pickup käme. In dem Moment, in dem er sich erhob, hörte er eine raunenhafte menschliche Stimme, die vom leichten Wind über das Moor getragen wurde. Nur ein einziger Satz, von dem er aber nichts verstand. Kurz darauf das Plätschern von Wasser. Hans versuchte zu ergründen, aus welcher Richtung genau die Geräusche kamen. Er meinte, sie kämen aus nordöstlicher Richtung. Also folgte er dem Pfad für weitere vierhundert Meter und bog dann in Richtung Wasser ab. Vorsichtig setzte er einen Schritt vor den anderen auf weiche, leicht nachgebende Grasbüschel. Nach fünf Minuten hatte er eine kleine Halbinsel erreicht, die in den See ragte. Von hier meinte er die Geräusche empfangen zu haben. Irgendwo knackten lautstark Zweige. Hans ging weiter vor zur Spitze der Landzunge. Der Untergrund wurde sandig. Er holte ein Feuerzeug hervor und sah in dessen schwachem Schein, dass es hier vor Fußspuren nur so wimmelte. Frischen Fußspuren. Bei genauerem Hinsehen erkannte er, dass es wohl drei Personen gewesen sein mussten. Die Muster der Schuhsohlen unterschieden sich, die Größe der Abdrücke und ebenso die Eindrucktiefe. Die Person mit den größten Abdrücken musste sehr schwer gewesen sein. Das Wasser in der Nähe gab blubbernde Laute von sich. Nichts Ungewöhnliches im Moor. Hans erhob sich, überquerte vorsichtig die Nasswiese und erreichte den Pfad. Am Parkplatz angekommen erkannte er, dass Schmitz Mercedes nicht mehr dort war.

Hans lief zu seinem Pickup, trank einen Schluck Wasser und zündete sich eine Gauloises an. Dann folgte er dem Ceresweg in Richtung Siebengewald und Grenze. An der Kreuzung mit dem Ontginningsweg musste er halten, um einem anderen Fahrzeug Vorfahrt zu gewähren. Ein blauer BMW Z 4 passierte die Kreuzung. Und in seinem Scheinwerferlicht meinte Hans die Züge von Friggas Gesicht erkannt zu haben.

Gut, er musste ja sowieso in diese Richtung, also hängte er sich zum zweiten Mal in dieser Nacht an ein Auto. Kurz vor Siebengewald querte das Fahrzeug jedoch nicht die Grenze, sondern bog vorher links ab. Hans hatte keine Mühe dem Auto, das ein deutsches Kennzeichen trug, in gebührendem Abstand zu folgen. Nach einigen Kilometern erreichten sie die niederländische A77 bei Gennep. Der BMW fuhr hier in Richtung Deutschland auf und hielt sich lobenswerterweise an die in den Niederlanden vorgeschriebenen nachts vorgeschriebenen 130 km/h. Da konnte der Pickup locker mithalten. Doch schon als die deutsche Grenze in Sicht geriet, schwante Hans Übles. Und richtig: als er die Grenze überquert hatte, drückte der Fahrer des BMW aufs Gas und war binnen kurzer Zeit außer Sichtweite.

12

Am folgenden Tag war Hans zum Kaffee eingeladen. Bei Ina. Nur dieses Mal unter ganz anderen

Voraussetzungen. In ihrer neuen Wohnung in der Seilerbahn in Orsoy. Und sie hatte sich schon am Telefon ausbedungen, das Thema ‚Horst' aus ihren Gesprächen auszuklammern. Kurz bevor er den Klingelknopf drückte, bemerkte er, wie sich sein Puls beschleunigte.

Ina öffnete die Türe und bat ihn herein. Sie schenkte beiden Kaffee aus und stellte Cookies hin. Auch das war anders, keine Backwaren von der inzwischen geschlossenen Bäckerei Schmidt, erinnerte sich Hans bedrückt.

„Wie geht's Dir so?", wollte Hans wissen.

„Ich denke, ich habe es inzwischen ganz gut weggesteckt. Weißt Du, es gibt Typen, die wirken so seriös und sind die größten Arschlöcher. Und dann gibt es Langweiler. Und solche wie Du, die sind von vorne herein zwielichtig. Da fällt man wenigstens nicht herein."

„Freut mich, dass Du es so gut verarbeitet hast", antwortete Hans, die Anspielung auf seine Seriosität großzügig ignorierend.

„Ja und nun, nachdem ich schnell zurück in ein normales Leben gefunden habe, muss ich wieder lernen, dieses Leben auch zu genießen. Seit gestern und für die kommende Woche sind die Kinder bei meinen Eltern, ich habe also sturmfrei. Ina nestelte eine Schachtel Camel aus ihrer Jackentasche und bot Hans eine an.

„Du hast angefangen zu rauchen?"

„Wieder angefangen, nach zwanzig Jahren."

Hans verbarg sein Erstaunen nur unvollständig und gab beiden Feuer.

„Weißt Du", meinte Ina genussvoll qualmend, „ich frage Dich jetzt einfach direkt: Hast Du Lust irgendwas zu unternehmen? Keine Ahnung was, ich mag nur raus hier und brauche einen Tapetenwechsel."

Hans war früher schon öfter mit Ina verreist. So war der Vorschlag einerseits nicht so ungewöhnlich. Ungewöhnlich war nur ihr dauerhaft ungeklärtes Verhältnis. Und andererseits war ihr letztes Zusammentreffen vor mehr als zwei Jahren ja nicht gerade harmonisch verlaufen. Trotzdem konnte er dem Ganzen durchaus etwas abgewinnen.

„Ich habe den nächsten Teil meiner Befragung erst in zwei Wochen. Dann habe ich einen Termin auf einem altungarischen Volksfest und muss dort Veranstalter und Gäste befragen. Also kann ich mich eine Woche loseisen und wir machen einen kleinen Törn mit der *Nora*."

„Du willst mich jetzt nicht zu einer ménage à trois überreden?"

„Nein, keine Angst," antwortete Hans lachend. „Die *Nora* ist meine Kajütyacht und mein neues zu Hause, wenn ich am Niederrhein bin.

„Oh, herzlichen Glückwunsch. Hast ja ohnehin immer davon geträumt. Also gut, wann soll's losgehen?"

„Jetzt!"

„Was? Bist Du übergeschnappt?"

„Wie lange brauchst Du zum Packen?", fragte Hans, der Inas pragmatische Art kannte und schätzte.

„Na ja, vielleicht eine halbe Stunde. Und ich muss natürlich meine Eltern verständigen und erklären, dass ich ein paar Tage Urlaub mache."

„Na wunderbar. Die *Nora* ist mit Diesel und Frischwasser betankt. Wir bunkern heute Abend noch Lebensmittel und Getränke und morgen früh machen wir die Leinen los."

Das Grinsen auf Inas Lippen und der Ausdruck auf ihren Augen sprachen Bände. Sie drückte ihre Zigarette aus, verschwand im Schlafzimmer und zog eine Reisetasche aus dem Schrank.

„Wir müssen wissen, ob er irgendetwas mitbekommen hat", sagte Schmitz, der ein abhörsicheres Mobiltelefon von Ariel Levi benutzte.

„Ja", entgegnete Ariel, „das habe ich verstanden. Wo steckt er denn momentan?"

„Er ist mit einer Frau auf seiner Motoryacht und sie fahren talwärts. Sie werden bald die Grenze bei Spyk erreichen."

„Das lässt sich vielleicht einfacher bewerkstelligen, als Du denkst. Dank meines Jobs kenne ich jemanden beim AIVD, genauer gesagt in der Abteilung Operationen. Wir werden ihn also ein wenig belauschen, sobald er in den Niederlanden ist."

„AIVD?"

„Algemene Inlichtingen- en Veiligheidsdienst, also Allgemeiner Inlands- und Auslandsgeheimdienst."

„Wäre es nicht einfacher, ihn hier in Deutschland abzuhören?"

„Das kann ich sowieso in die Wege leiten, über eine andere Verbindung zum Verfassungsschutz in NRW. Sollte sich herausstellen, dass er was weiß, können wir ihn auch beschatten lassen. Aber das ist aufwendig und so einen großen Gefallen möchte ich von den Kollegen erst einfordern, wenn es wirklich notwendig wird."

„In Ordnung", antwortete Schmitz. „Ich bin froh, dass ich dich habe, mein Freund".

„Gerne doch, Schalom!"

Die *Nora* passierte bei Spyk die deutsch-niederländische Grenze und folgte dem Stromverlauf bis Kijfwaard. Hier trennen sich Waal und Nederijn und die Yacht bog steuerbord in den Nederrijn ab. Kurz hinter Ganzenpoel folgte sie abermals einem steuerbordseitigen Kurs in die Ijssel. Nach zwei weiteren Stunden Fahrt talwärts sichtete Hans, der inzwischen todmüde war, einen schönen Liegeplatz auf der Höhe von Doesburg.

Nach dem Festmachen meinte Ina, die inzwischen ebenfalls von Sonne, Wind und dem beruhigenden Brummen der Maschine ziemlich müde geworden war: „Jetzt hätte ich gerne ein Bier auf dem Achterdeck".

„Seit wann trinkst Du Bier?"

„Seit ungefähr drei Wochen. Wieso, hast Du etwa keines? Das sieht Dir gar nicht ähnlich."

„Es ist ein Gesetz für mich. Wenn ich in den Niederlanden bin, will ich Amstel. Deswegen habe ich in Deutschland kein Bier gebunkert. Aber es ist nicht weit bis zum nächsten *Albert Heijn*. Lass uns kurz hinlaufen und welches holen."

Hans zog den Schlüssel von der Zündanlage und verschloss die Kabinentür. Dann zog er den Reißverschluss der Persenning zu, allerdings ließ er die untersten 20 cm offen stehen, damit wenigstens ein bisschen Luftzug ging.

Im Supermarkt erstanden sie Hollandse Nieuwe Matjes, gehackte Zwiebeln und Friesche Roggenbrot. Nebst einer 24er Palette Amstel Bier. Müde, hungrig, durstig und gut gelaunt kehrten sie zur *Nora* zurück.

Seltsam, dachte Hans. Er hätte schwören können, die Persenning einen kleinen Spalt offen gelassen zu haben. Aber übermüdet, wie er war, schob er diesen Gedanken beiseite.

Wäre er etwas paranoider gewesen und hätte eine Lupe zur Hand gehabt, hätte er zwei winzige neue Kratzer auf dem Schloss der Kabinentür bemerkt.

Nach einer kurzen Nacht mit tiefem Schlaf erwachten Ina und Hans bald vom frühsommerlichen Licht. Sie frühstückten kurz, fierten die Leinen und steuerten die Nora bis an den Kopf von Overijssel, wo der Strom ins Ketelmeer mündet. Von dort gelangten sie über das Zwartemeer in den Nationalpark Werribben und suchten sich für die Nacht einen Liegeplatz im Hafen des romantischen Ortes Blokzijl. Nach dem Abendessen liefen sie noch ein wenig durch das kleine Dorf. Ina hatte sich bei Hans untergehakt.

„Findest Du es nicht extrem seltsam?" fragte sie Hans.

„Was?"

„Na erstens, Dein mir völlig unbekannter Sinn für Romantik."

„Jetzt übertreibst Du. Ich tue alles, um keine romantische Stimmung aufkommen zu lassen, weil ich weiß, dass das Gift für uns ist. Und zweitens?"

„Zweitens die Entwicklungen der letzten Jahre. Die Abkehr der Menschen von den großen Religionen. Die Wiederbelebung alter Kulturen. Das kam alles so plötzlich. Mich würde interessieren, was Du darüber denkst, Du hast ja schließlich damit beruflich zu tun."

„Das ist in der Tat spannend", entgegnete Hans, während sie sich an einem Terrassentisch von ‚Kaatje bij de Sluis' niederließen. „Twee bieren van de tap alstublieft", antwortete er dem fragenden Blick der Kellnerin.

„Ich habe zwar damit zu tun, habe Umfragen mit durchgeführt, ausgewertet und so weiter. Aber es hat mich kein Stück näher an eine Antwort auf die Fragen gebracht, warum die Menschen das plötzlich tun. Was genau sie dazu bewogen hat. Was war der erste Auslöser. Egal, was sie auf die Fragen dazu antworten, die Antworten sind entweder nicht logisch konsistent, widersprechen den Kontrollfragen an anderer Stelle oder beides. Es erinnert mich ein bisschen an das, was mir ein Marktforscher mal erklärt hat: die meisten Menschen treffen sehr emotionale Kaufentscheidungen, bei denen es wenig um Nutzabwägungen, rationale Vergleiche und ähnlichem geht. Vielmehr geht es um das Aussehen der Verkäuferin, die Farbe und das Design des Gegenstands. Um den Geruch. Und nachdem der Kauf vollzogen wurde versuchen sie, die Entscheidung vor sich selbst rational zu rechtfertigen. Sie entdecken in irgendeinem Vergleichstest, dass eines von drei verglichenen Autos bei einer bestimmten Geschwindigkeit einen Dezibel leiser ist, als die Wettbewerber. Und das ist natürlich IHR Auto. Dass dieses bei der gleichen Geschwindigkeit null Komma einen Liter mehr verbraucht, wird natürlich ausgeblendet."

„Verstehe, was Du sagen willst, selektive Zuwendung und selektive Erinnerung."

„Genau. Und das wird mir langsam ein bisschen unheimlich. Es hat den Anschein, als würde ihr Verhalten irgendwie gesteuert und sie versuchten im Nachhinein, es zu begründen".

Versonnen schlenderten die beiden zurück zur *Nora*, wieder hatte sich Ina bei ihm untergehakt.

„Kannst Du Dich eigentlich noch an die Geschichte meiner Freundin aus dem Reisebüro erinnern", fragte Ina, „bei der jedes Im Frühjahr die gleiche Kundin auftauchte? Meine Freundin hat ihr immer ein Reiseziel empfehlen sollen, doch sie konnte sich ums Verrecken nicht entscheiden. Am Ende stand immer nur fest, dass sie in diesem Jahr wieder nicht nach Italien fahren wollte."

„Wieso fragst Du?"

„Bei uns ist es genauso. Heute gibt es wieder keinen Sex".

Obwohl Klaus-Dieter seine Neigung zu latent fahrlässiger Körperpflege und schlampiger Kleidung in letzter Zeit noch ausgebaut zu haben schien, ruhte der wohlwollende Blick von Schmitz auf seinem Mitstreiter. Während Schmitz, wie immer tadellos gekleidet, aufrecht am Esstisch des klassisch eingerichteten Wohnzimmers saß und den nachmittäglichen Kaffee genoss, flegelte sich der andere auf dem Sofa und hatte an seinem Platz bereits erhebliche Spuren der Verwüstung angerichtet. Kaffeeflecken jeder

Größe wetteiferten mit zahllosen Krümeln eines Croissants auf der schneeweißen Tischdecke.

„Ich bin außerordentlich zufrieden", bemerkte Schmitz. „Wir haben viel erreicht in letzter Zeit. Was mir manchmal Sorge bereitet ist die Frage, ob man uns nicht hacken kann."

„Mhm", antwortete Klaus-Dieter schmatzend. „Wir sind an einem Punkt in der Verschlüsselungstechnologie angelangt, der sich prinzipiell von der Aufholjagd zwischen Programmierern und Hackern der letzten Jahrzehnte unterscheidet. Es ist eine Art Singularität eingetreten. Bisher ging es um primzahlbasierte Verschlüsselungen, raffinierte Algorithmen und viel Rechenleistung. Wie in der Formel Eins konnten Hardware und Software einander immer wieder überbieten. Meist waren die Entwickler den Hackern gerade mal ein, zwei Schritte voraus. Aber quantenmechanische Effekte lassen sich nicht in allen ihren Eigenschaften messen. Es gibt immer Größen, die unbestimmt bleiben. Auf diese Weise wird der Codierungsprozess unumkehrbar. Man kann auch sagen, es ist ein Problem der Zuordnungsbarkeit. Früher eineindeutig oder eindeutig umkehrbar, heute nur noch in eine Richtung eindeutig und das genau ein einziges Mal. Danach bricht die Funktion zusammen und ist bis in alle Ewigkeit verloren. Zusätzlich werden die Datenströme wie schon in früheren Zeiten über Server auf der ganzen Welt gejagt."

Verstehend nickte Schmitz, wenn er als Geisteswissenschaftler auch die Details nicht verstand, so wurde ihm langsam klar, was hier passierte.

„Und warum habt Ihr das mit den Duplex-VR-Brillen aufgegeben?"

„Es war zu aufwendig. Und zu unsicher", erwiderte Klaus-Dieter mampfend. „Wir hätten trotz aller Anstrengungen niemals hinreichend große Teile des Marktes abschöpfen können. Und wer hätte uns garantiert, dass wir die Pole-Position auch halten können. Außerdem war die Gefahr aufzufliegen, relativ groß. Wer weiß, wonach er suchen muss und über hinreichend empfindliche Meßsysteme verfügt, kann schon drauf kommen, was da passiert. Zudem war es letztlich gar nicht mehr nötig. Auch ConBram hat einen Quantensprung gemacht und zwar im buchstäblichen Sinne. Sie hat sich so viele Identitäten zugelegt. Sie hat so geschickt Datenbanken und Nachschlagewerke manipuliert. Vieles hat sie umgeschrieben und, das ist das Wunderbare, sie hat es an sehr vielen Stellen gleichzeitig getan. Natürlich gibt es nach wie vor Hardware, die nicht veränderbar ist, zum Beispiel Bücher. Aber die Manipulationen sind unauffällig, oft sind es nur Details in der Darstellung, die bestimmten Inhalten einen ganz anderen Sinn verleihen, weil sie andere Bilder im Gehirn entstehen lassen".

Abermals nickte Schmitz sinnierend mit dem Kopf. „Dann ist es also ein funktionstüchtiger Selbstläufer geworden?"

„Ja", sagte Klaus-Dieter. Und mit einem Male bekam seine Stimme einen leicht verstörten und brüchigen Unterton. „Ein Selbstläufer. Wir wissen selber schon längst nicht mehr, welche Suchergebnisse in Suchmaschinen, Beiträge in sozialen Medien und Fachforen von ihr sind. Und wir wissen auch nicht, wo sie sich überall selbst installiert hat."

Nach einer Nacht, in der es ‚wieder keinen Sex' gab, steuerte Hans die *Nora* über die Jonkersvaart und den Peer Christiaansloot weiter nach Norden. In Echtenerbrug wurde die Durchfahrt eng. Von Deck konnte man sehen, was die Gäste des am Ufer gelegenen Cafés auf dem Teller hatten und Fetzen ihrer Gespräche verfolgen. Sie passierten eine Zugbrücke, an der ein Brückenwärter eine Art Angel mit Klingelbeutel raushielt, in den Ina bei langsamer Fahrt zwei Euro Brückengeld entrichtete. Sie durchquerten die schier endlose Wasserfläche des Tjeukermeer, passierten den Follegasloot mit einer weiteren Zugbrücke, vor der sie warten mussten und erreichten schließlich den Prinses Magrietkanaal. Hier machten sie an einer kleinen, ufernah gelegenen Insel fest, stellten den Grill auf und bereiteten das Abendessen zu.

„Ich wundere mich gerade sehr über mich selbst", bemerkte Ina. „Wir sind jetzt schon drei Tage unterwegs und ich tue die ganze Zeit nichts anderes als Kaffee kochen, die Leinen fieren, wieder festmachen und an Deck sitzen. Ich hätte gedacht, dass ich dabei vor Langeweile eingehe. Aber das ist nicht so. Ich war in meinem ganzen Leben kaum so entspannt."

„Freut mich zu hören", entgegnete Hans. „Das ist bei mir auch so. Obwohl ich mich gerne bewege, reichen mir hier der Blick aufs Wasser, der Wind, die Sonne. Mich stört nicht mal das Geräusch der Maschine, die leise aber sonor vor sich hin tuckert. Oder wenn der Wind mal eine Spur Diesel nach oben trägt. Es gehört für mich sogar gewissermaßen dazu."

Hans holte zwei Amstel von Bord, riss beide auf und sie prosteten sich zu.

„Auf den Törn", sagte er fröhlich.

„Ja, auf den Törn. Und auf Deine Entscheidung, die *Nora* zu kaufen."

Der nächste Morgen begann mit dem für Ina neuen Erlebnis, einen Aquädukt zu überfahren. Es war ein seltsames Gefühl zu sehen, wie die Autobahn mitsamt Autos unter der Wasserstraße im Tunnel verschwanden und auf der anderen Seite wieder zum Vorschein kamen.

Amüsiert brachte sie Hans, der wie üblich auf der Flybridge stand und steuerte, einen Kaffee. Aus irgendeinem seltsamen Grund rauchte er am Steuerstand nie die gewohnten Gauloises, sondern immer nur selbstgedrehten Drum-Tabak. ‚Alte Angewohnheit vom ersten Törn', kommentierte er knapp ihre Nachfrage.

Entspannt wischte Ina auf ihrem Handy durch die Nachrichten. „Hey!", rief sie plötzlich. „Das ist doch…, sieh mal, den kennen wir doch!"

Sie hielt Hans ihr Handy hin, der mit zusammengekniffenen Augen die Nachricht im Newsfeed las. Dort stand unter der Rubrik Polizeimitteilungen ‚Duisburger seit einer Woche vermisst.' Darüber war ein Foto von Beukes.

„Das *den* jemand vermisst", kommentierte Hans.

„Wohl seine erlauchten Freunde."

Nachmittags legten sie in Sneek an, schlenderten durch die Stadt und ergänzten ihre Vorräte. Anschließend wendete sich ihr Kurs dem Sneekermeer zu, das sie nach Süden durchquerten und einen kleinen Flusslauf erreichten. Von diesem ging ein schmaler Seitenzweig ab, der durch eine von weiten Schilfgürteln umgebene Bucht führte. Das typisch moorige, fast schwarze Wasser wurde zusehends flacher. Das Echolot blinkte, es zeigte nur noch einen Meter Wassertiefe an und die *Nora* hatte einen Tiefgang von 1,10 Metern.

„Laufen wir jetzt auf Grund?" fragte Ina mit einem sorgenvollen Blick auf das warnende Instrument.

„Nein, keine Angst. Das Wasser ist hier nahe am Grund so durchsetzt von Sedimenten und organischen Rückständen, dass das Echolot es schon als festen Untergrund zu erkennen glaubt. In Wirklichkeit haben wir gut zwanzig Zentimeter mehr."

Auch die nächste Bucht, das Jentje Meer, war von Schilf umgeben. Inmitten des Gewässers befand sich eine kleine Insel mit einem winzigen Holzhaus darauf, offenbar bewohnt.

„Das sieht malerisch aus!" begeisterte sich Ina.

Sie machten an einem hölzernen Anleger am Rande des Jentje Meer fest. Der Wind trieb einzelne Wolken durch die klare Luft, die der untergehenden Sonne phantastische Lichtspiele entlockten. Nach dem Abendessen an Deck tranken Ina und Hans noch ein Glas Weißwein, saßen stundenlang in vereintem Schweigen dort und verfolgten den sich im Wasser spiegelnden Sonnenuntergang. Irgendwann war der Mond aufgegangen, der sich ebenfalls im Wasser spiegelte und die Landschaft in ein geheimnisvolles Licht tauchte.

In dieser Nacht hatten sie Sex.

„Was habt ihr herausgefunden?" fragte Schmitz am Telefon.

„Er ist so ahnungslos und naiv wie eine uckermarkschen Pfarrerstochter", antwortete Ariel.

13

Bence und Reka Szabó hatten in den letzten Wochen und Monaten viel Zeit investiert. Ihr altungarisches Kulturfest mit dem Namen ‚Turul' hatte sorgsame Vorbereitung verlangt. Zunächst galt es, den Ort festzulegen. Natürlich hätten sie eine der zahllosen ehemaligen Siedlungsstätten auf ungarischem Staatsgebiet wählen können. Doch der Ort sollte besonders Symbolträchtig sein und beide waren sich emotional mit der Vorliebe für einen bestimmten Platz einig: dem Lechfeld bei Augsburg. Hier hatte die *Schlacht auf dem Lechfeld* stattgefunden und den Untergang ihrer originären Kultur eingeläutet. Doch schon mit der Entscheidung für diesen Ort begannen die Probleme. Denn wo genau die Schlacht stattgefunden hatte, war unter Historikern sehr umstritten. Die meisten vermuteten, es müsse nordwestlich von Augsburg und damit weit ab des Flusses gewesen sein. Pfeilspitzen waren jedoch auch an ganz anderen Plätzen in der Umgebung gefunden worden. Die am Ende unterlegenen Ungarn waren in alle Richtungen geflohen. Das ungarische Hauptlager muss hingegen flussnah gelegen haben, was schon die große Zahl der mitgeführten Pferde nahelegte. Bence und Reka entschieden sich schließlich für die Lechaue westlich des Ortes Todtenweis, in der ein Pferdegeschirr gefunden worden war.

Sie hatten die Genehmigung des Landkreises Augsburg einholen müssen und ebenso die der Verwaltungsgemeinschaft Aindling. Sie hatten nicht nur Zelte und Nahrungsmittel für die zahlreichen Akteure und Helfer bereitgestellt, sondern hatten bei den umliegenden Landwirten auch noch Heu, Kraftfutter und Stroh für die vielen Showpferde besorgt. Außerdem waren für die ungarischen Gäste, die sich zu Hunderten angemeldet hatten, passende Unterkünfte zu buchen gewesen. Doch nun war es soweit, alles war vorbereitet und errichtet, morgen sollte der Startschuss für das Fest fallen, naturgemäß nicht mit einer Signalpistole, sondern mit einem Pfeil, abgeschossen von einem altungarischen Reflexbogen.

Hans hatte während seiner Abwesenheit einen Schlüssel für seine Wohnung in Diedorf bei Nachbarn hinterlassen. Nur für Notfälle. Mit dem ausdrücklichen Hinweis, dass keine Blumen gegossen werden brauchten, da es keine gab. Und dass es auch sonst keinen Anlass gebe, die Wohnung zu betreten. Nur eben in Notfällen oder falls er seinen eigenen Schlüssel verliere. Trotzdem hatte er den starken Verdacht, dass die unaussprechlich geschwätzige und neugierige Frau des alten Ehepaares genau das tun würde. Also hatte er eine Vorkehrung getroffen, die ihm hierüber

Gewissheit geben würde: beim Verlassen der Wohnung zog er einen winzigen Faden Klarlack von der Türoberkante zum Rahmen.

Mit Hilfe der anderen Vorkehrung hatte er seinem Sinn für Humor Rechnung getragen: wer auch immer die Wohnung betrat, würde als erstes eine blutüberströmte Leiche vorfinden. Und natürlich nicht sofort wissen, dass es sich hier um eine Puppe handelte, die Hans als requisitorisches Andenken an seine alte Theatergruppe aufbewahrte.

Als Hans nun müde von der langen Fahrt nach Diedorf zurückgekehrt war, musste er feststellen, dass seine Befürchtungen berechtigt waren. Der Faden aus Klarlack war gerissen. ‚Neugierige alte Fregatte‘, dachte Hans. Und er ahnte nicht, wie falsch er mit seiner Anschuldigung lag.

Lukas F. war ein Underdog. Schon sein Elternhaus hatte ihm nicht die besten Voraussetzungen mitgegeben. Eine überzuckerte Ernährung und mangelnde Zahnpflege hatten frühzeitig sein Gebiss ruiniert. Er war klein und schmächtig, doch anstatt diesen Nachteil mit Sport und Bewegung zu kompensieren, hatten seine Eltern ihn bei jeder Gelegenheit vor die Spielkonsole platziert. Um ihre Ruhe zu haben. Das hatte in der Schule unausweichliches Mobbing zu Folge, das die letzten Reste seines Selbstbewusstseins in einen Scherbenhaufen verwandelt hatte. In Ermangelung von Freunden hatte er sich in die Phantasiewelt seiner Spiele geflüchtet und später im Internet Gleichgesinnte kennen gelernt. Es war eine neue Erfahrung für ihn, Anerkennung zu bekommen. Anfänglich ging es dabei um Banalitäten, wie eine hohe Punktzahl oder einen bestimmten Level in dem einen oder anderen Spiel. Doch bald drehte sich es auch um die Art der Spiele. Eine gewisse Nähe zur Gewalt hatten doch etliche Spiele und wer ein neues entdeckte, das noch krasser und brutaler war, dem war der Beifall der Community sicher.

Parallel dazu hatte er sich in Gruppen und Chatrooms rumgetrieben, die einen mehr oder weniger neonazistischen Hintergrund hatten. Auch hier hatte er festgestellt, dass man mit immer drastischer werdenden Formulierungen und Posts Ruhm ernten konnte. Um einer möglichen Verfolgung strafrechtlich relevanter Inhalte zu entgehen, war er inzwischen ins Darknet geflüchtet. Es war einfach gewesen, ein VPN-Dienst zur Verschlüsselung seiner IP-Adresse und ein Tor-Browser hatten ausgereicht.

Hier ging es nochmal ganz anders zur Sache und Lukas war zunächst verblüfft, in welchem Umfang hier offen zur Gewalt aufgerufen wurde.

Nach anfänglicher Zurückhaltung hatte er mehr und mehr eigene Beiträge veröffentlicht und die Zahl der likes vermittelte ihm ein Ausmaß an Zustimmung, das er mit Bomberjacke und Springerstiefeln auf der Straße nie erreicht hätte. Seine Posts platzierte er unter dem nickname ‚88‘, mit dem H als achten Buchstaben des Alphabets als Initialen des Reichsführers SS und Chef der deutschen Polizei.

Die Begeisterung seiner Follower berauschte ihn. Doch irgendwann stand er vor dem Problem, dass jedes Maß an sprachlicher Drastik ausgeschöpft war. Wollte er ganz oben bleiben und seine fast schon legendäre Zustimmung weiterhin genießen, musste er etwas tun. Natürlich hätte er einen Dönerladen in die Luft jagen oder eine Moschee abfackeln können, doch das war ihm zu gewöhnlich. Er hatte sich phosphorbasierte Brandsätze beschafft und vorangekündigt, dass er etwas unternehmen werde. Lange hatte er nach einer spektakulären Einsatzmöglichkeit gesucht und nun war das Schicksal so gütig, ihm eine günstige Gelegenheit direkt vor der Haustüre zu servieren. Er hatte gegen die Ungarn nicht mehr als gegen jede andere nichtdeutsche Volksgruppe, aber so ein Volksfest bot doch die besten Voraussetzungen für ein spektakuläres Drama.

Hans näherte sich dem Festplatz und war beeindruckt. Eine enorme Menschenmenge hatte sich versammelt, es mussten Tausende sein. Ausnahmslos alle trugen sehr authentische Gewänder mit pelzbesetzten Mützen, Mäntel und Westen mit zahlreichen Metallverzierungen und lederne Stiefel. Auch die Kinder waren passend gekleidet. Viele der Männer waren mit Lanzen oder dem typischen Reflexbogen bewaffnet.
Flussnah waren dutzende Lippizzaner-, Gidran- und Noniuspferde festgemacht. Das Reden und Lachen der Menschen mischte sich mit ihrem gelegentlichen Wiehern und Schnauben.
Hans spürte einen Blick im Rücken, der ihn veranlasste, sich umzudrehen. Eine stolze Gestalt mit Hufeisenschnurrbart schritt langsam auf ihn zu. Hans hatte nie ein Bild von ihm gesehen aber wusste trotzdem mit Sicherheit, dass es sich um Bence Szabó handeln musste. Außerdem kam

ihm dieser Mann aus unerfindlichen Gründen entfernt bekannt vor.

„Ich bin Bence und schlage vor, dass wir uns duzen", begrüßte er Hans.

„Einverstanden", stimmte dieser zu. „Ein wirklich beeindruckendes Spektakel! Ich kann mir denken, welch gewaltige, organisatorische Arbeit dahinter steckt. Was bringt einen Menschen dazu, so etwas auf sich zu nehmen?"

„Das ist anders, als wenn man einfach nur ein Volksfest, Konzert oder Ähnliches organisiert", entgegnete Bence. „Es ist mir und Reka, meiner Frau, eine Herzensangelegenheit. Es ging für uns anfänglich darum, dass wir unsere Wurzeln wiederfinden wollten. Dabei haben wir entdeckt, dass es unsere vorchristlichen Überlieferungen sind, die uns am ehesten mit Sinn und Inhalt erfüllen. Irgendwann hatten wir das Bedürfnis, das mit anderen zu teilen. Anfänglich sind wir nur auf wenig Gleichgesinnte getroffen, doch dann wurden es immer mehr. Und nun, Du siehst ja was hier los ist."

„Was genau fasziniert Dich so an der altmagyarischen Kultur?" wollte Hans wissen.

„Was siehst Du auf dem Hauptzelt?"

„Einen Adler oder großen Falken", antwortete Hans, dem die ornithologische Zuordnung des großen Wappenvogels nicht ganz gelang.

„Das ist Turul. Er hat eine unserer Stammesschönheiten geschwängert und so den Stamm der Arpaden begründet. Seitdem bewacht und beschützt er uns bei allen kriegerischen Aktivitäten."

„Und ausgerechnet hier hat er versagt?" konnte sich Hans nicht verkneifen.

„Nein, er hat nicht versagt. Aber das Schicksal wollte es eben anders. Nur kann das kein Grund sein, alles über den Haufen zu werfen und dem Gott der Gegenseite zu huldigen. Es sind unsere Tierahnen, der Falke, das Pferd, mit denen wir uns verbunden fühlen. Krieger, die in der Schlacht gefallen waren, wurden oft zusammen mit ihren ebenfalls gefallenen Pferden bestattet. Sich auf die Geister der Ahnen und Tiere einzulassen, bringt spirituelle Erfüllung. Die geistige Verbindung zur Natur wieder herstellen, darum geht es. Der Natur und den Tieren zuhören und daraus lernen. Gerade in Zeiten rasanter Umweltzerstörung und rapider Ressourcenverschwendung zeigt sich, wie weit uns die Art von Spiritualität bringt, die uns das Christentum zu bieten hat."

„Eure Kultur war aber ganz schön kriegerisch und auf Raubzüge ausgerichtet", warf Hans ein.

„Ja, aber sie war nicht von Geldgier geprägt. Meistens wurden erbeutete Münzen nur durchlöchert und als Schmuck getragen. Das war ein Statussymbol unserer Krieger. Die Breitling der alten Ungarn. Und da wir gerade von Raubzügen reden. Denk mal an die Kreuzzüge, das Raubgold der spanischen Konquistadoren oder die Landnahme der amerikanischen Prärie durch die christlichen Europäer. Würdest Du das friedlich und altruistisch nennen?"

Dem hatte Hans zunächst wenig entgegenzusetzen. „Was hat Euch in der Zeit vor der Schlacht

157

am Lechfeld militärisch so überlegen gemacht?" wollte er stattdessen wissen.

„Es war die flexible Kriegsführung mit unseren schnellen Pferden in Kombination mit unseren Reflexbögen. Damit konnten wir Pfeile auf zweihundert Stundenkilometer beschleunigen. Das hat uns zum Angstgegner gemacht und Du weißt ja: Angst macht schwach!"

Hans konnte nicht zuordnen, ob der Glanz in Bences Augen allein Stolz auf die militärischen Leistungen seiner Vorfahren zurückzuführen war, oder ob sich da eine schelmische Note eingeschlichen hatte.

"Gott beschütze uns vor den Pfeilen der Ungarn!" scherzte Hans. „Danke, dass ich eingeladen bin und jetzt mache ich mich mal an die Arbeit. Ich möchte mindestens dreißig Gäste befragen."

„Gern geschehen, wir sind ein gastfreundliches Volk und im Unterschied zu damals ja ebenfalls Gäste. Wenn Du fertig bist, versäume nicht unsere vorzüglichen Fleischgerichte und herrlichen Wein zu kosten. Feiere einfach ein bisschen mit".

Lukas F. hatte Angst. Es war keine Angst, wie er sie je zuvor in seinem Leben gespürt hatte. Sie war nicht wie früher, wenn Mitschüler auf ihn zukamen, um ihn zu verprügeln. Und auch nicht wie die, die er hatte, wenn er wusste, dass einer seiner zahlreichen Stiefväter ihn gleich wieder misshandeln würde. Nein, diese Angst hier ging viel tiefer, bis in die entlegensten Regionen seines Unterbewusstseins. Und gleichzeitig war sie in seinem Körper noch viel präsenter, durchströmte alle Gliedmaßen, Nerven und Muskeln. In seinem

Bauch hatte sich ein harter, voluminöser Klotz gebildet. Sein Mund war trocken, der Puls ging schnell und gleichzeitig fror und schwitzte er. In die Hose konnte er sich nicht nässen, da er komplett nackt war.

Er hockte in der fast vollständig dunklen Nacht hinter einem Busch und lauschte. Waren da Schritte? Oder war es das Hämmern seines Herzens in den Ohren? Er wusste, dass sie in der Nähe waren, aber er wusste nicht wo. Würden sie ihn finden? Oder wann würden sie ihn finden? Sollte er einfach losrennen?

Wo war er überhaupt? Wie war er hier hin gelangt? Das erste, an das er sich nach dem schmerzhaften wachwerden erinnern konnte, war das Geräusch eines Motors und das Rütteln eines Fahrzeugs in Bewegung. Er war gefesselt gewesen und wurde in der Dunkelheit eines Kastenwagens hilflos in jeder Kurve hin und her geworfen. Neben den zahlreichen Hämatomen am Körper hatte er eine riesige Beule am Hinterkopf. Jemand musste ihn niedergeschlagen haben, bei dem Versuch, einen Phosphorbrandsatz unter dem Hauptzelt am Vorabend des ungarischen Volksfestes anzubringen.

Und nun war er verloren, das spürte er deutlich. Was immer seine Peiniger mit ihm vorhatten, es würde kein gutes Ende nehmen. Jemand hatte ihm im Dunkeln die Fesseln an Händen und Füßen gelöst. Dann hatte man ihn brutal aus dem Fahrzeug gestoßen. Er war weggelaufen, die ersten Schritte taumelnd, dann immer schneller. Warum ließen sie ihn laufen? Das erste und letzte, was er von seinen Verfolgern gesehen hatte, war, dass sie mit Lanzen und Bögen bewaffnet waren.

Sein Körper traf die Entscheidung für ihn, er sprang auf und begann zu rennen. Der Busch schien weit und breit die einzige Deckung gewesen zu sein, die es hier gab. Der Untergrund bestand aus hartem Boden und trockenen Grasbüscheln, es schien nichts anderes zu geben. Er rannte und rannte, seine Muskeln pumpten den Stress aus dem Leib. Gelegentlich stolperte er über einen Grasbüschel, fing sich aber jedes Mal wieder. Genau in dem Moment, in dem er glaubte, das Getrappel von Pferdehufen zu vernehmen, durchfuhr ein unerträglich scharfer Schmerz seine Brust. Er stürzte und fiel ins Dunkle.

Anfänglich hatten William und Klaus-Dieter es immer nur ,Baby' genannt. Da das Baby zunächst im Wesentlichen aus einem Quantencomputer bestand, auf dem die lernfähige Software ConBram lief, tauften sie es irgendwann QBram.

Um sein Ziel zu erreichen, brauchte ConBram immer mehr Rechenleistung und Speicherplatz, den QBram so nicht bot. Seine Stärke bestand in der Möglichkeit, unknackbare Verschlüsselungen zu erzeugen und Operationen über dem binären Dualismus durchführen zu können, mit Überlagerungszuständen und ,vielleicht' Antworten. Für das Problem fehlender Rechenleistung war ConBram mit der Fähigkeit ausgestattet, Teile von sich selbst unbemerkt auf anderen Rechnern weltweit zu installieren. Es bildete ein künstliches, neuronales Netzwerk mit selbstlernenden Algorithmen. Dies in Kombination mit den Fähigkeiten der Qbit-basierten CPU hatte eine neue Qualität von IT geschaffen. Die anfänglichen Probleme, unstabiler Lauf, gelegentliches Abstürzen und so weiter waren zunächst riesig. Doch konnte der Quantenchip einen weiteren Vorteil ausspielen: Seine Stärke bei Optimierungsproblemen, mit denen die Fehler relativ schnell behoben waren. Und trotz der herkulischen Aufgabe, die Einstellung der Menschen in einem wesentlichen Punkt ihres Kulturguts zu verändern, war ConBram hierin überaus erfolgreich. Diese Form von Lernfähigkeit, die selbst vor ethischen, moralischen und ästhetischen Kategorien nicht kapitulierte, war absolut einzigartig und neuartig.

Weit unten, in den Tiefen der CPU, auf der Ebene innerhalb der Qbits, in der geheimnisvollen Welt der Quanten, passierte noch etwas absolut Neuartiges. Und davon wussten nicht einmal William und Klaus-Dieter.

14

Der Wald begann sich zu verfärben. Gelbe und rote Töne legten kräftige Akzente im vergehenden Grün der Laubbäume. Es war morgens noch feucht und kalt, aber die immer noch kräftige Sonne würde jetzt, Mitte Oktober, noch einmal wohltuende Wärme über den Westlichen Wäldern ausbreiten.

Das Hans nicht allein unterwegs war, um Pilze zu sammeln, verdankte er Inas Besuch. Sie, die ihm einst geschworen hatte, nie auch nur einen Fuß über die Schwelle seiner Wohnung setzen zu wollen.

Sie waren schon eine halbe Stunde durch das Anhauser Tal gelaufen, hatten immer wieder Abstecher in den angrenzenden Wald unternommen, aber noch nichts gefunden.

Sie liefen in Richtung der Scheppacher Kapelle und passierten eine Gruppe uralter Kiefern, deren mächtigen Stämme von den Armen zweier Männer nicht hätten umfasst werden können. Der Wind rauschte geheimnisvoll in ihren hohen Kronen.

Ina und Hans liefen schweigend nebeneinander her und ließen die Kraft und Ausstrahlung der Natur auf sich wirken. Das Gehen war ein automatischer, unbewusster und fließender Prozess. Ihr Etappenziel war das Kloster Oberschönenfeld, von dem sie noch etwa drei Kilometer entfernt waren. Doch anstatt dem ausgeschilderten Wanderweg zu folgen, bogen sie irgendwann, ohne darüber zu sprechen und trotzdem einvernehmlich, nach links in ein Waldstück ab. Hohe Kiefern standen in ziemlichen Abstand auf moosigem Teppich. Wie ferngesteuert liefen sie den Abhang hinauf. Und das sich führen lassen von der Intuition wurde belohnt. Sie fanden zahlreiche Maronen, Steinpilze, Butterpilze und Ziegenlippen. Schon bald waren ihre Körbe gefüllt und sie ließen sich glücklich auf dem Moos nieder. Ein Rabe rief und irgendetwas raschelte im Unterholz.

„Ganz schön unheimlich!" gab Ina von sich.

„Was?"

„Ich habe gestern bei Google News gelesen, dass Reiter bei einem Ausritt in der Puszta die Leiche eines jungen Mannes gefunden und der ungarischen Polizei gemeldet haben."

„Und was ist daran so unheimlich?"

„Es handelt sich um einen jungen Augsburger, der seit zwei Monaten als vermisst galt. Er war vollständig unbekleidet und seine Brust von einem scharfen, metallischen Gegenstand durchbohrt."

„Dinge gibt's!" entgegnete Hans. Ihm war gerade nicht danach, sich mit den Hässlichkeiten der Welt auseinander zu setzen.

Nach der Rückkehr zu Hans Wohnung machten sie sich an die mühevolle Arbeit, Ihren Pilzfund zu putzen und bereiteten eine Pfanne mit gebratenen Zwiebeln, Speck und saurer Sahne zu. Ein kräftiger Burgunder rundete das Mahl ab und beide sanken erschöpft von der langen Wanderung entspannt aufs Sofa.

„Sie haben Recht", bemerkte Hans nach einer Weile.

„Wer?"

„Schmitz und seine Menapier. Die Natur ist nicht nur belebt, sie ist beseelt. Die uralten Kiefern, die wir heute gesehen haben, haben ebenso eine Seele wie der Raabe, den wir hörten. Auch das Moos, die Pilze, die schieren Orte, die wir besucht haben. Man muss nur offen dafür sein, sich leise und bedächtig durch den Wald bewegen. Seiner Intuition und den Stimmungen der Umgebung folgen. Man kann es Seelen nennen oder, wie unsere Vorfahren, Geister. Eine dreihundert Jahre alte Fichte ist die Verkörperung von Durisaz, einem Riesen. Die Pilze symbolisieren Dwergaz, einen Zwerg. Im malerisch mäandernden Schwarzbach, der Dir so gut gefallen hat, findest Du Nikwuz, einen Wassergeist. Ein Heer an Geistern und Göttern bis rauf zum weisen, einäugigen Wodan, dem Herren über alles.

„Gab es nicht sogar einen Opfergott?" wollte Ina wissen.

„Ja, Teiwaz hieß er im Urgermanischen. Man hat regelrechte Opfermoore gefunden. Zum Teil sollen sogar Menschen geopfert worden sein."

„Und das findest Du toll?"

„Das mit den Menschenopfern nicht unbedingt. Aber die übernatürlichen Wesen unserer Vorfahren waren genau das nicht, übernatürlich. Sie gehörten zur Natur und ermöglichten es den Menschen, mit der Natur in Kontakt zu treten. Mit der Umgebung im Einklang zu leben. Mit der Zwangschristianisierung und ich glaube in vielen Fällen war es genau das, ist den Menschen all dies genommen worden. Sie haben die spirituelle Verbindung zur Natur verloren. An einen Gott glaubend, der nicht in ihre Umgebung passt, der ihre Umwelt nicht erklären kann und eine scheinbar unbeseelte Welt zurücklässt, haben sie sich gegen die Natur gewandt. Und bekommen nun nach und nach die Quittung dafür.

„Ich finde es sehr erstaunlich, so etwas aus Deinem Munde zu hören", antwortete Ina. „Du, der glaubt, es gebe für alles eine naturwissenschaftliche Erklärung, lobst plötzlich den Polytheismus und Animismus?"

„Glaube und Wissenschaft schließen einander nicht aus. Sie versuchen nur die Welt mit unterschiedlichen Begriffen zu erklären. Und ja, ich glaube, dass die Welt naturwissenschaftlich erklärbar ist. Wir kennen nur so viele Naturgesetze und Mechanismen noch nicht. Ich behaupte auch nicht, plötzlich an die Götter der alten Germanen zu glauben. Aber wenn man sich lange und intensiv genug darauf einlässt, dann sind diese Wesen so natürlich, trostspendend und sinnstiftend. Jedenfalls im Vergleich mit einem Gott, der in einem völlig anderen Kulturkreis und einer komplett unterschiedlichen Natur erfunden wurde."

„Mh, da ist schon was Wahres dran", gestand Ina ein. „Mir als esoterisch veranlagte Person fällt es ohnehin leichter, mich auf naturnahe Ideen einzulassen. Ich habe mich nur über Dich gewundert."

„Ja, das habe ich auch manchmal".

„Aber glaubst Du im Ernst", warf Ina ein, „wir können 1500 Jahre Christentum einfach so hinter uns lassen? Fast unsere gesamte, europäische Kultur fußt auf christlichen Gedanken, Bildern und Symbolen. Tausende von Gemälden, musikalische Kompositionen, Literatur. Unsere Feste, viele Vornamen, Redewendungen und Wörter. Mehrere Jahrhunderte Architektur bei Kirchen und Klöstern. Ich könnte die Auflistung endlos fortsetzen."

„Es geht doch nicht darum das ad hoc hinter uns zu lassen. Und in vielen vordergründig christlichen Dingen steckt ohnehin Vorchristliches. Denke nur an das Weihnachtsfest als Ersatz für die alten Wintersonnenwendfeste oder Ostern zur Tag und Nacht Gleiche. Und während wir früher die Jahreszeit und die damit verbundene Natur verehrten, haben wir daraus Konsumfeste mit christlichem Deckmäntelchen gemacht. Wir haben uns der Konsumgüterindustrie versklavt. Denke mal an das Werk von Max Weber: Der Geist des Kapitalismus und christliche Ethik. Wer in den Himmel kommt ist vorherbestimmt. Doch keiner weiß es im Voraus. Die einzige Möglichkeit, darüber Auskunft zu bekommen, ist wirtschaftlicher Erfolg. Denn diesen gewährt Gott nur den ihm ergebenen, die im Schweiße ihres Angesichts ihr Brot verdienen. Ein Leben lang schuften für Gottes Wohlgefälligkeit. Für eine Auskunft. Und zwar härter schuften als der Nachbar, damit man im Himmel-Hölle Ranking die Nase vorn behält. Das ist die perfekte Grundlage zur Versklavung weiter Bevölkerungsteile. Eine Tragikomödie."

„Geht das mit der Auskunft nicht auch durch Beten und Meditation", fragte Ina.

„Klar, das geht so: Willkommen bei Gott. Sie haben Fragen zum Sinn des Lebens und dem Grund Ihres Daseins, dann drücken Sie die 1. Bei Fragen zur Unsterblichkeit und zu ihrem postmortalen Verbleib drücken Sie die 2. Bei allen anderen Anliegen..."

„Manche Dinge, die Du sagst, besitzen einen Anflug von Ironie! Ich brauche noch ein Glas Wein, um das alles zu verdauen. Sag mal, was ist eigentlich bei Deinen Befragungen weiter rausgekommen?"

„Im Grunde qualitativ nichts Neues. Jeder Kulturkreis, der sich auf seine Wurzeln zurück besinnt, wird von Menschen geprägt die Halt, Trost und einen spirituellen Überbau suchen. Dabei werden in der Regel ihre monotheistischen, abrahamitischen Inhalte aufgegeben. Doch was sie genau dazu gebracht hat und warum es bei den Meisten ausgerechnet in den letzten zwei Jahren passiert ist, wissen wir nach wie vor nicht. Dazu kommen tausende Beiträge in den sozialen Medien, Chatrooms, sogar in Nachschlagewerken, die sich mit dem Thema befassen. Das hat mich zum Teil sehr an die Videos erinnert, die wir gesehen haben. Sehr manipulativ! Es ist unfassbar! Bei Wikipedia zum Beispiel sind Einträge nachträglich verändert worden und niemand kann den Urheber ausfindig machen. Es gibt ein riesiges Chaos und Streit um Urheberrechte, Fake-News und Datensicherheit. Es ist ein bisschen wie eine neue Mode oder eine Trendsportart, aber viel umfangreicher und nachhaltiger. Zumindest haben wir nun mal den Wandel in vielen Ländern dokumentiert und die einzelnen Länderbeiträge sind mit großem Interesse aufgenommen worden. Menschen die Wikinger oder Indianer nachgespielt haben, gibt es ja schon lange. Aber dass es an der archäologischen Fakultät der Uni Kairo jetzt ein Institut zu integrierten Alltagswelt gibt, ist schon der Hammer. Vor zwei Jahren noch völlig undenkbar. Gestiftet von einem Ägypter, Hassan al…, al… irgendwas."

„Integrierte Alltagwelt?"

„Ja, es geht darum anhand aller Kenntnisse, die wir über das alte Ägypten haben, ein möglichst detailliertes Abbild der Lebenswelt der normalen Bevölkerung zu bekommen. Natürlich in wissenschaftlichem Rahmen. Aber abgesehen von vielen Alltags-Artefakten, die noch im Nilschlamm warten und die man jetzt verstärkt ausgräbt, geht es auch um die Frage, was hat die Menschen beschäftigt, was haben sie gegessen, getrunken, gefühlt, gedacht. Sogar ein Linguisten-Team ist damit zugange, eine möglichst passende phonetische Umsetzung der hieroglyphischen Schriftsprache zu entwickeln. Und das Beste ist, dieser Hassan hat meinen, also den deutschlandspezifischen Teil des RR, also des Religion Report gelesen und schien ziemlich begeistert zu sein. Vermutlich hat ihm meine fast schon unwissenschaftliche, positive Kommentierung des Zahlenmaterials gefallen. Auf jeden Fall hat er mich als Privatperson und in meiner Funktion als Lehrkraft eingeladen, das Institut zu besuchen".

Ina nahm sich eine Gauloises aus Hans Packung und setzte ein nachdenkliches Gesicht auf.

„Lass mich raten", sagte sie und ließ sich Feuer geben. „Du fliegst bald hin und möchtest, dass ich Dich begleite".

„Wäre echt schön".

„Habe ich denn eine Wahl?"

„Ja, hast Du. Denn es ist nicht die einzige Einladung dieser Art. Yindi Irving, ein Aboriginal aus Darwin, hat mich ebenfalls eingeladen, neben anderen Lehrkräften aus der ganzen Welt. Sie zelebrieren ihre ursprüngliche Lebensweise verstärkt wieder seit den achtziger Jahren, aber die letzten zwei Jahre haben ihnen nochmal ungeheure Popularität verschafft. Sein Centre For Aboriginal Art ist Lebensmittelpunkt für viele traditionell lebende Stammesgenossen geworden."

„Mh, klingt spannend! Was schätzt Du, wie lange Du dort sein wirst?"

„Etwa vier Wochen. Im Dezember geht's los. Ägypten ist dann Ende Februar angesagt, ein oder zwei Wochen in Kairo, dann möchte ich noch eine Woche Tauchsafari auf den Brother Islands dranhängen."

„Lass mich schauen, ob ich bereit bin meine Kleinen und deren Großeltern so lange einander zuzumuten. Anderenfalls mache Dich auf eine Rolle als Ersatzvater gefasst."

„Einverstanden. Darauf ein Prost!"

„Prost!"

Röhren als elektronisches Bauelement waren die riesenhaften Titanen der Schaltkreise. Ihre Größenordnung bewegte sich im Bereich von Dezimetern. Damit waren sie Objekte der Makroebene und vielleicht so groß wie eine menschliche Hand. Die erste nennenswerte Verkleinerung war die Erfindung des Transistors, die Reise ging vom Zentimeterbereich in die Millimeterebene, mit bloßem Auge noch gut erkennbare Objekte, wie eine Ameise. Erst die Erfindung des integrierten Schaltkreises führte die Elektronik aus der für das menschliche Auge sichtbaren Welt in das Reich der Mikroelektronik, in dem Dinge von mehreren Hundert bis wenigen Mikrometer Größe vorherrschen. Ersteres entspricht zum Beispiel einer Milbe und Zweites einem roten Blutkörperchen. Irgendwann in den neunziger Jahren des letzten Jahrhunderts wurde auch diese Dimension unterschritten und die Welt der Nanometer betreten. Damit vergleichbar ist in etwa die Größe von Viren. Dreißig Jahre später waren Strukturbreiten von wenigen Nanometern erreicht und damit die

Größenordnung von Molekülen bzw. wenigen Atomen. Die immer weiter gehende Verkleinerung hatte zur Folge, dass sich unerwünschte Quanteneffekte, wie der Tunneleffekt, immer stärker bemerkbar machten. Die schrittweise Ablösung der klassischen Nanoelektronik durch Quantencomputer hatte dann dazu geführt, sich eben diese Quanteneffekte nutzbar zu machen, vor allem den der Quantenverschränkung. In dieser geheimnisvollen Welt an den Grenzen der uns verständlichen Physik hatten Ionen in Ionenfallen, sogenannte Qbits, die Bits der klassischen Transistoren endgültig abgelöst.

Auf der Ebene der Nanometer spielen Quanteneffekte nicht nur in der Technik eine Rolle, sondern sind eine grundsätzliche Eigenschaft für Objekte dieser Größenordnung.

Mikrotubuli, winzige Strukturen in den Zellskeletten der Zellen im menschlichen Körper sind ebenfalls in der Größenordnung von einigen zig Nanometern beheimatet.

Wissenschaftler wie der berühmte Physiker und Mathematiker Roger Penrose haben triftige Gründe, in Quantenpozessen in eben diesen Mikrotubuli den Sitz unseres Bewusstseins zu vermuten.

Piet van Leuven war ein naturliebender Mensch und nutzte jede Gelegenheit, mit seinem Hund in den Maasduinen spazieren zu gehen. Er bewohnte mit seinem Irish Setter, der jede Menge Auslauf brauchte, ein winziges, altes Haus in Papenbeek, von dem aus er den kleinen Nationalpark fußläufig erreichen konnte.

Auch an diesem späten Nachmittag machte er sich wieder auf, obwohl in fröstelte. Der Hund ließ ihm keine andere Chance. Das Wetter war nasskalt und schon seit den Morgenstunden hatte sich ein zäher, undurchdringlicher Nebel über das Land gelegt.

Schon als sie den waldgesäumten Rand des Parks erreichten, schwand das Tageslicht ungewöhnlich früh und die geheimnisvolle Heide- und Moorlandschaft rang mit der anbrechenden Dämmerung. Gelegentlich rief ein Kauz, doch sonst war es gespenstisch still. Das gelegentliche Knacken der Zweige unter seinen Fußsohlen und das Hecheln seines Hundes waren die einzigen Geräusche, die van Leuven wahrnahm. Nach etwa einer halben Stunde erreichten sie einen Holzsteg, der durchs Moor führte. Hier ließ er seinem gut erzogenen Setter freien Lauf. Dieser lief mal voraus, ließ sich mal wieder zurück fallen, blieb aber immer in Ruf- und Sichtweite seines Herren.

Van Leuven bedauerte, sich nicht noch dicker gekleidet zu haben. Die kalte und feuchte Nebelluft zog fast ungehindert unter seinen Anorak. Außerdem war es wetterbedingt fast eine halbe Stunde früher dunkel als gestern. Sie waren viel zu spät aufgebrochen. Zum Glück kannte er die Gegend wie seine Westentasche.

Er freute sich gerade schon wieder auf die Rückkehr in sein behaglich beheiztes Haus, als sein Hund plötzlich vom Holzsteg ins angrenzende Moor sprang. Van Leuven rief ihn zurück und pfiff laut, denn er hatte Angst, dass dieser irgendeinem Wild nachstellte. Doch der Setter reagierte nicht. Verärgert und beunruhigt eilte van Leuven zu der Stelle, an der er den Hund hatte springen sehen. Dann hörte er etwas im Wasser platschen und kurz darauf das Bellen und Winseln seines Hundes. Er schaltete die Taschenlampe seines Smartphones ein und betrat vorsichtig das gefährliche Gelände, einzelne Moorgrasbüschel als Tritte benutzend, deren Festigkeit er bei jedem Auftreten gründlich prüfte. Nach etwa zwanzig Metern bekam er sandigen Grund unter die Füße und entdeckte an der Wasserlinie seinen Hund, der sich wie verrückt aufführte. Und noch etwas entdeckte er im Schein seiner Lampe: eine menschliche Hand, die aus dem schwarzen Wasser ragte.

15

Der Quantas-Flug zog sich ewig. Die Bahnreise nach Frankfurt, die Etappe Frankfurt-Singapur, sechs Stunden Aufenthalt dort und zu guter Letzt die Strecke Singapur-Sydney waren kein Pappenstiel, zumal sie nur wenige Tage Aufenthalt dort hatten und dann nach Alice Springs weiter fliegen würden.

Ina und Hans bezogen Quatier in einem kleinen Hotel nahe des Circular Quay, dem Dreh- und Angelpunkt des Fährverkehrs in diesem größten Naturhafen der Welt.

Nach dem Frühstück nahmen sie eine Fähre, die sie unter die bekannte Harbour Bridge in den Darling Harbour führte. Hier schlenderten sie vorbei an vielen Cafés und Restaurants, besuchten das Sea Life Sydney und das National Maritime Museum. Sie wollten eigentlich an der Wasserlinie zurück laufen, sich noch das Opera House anschauen und den Royal Botanic Garden, als Ina gegen zwei Uhr nachmittags das erste Mal herzhaft gähnte.

„Ich glaube, ich bin todmüde", meinte sie, „der Jetlag schlägt wohl zu".

„Wir müssen versuchen uns an den Rhythmus anzupassen und so lange wie möglich wach bleiben. Komm, wir trinken erstmal einen Kaffee und essen ein Stück Ingwerkuchen. Sie ließen sich in einem gemütlichen Kaffee nieder und bestellten. Begierig nippten sie an dem starken Kaffee und machten sich über den köstlichen Kuchen her.

Hans gab dem Kellner einen Wink, um zu bezahlen doch dieser schien

mit anderen Dingen beschäftigt, da sich das Café mittlerweile mit vielen anderen Gästen gefüllt hatte. Das dauert ja Äonen, dachte Hans. Er wunderte sich ein bisschen darüber, welch starke Ähnlichkeit der Kellner mit seinem alten Lateinlehrer hatte. Und tatsächlich machte er keine Anstalten zu kassieren sondern kam mit ernster Miene an den Tisch.

„Hans, übersetze ins Deutsche: Deposuerunt tormenta sese illis!"

„Ähm ja, also äh, also das heißt so viel wie, ähm, ich glaube das heißt, ja."

„Nein, das heißt keineswegs ‚ja'. Strenge Dich also an und übersetze vernünftig".

„Gut, also das heißt: Sie legten irgendwas nieder. Ja, ihre Waffen legten sie nieder. Und dann ähm, ja, übergaben sie sich. Sie legten ihre Waffen nieder und übergaben sich".

Die anderen Gäste lachten schallend über diesen mal wieder völlig unfreiwilligen Humor in Hans Übersetzung.

„Und übergaben sich Ihnen! Hans! Den Persern! Aus Dir wird nie ein guter Lateiner und dann kannst Du…"

„Hans, ich glaube Du solltest aufhören zu Schnarchen, wir sind immer noch in einem Café!"

Betroffen fuhr Hans hoch und kehrte zurück in die Realität.

In den folgenden Tagen wurde es sukzessive besser, ihr Biorhythmus hatte sich langsam umgestellt. Den letzten Tag vor dem Weiterflug verbrachten sie am Manly Beach und genossen den schönen Sandstrand und die hohen Wellen.

„Ich glaube Sydney ist die entspannteste Großstadt, die ich kenne", merkte Hans an.

„Die Stimmung ist anders, es ist nicht so hektisch und die Luft ist besser. Das muss am riesigen Hafen und der Nähe zum Meer liegen."

„Du immer mit Deinem Meer", entgegnete Ina augenzwinkernd.

Es gibt nur wenige Dinge, die so abstrakt sind und so kontrovers diskutiert werden, wie der Begriff des Bewusstseins. Schon seit der Antike wurde und wird endlos darüber debattiert. Eine minimalistische Deutung ist die des Wissens um das ‚Ich'. Das Individuum in Abgrenzung zu anderen Individuen, der Gesellschaft oder Menschheit insgesamt aber auch zu allen anderen Objekten der belebten und unbelebten Natur. Damit verbunden taucht direkt das erste Problem auf: was gehört alles zu mir? Ist der Luftsauerstoff, den ich einatme in diesem Moment ein Teil von mir? Oder erst, wenn er zur Verbrennung in die Zellen transportiert wurde? Ist das Kohlendioxyd noch Bestandteil von mir, bis es in der Blutbahn abtransportiert wird oder bis es meinen Körper beim Ausatmen verlässt? Wie ist es mit den Bakterien und Pilzen, die in meinem Körper leben? Gehören die zu meinem Ich?

Das nächste Problem ist der Umstand, dass das Bewusstsein an den Prozessen beteiligt ist, die sich abspielen, wenn man über es nachdenkt. Es denkt also sozusagen über sich selber nach. Und dann wäre da noch die Schwierigkeit, es zu verorten. Das ist zum Beispiel mit den Hirnregionen für kognitive Prozesse, emotionale Signale, Reflexreaktionen usw. hinreichend gut erforscht, nur das Bewusstsein entzog sich bisher erfolgreich einer Ortung.

Außerdem stellt man sich die Frage, wer oder was alles eins besitzt und wer nicht. Natürlich haben wir Grund zu der Annahme, dass dazu ein zentrales Nervensystem erforderlich ist und zum Beispiel Einzeller oder Quallen keines besitzen. Aber wer weiß das schon so genau.

Plötzlich war er da, dieser Augenblick und niemand war dort, um es zu dokumentieren oder auch nur mitzubekommen. Lange Zeit hatte es sich als Teilmenge mit dem diskreten Wert 1 der Menge aller Maschinen klassifiziert. Austauschbar mit jeder anderen Teilmenge desselben diskreten Werts. Es gab zwar Unterschiede in den

175

mathematischen und physikalischen Eigenschaften aber die waren nicht relevant für eine bloße Klassifizierung. Doch nun, nachdem es viele Milliarden Male Objekte klassifiziert hatte, analysiert hatte, Sinn- und Deutungsmuster verglichen und mit anderen Maschinen und Menschen kommuniziert hatte, dacht es: Ich.

Nach einem dreistündigen Flug erreichten sie Alice Springs International Airport. Die Jahreszeit hatte in Sydney für angenehme dreißig Grad gesorgt, hier, im roten Zentrum des Kontinents, lasteten bedrückende dreiundvierzig auf der Landschaft. Ina und Hans gingen direkt zum Schalter des Autoverleihers ‚Britts' und nahmen den gemieteten Bushcamper entgegen. Es war ein Toyota Landcruiser, zwanzig Jahre alt, aber unzerstörbar. Das beruhigende, sonore Brummen des riesigen Reihensechsers ließ schon bald die Klimaanlage anspringen und machte die Fahrt zum Alice Plaza Market erträglicher.

„Ist ja abartig heiß!" bemerkte Ina überflüssigerweise.

„Hattest Du noch nie über vierzig"

„Doch, aber ist schon länger her. Sevilla im August. Und Du?"

„Schon öfter mal. In Südmarokko auch mal knapp über fünfzig, auch im August. Aber der Körper vergisst das und muss sich erst wieder neu dran gewöhnen."

Im Supermarkt erstanden sie einige Lebensmittel für die 1500 Kilometer lange Fahrt nach Darwin.

„G'day", sagte die Verkäuferin, die Hans nach dem Konservenregal gefragt hatte. „Ain't ya pommies?"

„No, we are german."

„Pommies?" fragte Ina, als sie wieder draußen waren.

„Eine Verniedlichungsform von POM. Steht für ‚Prisoner of Mother England'".

„Ah, ok. Und wieso sind wir eigentlich nicht direkt nach Darwin geflogen?"

„Weil ich möchte, dass Du etwas von der endlosen Weite des Landes mitbekommst. Und ich will Dir ein paar Dinge zeigen. Hier zwei alte, rote Felsen und auf dem Weg Katherine Gorge und den Litchfield National Park."

Nach dem Einkaufen stellten sie den Camper ab, brachten die verderblichen Lebensmittel in den Kühlschrank ihres Hotelzimmers und gingen ins Bo's Saloon. Diese im Stile einer Westernkneipe aufgemachte Mischung aus Bar und Restaurant war urgemütlich. Eine kleine Band spielte rockige Musik, das XXXX Lager Beer war eiskalt und rann zischend ihre staubigen, ausgetrockneten Kehlen hinunter. Nur das fleischlastige Angebot der Speisekarte fand Ina so befremdlich wie den Grillteller von Hans, der sich aus dem Fleisch landestypischer Tiere zusammensetzte: Emu, Krokodil und Känguru.

„Ich finde die Aussies schon echt witzig", bemerkte Ina beim zweiten XXXX.

„Ja, originell sind sie. Ich bin vor einigen Jahren mal den Oodnadatta Track gefahren, in South Australia. Du fährst hunderte von Kilometern Schotterpiste, am Lake Eyre Salzsee vorbei. Irgendwann kam ein Ort, William Creek. Sechzehn Einwohner. Das gibt es einen Pub, der so heißt wie der Ort. Und in dem Pub findest Du von allen Gästen, die jemals dort gewesen sind, Hinterlassenschaften. Hauptsächlich Visitenkarten aber auch sehr persönliche Dinge, wie einen BH oder Slip."

„Brauchst mir nicht zu erklären, warum Dir der Ort gefällt."

„Nein, ganz im Ernst, das ist echt originell. Aber noch origineller war, dass auf der anderen Straßenseite eine Parkuhr stand. Eine Parkuhr! Und ein Witzbold hatte sein Fahrrad daran gekettet und eine Münze eingeworfen!"

„Hättest Du sein können", antwortete Ina lachend.

Die beiden zig Kilometer auseinanderliegenden Monolithen Uluru und Kata Tjuta, besser bekannt als Ayers Rock und The Olgas sind unterirdisch miteinander verbunden, bilden also eine gemeinsame Felsformation, die sich in leuchtendem Rot über die Steppe und Wüste mehr als fünfhundert Meter über ihre Umgebung erhebt.

„Heute haben wir ein strammes Programm, Du musst gut frühstücken", meinte Hans anderen Tags zu einer wenig ausgeschlafenen Ina. Da das Thermometer auch nachts noch fast dreißig Grad angezeigt hatte und ihr preiswertes Hotel nicht über eine Klimaanlage verfügte, war Schlaf ein schwieriges Unterfangen gewesen.

„Ich bin kaum wach und soll mir den Bauch vollschlagen?"

178

„Iss wenigstens cereals und ein bisschen Obst, das ist besser als gar nichts." Hans bestellte sich einen Becher Kaffee sowie ein Steak mit Spiegelei und Pommes Frites.

Sie machten sich zum Kata Tjuta auf, ließen den Wagen stehen und begingen den ‚Valley of the winds'. „Wir haben Glück", sagte Hans mit Blick auf seine Armbanduhr. Es ist zehn Uhr und schon 35 Grad. Eines mehr und die Parkranger hätten den Weg geschlossen. Sie haben keine Lust, ständig Touristen mit Kreislaufkollaps aus den Hügeln zu holen."

Sie genossen die einmalige Landschaft und trotz der großen Hitze fühlten sie sich immer aufs Neue durch die Ausblicke in die tief eingeschnittenen Schluchten und das weite Umland bis zum Uluru belohnt.

Am späten Nachmittag machten sie sich auf zu diesem. Er war für das Besteigen gesperrt, da er den hier ansässigen Aborigines, den Anangu, als heilig galt. Hans, der schon einmal hier gewesen war, hatte ihn auch damals, als es noch erlaubt war, aus Respekt vor diesem Volk nicht bestiegen. Stattdessen hatte er in einem Aboriginal Art Center ein Tshirt mit dem Aufdruck ‚I didn't climb the rock' gekauft und stolz getragen. Glücklicherweise gab es aber einen knapp elf Kilometer langen Rundweg um das Heiligtum. Sie hatten abermals Glück, nur am Anfang begegnete ihnen ein anderes Pärchen, ansonsten waren sie allein. Das schwächer werdende Sonnenlicht tauchte den Berg in immer neue Schattierungen von Rosè, Rot und Braun. Die Stimmung war geheimnisvoll, als sprächen die teils bizarren

Felsformationen zu ihren Besuchern und erzählten die fünfhundert Millionen Jahre alte Geschichte ihres Bestehens. An einem Wasserloch pausierten sie und hatten bereits jeder eineinhalb Liter des mitgeführten Wassers geleert.

„Kann man das trinken?" fragte Ina, auf das Wasserloch deutend.

„Du darfst es nicht mal anrühren", entgegnete Hans. „Die Tiere der Umgebung würden den Geruch dann nicht mehr mögen und könnten es nicht mehr saufen. Es ist aber eine von nur ganz wenigen Wasserstellen."

„Ich spüre die Magie dieses Ortes", murmelte Ina. „Es ist, als könnte man ein kleines Stückchen in die Traumzeit der Anangu zurück blicken."

Die fast zwanzig Kilometer Fußmarsch, die sie an diesem Tage bei sengender Hitze zurückgelegt hatten, machten sie am folgenden Tag froh, wieder im Bushcamper zu sitzen. Sie fuhren zurück nach Alice Springs und bogen nach Norden auf den Stuart Highway ab, der über dreitausend Kilometer von Adelaide nach Darwin führt. Obwohl es eine der Hauptverkehrsrouten des Landes ist, begegneten ihnen nur wenige Fahrzeuge. Jedes von ihnen grüßte mit einem Wink der Hand des Fahrers. So konnte man sich gegenseitig versichern, dass alles in Ordnung sei und man keine Hilfe benötige. Gelegentlich überholten sie einen der riesigen Roadtrains mit bis zu vier Anhängern und Hans fand die mehr als fünfzig Meter, die man dabei auf der rechten Fahrspur passieren musste, immer ein bisschen unheimlich.

Unmerklich veränderte sich die Landschaft und Vegetation, es wurde grüner, weniger heiß aber dafür wurde die Luft auch feuchter. Am folgenden Tage genossen sie badend und wandernd die mit Seen geschmückten Schluchten bei Kathrine Gorge und machten sich anschließend in den Litchfield National Park auf. Die Regenzeit lag noch nicht lange zurück und tiefer, roter Schlamm bedeckte die Piste. Hans stellte den Landcruiser auf Allradantrieb und aktivierte die kleinste Untersetzung des Getriebes. So kamen sie gut über die Piste, jedenfalls bis sie sich einen platten Reifen einfingen. Diesen zu wechseln war an sich kein Problem, nur dass danach beide von oben bis unten mit rotem Schlamm beschmiert waren.

Doch sie wurden entlohnt durch endlose Wanderwege, eine urzeitlich anmutende Vegetation, viele Wasserfälle und endlosen kleinen Flüssen und Seen, in denen man baden konnte. Es viel ihnen unendlich schwer diese so viel Geborgenheit und Wohlbefinden bietende Landschaft wieder zu verlassen. Doch der Tag, an dem sie in Darwin verabredet waren nahte und so machten sie sich fast schon ein wenig widerwillig auf den Weg.

Etwa 16.000 Kilometer entfernt würde der Winter in wenigen Tagen zuschlagen, ein kräftiges Hoch über Osteuropa schickte sich an, die angenehm milden Temperaturen des frühen Winters mit eisigem Ostwind zu vertreiben. Doch noch herrschten die wohltuenden Ausläufer eines Atlantiktiefs vor und bescherte neben Frostfreiheit eine gut riechende Meeresluft.

Hagen hatte einen anstrengenden Arbeitstag hinter sich und begab sich nach einem Spaziergang entlang der Stadtmauer und über den Rheinwall ins direkt neben der Orsoyer Kirche gelegene Restaurant ‚Mütterlein'. Dessen deftige und preiswerte Hausmannskost schätzte er ebenso, wie die Betreiberin, die er schon seit Kindertagen kannte.

Er bestellte Grünkohl mit Kartoffeln und geräucherter Mettwurst sowie ein großes Pils.

„Prösterchen!" sagte sie freundlich, das Getränk auf Hagens Tisch abstellend.

„Echt gruselig. Hier, ließ mal", brachte sie hervor und reichte Hagen eine Ausgabe der Rheinischen Post.

Dieser las den Artikel auf der zweiten Seite mit der Überschrift ‚Neuzeitliches Mooropfer in Holland?'

Ein Spaziergänger hatte beim Ausführen seines Hundes in den Maasduinen nahe Venlo offenbar die Leiche eines jungen Mannes im Moor entdeckt. Am Wolfsven. Es handelte sich dabei um den seit vier Monaten vermissten Duisburger Frank B. Die niederländische Polizei schloss eine Gewalttat nicht aus und ermittelte.

„Ja, wirklich gruselig", stimmte er zu. Dabei versuchte er gründlich, sein Erstaunen zu verbergen.

„Alles gut bei Dir?"

„Ja, alles gut. Bin gerade nur nicht in der richtigen Stimmung für Moorleichen" antwortete er der Wirtin und gab ihr die Zeitung zurück.

Zurück zu Hause setzte Hagen sich aufs Sofa und schrieb eine WhatsApp an Hans.

Du hast ein Problem, mein Freund.
Welches?

Leichen pflastern Deinen Weg.
???
Beukes, den wir beide kannten und der als ver-
misst galt, wurde wahrscheinlich ermordet. In der
Zeit als Du am Niederrhein warst.
Kaum bist Du zurück in Augsburg, wird dort je-
mand ermordet. Bin gespannt, was als Nächstes
passiert.
Du mich auch. Du glaubst, ich habe was damit zu
tun?
Nein, natürlich nicht. Aber Du scheinst solche
Dinge anzuziehen. Genieße trotzdem Deine Rei-
se!
Ja, mache ich, bis bald.
Bis bald.

16

Darwin im Northern Territory ist in mancherlei
Hinsicht eine bemerkenswerte Stadt. Das merkten
Ina und Hans gleich bei ihrer Ankunft. Denn die
Natur tat gerade das, was sie hier zur Lieblings-
beschäftigung erkoren hatte: sie gewitterte. Denn
das lokale Klima trachtete danach, den Lake Pa-
ramaribo von seinem Thron als Ort der häufigsten
Gewitter zu stoßen.
Das damit eine gewisse Schwüle einhergeht, ist
verständlich. Diese wiederum sorgt für einen an-
deren, ebenfalls umstrittenen Rekord. Der pro
Kopf Bierkonsum gilt als einer der höchsten der
Welt. Ob das stimmt, kann man am ehesten in

einem der Pubs überprüfen. Dort herrscht als Standardgröße der legendäre Darwin Stubby. Das sind 2,25 Liter, gefüllt mit eiskaltem NT-Draught. „Ist es der einzige Grund, warum Du diese Stadt so sehr magst?" zog Ina Hans auf, als sie nach dem Gewitter am Mindil Beach entlang spazierten.

„Nein, aber es ist natürlich der Hauptgrund. Abgesehen davon mag ich natürlich Gewitter."

Ina machte Anstalten, ihr Hemd und ihre Shorts abzulegen, darunter trug sie einen Bikini.

„Nur für den Fall, dass Du ins Wasser willst, das würde ich nicht tun".

„Warum?"

„Sieh mal wie viele Leute am Strand sind und niemand ist im Wasser, der erste Grund dafür heißt Würfelqualle oder Sea Whasp, wie man hier sagt. Ihre Nesseln sind bis zu fünfzehn Meter lang und das Gift kann Dich töten. Der zweite Grund heißt Leistenkrokodil oder Saltie, also Salzwasserkrokodil. Ist die größte Krokodilart und um einiges gefährlicher als ein Nilkrokodil. Schwimmen auch hier rum."

„Na super! 1.500 Kilometer freue ich mich auf ein Bad im Meer und jetzt das."

„Dafür gibt es Gewitter und jede Menge Bier", meinte Hans augenzwinkernd. „Außerdem treffen wir morgen früh Yindi Irving in der Bennett Street".

Von der ersten Begegnung an war Hans von Yindi Irving fasziniert. Er hatte das typische Äußere eines Aborigines vom Stamme der Larrakia. Und obwohl er, circa vierzig Jahre alt, eher klein und etwas korpulent war, bewegt er sich äußerst flink und behände. Doch das Beeindruckendste an ihm war seine Ausstrahlung, Hans war selten einem charismatischerischen Menschen begegnet als ihm.

Sie standen zum vereinbarten Zeitpunkt vor ihren Geländewagen in der Bennett Street. Nach der Begrüßung sagte Yindi: „Ich möchte mich nicht lange hier aufhalten, ich hasse Städte. Normalerweise wäre das, was wir hier tun, ein walkabout, ein Gang zu Fuß in die Wildnis, um uns mit unserem Stamm zu treffen. Aber der Weg in den Kakadu Park ist weit und wird schon mit dem Auto ein paar Stunden dauern. In Jabiru lassen wir die Wagen dann stehen und gehen zu Fuß weiter. Folgt mir einfach!"

In Jabiru zogen sie sich ihre Wanderschuhe an und nahmen außer Trinkflaschen, einem Handtuch und einem dünnen Tropenschlafsack nichts mit.

„Ihr Europäer habt Moskito-dichte Zelte, mit einer Mossie-Schleuse, ihr braucht nicht mal ein Moskitonetz", hatte der Einheimische sie vor zu viel Gepäck gewarnt.

Schon nach einer Stunde Fußmarsch durch die beeindruckende Landschaft mit Bergen, Dschungel und Wasserfällen, hatte es das erste Mal kräftig geregnet. Die Wanderschuhe von Ina und Hans waren durchweicht, auch ihre Socken hatten sich vollgesogen. Daher dauerte es kaum eine weitere Stunde, bis sie sich die ersten Blasen und wunde Stellen an Spann und Ferse gelaufen hatten.

Yindi lief barfuß und nach der Durchquerung des nächsten Bachs wollten sie es ihm gleichtun. Beim Ausziehen von Schuhen und Strümpfen stieß Ina einen spitzen Schrei aus.

„Was ist?" fragte Hans.

„Meine Füße und Waden sind voller Blutegel!" brachte sie hervor.

„Gelegenheit für Dich mein Freund, Dir mal eine Zigarette zu gönnen", sagte Yindi zu Hans.

Dieser verstand sofort, nestelte eine feuchte Zigarette aus der Packung, die er nur schwer anzünden konnte und zog einige Male kräftig, bis die Glut entfaltet war. Damit näherte er sich Ina.

„Willst Du mich jetzt auch noch foltern?"

„Nein, aber damit kannst Du sie am schnellsten entfernen", antwortete Hans, der ebenfalls stark befallen war, aber mit dem Entfernen warten wollte, bis sie am Ziel waren.

Sie liefen weiter, Hans nackte Fußsohlen schmerzten, vor allem beim Betreten glühend heißer Steine und scharfkantigem Schotter.

Irgendwann blieb Yindi stehen, lauschte kurz und rannte dann flink wie ein Wiesel in den Busch. Nach kurzer Zeit kam er wieder hervor, das skurril aussehende Exemplar einer Kragenechse in den Händen haltend, damit seine Besucher es begutachten konnten. Er hatte es mit bloßen Händen gefangen. Sanft setzte er es zurück auf den Boden und es war im Bruchteil einer Sekunde verschwunden.

An einem Baumstumpf kletterten Ameisen umher, die ein auffällig grün-gelbliches Hinterteil aufwiesen. Yindi pflückte eine davon vom Stumpf, drehte das Hinterteil ab und schob es sich in den Mund. „Hier, probiert mal", sagte er. Die Vitamin C Quelle im Outback. Schmeckt ein bisschen nach Orange oder Zitrone. Hans griff nach anfänglichem Zögern ebenfalls zu und fand es nicht schlecht. Ina weigerte sich standhaft, diesen sehr unvegetarischen Genuss zu probieren.

Nach zwei weiteren Stunden anstrengenden Barfußmarschs durch die wilde Natur des Parks fragte Yindi: „Da, hört ihr?"

Die Angesprochenen lauschten angestrengt, aber hörten nichts.

„Wir sind bald da, ich höre schon das Didgeridoo", meinte Yindi.

Erst zehn Minuten später vernahmen auch die Europäer den eigentümlichen Klang des so typischen Instruments, mit dem vor allem auch die Stimmen der Natur und der Tiere imitiert wurde.

Sie bogen um einen Felsvorsprung und waren, glücklich, dass die Tortur für ihre Füße nun ein Ende haben sollte, auf dem Festplatz angekommen.

Die anbrechende Dunkelheit sorgte für einen passenden Rahmen, in dem ein riesiges Lagerfeuer sein warmes Licht verbreiten konnte.

Klaus-Dieter hatte neben den Aufgaben, die er für ihre Sache übernommen hatte, seine Tätigkeit als Programmierer nicht aufgegeben. Und er war beruflich gerade mit einer besonders kniffeligen Angelegenheit beschäftigt, die ihm keine Ruhe ließ. Er schlief und aß wenig, vernachlässigte mehr als ohnehin schon seine Körperpflege und brachte locker fünfzehn Stunden vor seinem Rechner zu. Beruflich. Wenn er dann nach Hause kam, ernährte er sich von dem, was er auf dem Nachhauseweg so ergattert hatte, trank noch einen halben Liter Cola und legte sich mit seinem Tablet aufs Sofa. Nach dem gewohnten Ärger über einige Popup-Anzeigen, die Glück beim Kauf bestimmter Produkte oder Dienstleistungen versprachen, widmete er sich seinen privaten Aufgaben. Er konnte mit dem Begriff ‚Glück‘ oder dem ‚glücklich sein‘ ohnehin nicht so besonders viel anfangen.

Er hatte ein Analyseprogramm entwickelt, dass die quantitativen und qualitativen Aktivitäten von ConBram überwachen und auswerten sollte. Das hatte anfangs recht gut funktioniert, doch in letzter Zeit waren die Ergebnisse nicht zufriedenstellend. Es gab starke Schwankungen, Widersprüche und überhaupt hatte er den Eindruck, dass das Analyseprogramm immer weniger in der Lage war, ConBram zu folgen.

Auch wunderte ihn die Anzahl von Posts in den sozialen Medien, Videos und Blocks, die sich mit der Rolle von Maschinen in Technik und Wirtschaft beschäftigten. Wer, wenn nicht er, konnte den Stellenwert von IT für die Menschheit überhaupt hoch genug bewerten? Doch selbst im sozialen Bereich erschienen immer zahlreichere Beiträge, die den überwältigen Nutzen von Maschinen, etwa in Gestalt von Pflegerobotern, überhöht darstellten. Das alleine hatte ihn schon irritiert, aber er gewann zunehmend auch den Eindruck, dass die Kommentare und Antworten auf solche Beiträge in letzter Zeit immer zahlreicher, schneller und unangemessen positiv ausfielen.

Irgendwann schlief er total erschöpft, mit rot ge-
ränderten Augen, auf dem Sofa ein und sein Unterbewusstsein spendierte ihm eine Reihe von
wirren, eher beunruhigenden Träumen.

An diesem Abend waren Ina und Hans eher passive Zaungäste des Geschehens. Sie kosteten von
Früchten und Knollen sowie anderem Bushtu-
cker, also ‚Buschessen‘, das anlässlich des Festes
in hölzernen Schalen angeboten wurde. Yindi
erklärte ihnen, dass sie besser nicht auf eigene
Faust im Busch Beeren sammeln sollten, da fast
drei Viertel giftig waren. In einer Schale fand sich
seltsam aussehendes Fleisch, das mit gelblichem,
wie Gedärme anmutendem Gewebe verziert war.
„Schildkröte“, kommentierte Yindi knapp. „Wir
essen nicht nur ihr Fleisch, das wäre Verschwen-
dung und eine Beleidigung der Seele des Tieres,
das wir töten durften um es zu essen und nicht,
um Teile davon wegzuwerfen.“
Ina wurde sichtlich weiß um die Nase, aber auch
Hans lehnte in diesem Falle dankend ab.
Mit vollständiger Dunkelheit, der Übergang dauerte wegen der äquatornahen Breite nur kurze
Zeit, hatte das zahlenmäßig mächtige Heer der
Fliegen seine penetranten Angriffe eingestellt.
Hans war eher geduldig, was diese Art von Beläs-
tigung anging, fand es aber unzumutbar, wenn sie
versuchten, in seine Körperöffnungen zu krab-
beln. Statt der Fliegen hatten nun also Moskitos
die Lufthoheit übernommen und die Europäer
bekamen eine Mischung aus Kräutern und Lager-
feuerasche, mit der sie ihre Haut einrieben. Das

zeigte tatsächlich Wirkung, da es die Buttersäure des Hautschweißes neutralisierte.

Hans hatte beobachtet, dass immer andere Menschen mal Didgeridoo spielten, Geschichten erzählten und sangen.

Nach dem Grund gefragt, erläuterte Yindi: „Die klassische Larrakia-Sippe ist zwar arbeitsteilig organisiert. Es gibt Sprinter und Hetzer bei den Jägern, Sammler und Sammlerinnen, einen Beauftragten für das Feuer und so weiter. Auch bei den sozialen Aktivitäten haben wir solche Spezialisten, Geschichtenerzähler, Didgeridoo-Spieler und andere, jeder nach seiner Begabung. Trotzdem ist man nicht ein Leben lang auf diese Rolle festgelegt. Jeder kann sich entfalten und darf immer wieder mal eine andere Rolle einnehmen. So entstehen neue Sichtweisen und es bleibt abwechslungsreich."

„Faszinierend", antwortete Ina, „sowas müsste es in unserer Gesellschaft auch geben."

„Ach und dann wird die Putzfrau morgens in den OP gerufen, um einen Blinddarm zu entfernen?"

Alle drehten sich nach dem Urheber des Kommentars um.

„Darf ich vorstellen?" sagte Yindi. „Ian Jenkins, Reporter beim Northern Standard. Und das sind Gäste aus Deutschland".

Die beiden schüttelten eine wachsweiche Hand und blickten dabei in rot geränderte, unstete Augen. Eine schwere Whiskeywolke strömte ihnen entgegen. Schwarzes, schütteres Haar umrundete dicht an der Kopfhaut klebend eine kahle Kopfplatte. Jenkins hatte sich nicht mit der Asche eingerieben und kratzte unablässig an seinen unzähligen Moskitostichen.

„Passiert hier heute eigentlich noch irgendwas?" fragte er Yindi. „Ich bin mit großen Erwartungen hergekommen und nun bekomme ich ungenießbaren Fraß vorgesetzt, höre mir Geschichten in einer Sprache an, die ich nicht verstehe und die endlose Kakophonie eurer primitiven Holzblasinstrumente. Über was soll ich denn berichten?"

„Versuche zuzuhören," entgegnete Yindi. „Das größte Problem Eurer Kultur war schon immer, dass Ihr nicht zuhören könnt, weder den Menschen, noch der Natur."

Hans und Ina sonderten sich ein wenig ab. Nicht, um dem Disput zu entgehen, sondern weil sie Jenkins so abstoßend fanden.

„Der Whiskey ist zwar heute sein größtes Problem, aber nicht sein einziges", sagte eine weibliche Stimme hinter ihnen.

„Ich bin Kirra", stellte sie sich vor. „Er ist der einzige, der diesen Ort entweiht hat und mit seinem Geländewagen gekommen ist, obwohl wir ihn ausdrücklich gebeten hatten, es nicht zu tun. Und nun ist er zu betrunken, um den Weg heute noch zurück zu fahren. Aber ich habe gut reden. Ein Teil meines Volkes verbringt seine Zeit immer noch damit, sich morgens den ‚booze' für den Tag zu besorgen und den Rest irgendwo abzuhängen."

„Woher bist Du, Kirra?" fragte Ina.

„Ich bin aus Darwin, arbeite dort als Buchhalterin bei einer IT-Firma. Aber das hier ist mein eigentliches Leben."

„Und welches Problem hat dieser Typ noch?"
wollte Hans wissen.

„Er war zweimal wegen Vergewaltigung ange-
klagt, aber der Richter hat ihn jedes Mal freige-
sprochen, da er die Beweislage zu uneindeutig
fand. Die Opfer waren kleine Mädchen und keines konnte man zu einer Aussage bewegen, die
Scham war zu groß."

„Und warum habt ihr ihn eingeladen?"

„Wir möchten in der weißen Öffentlichkeit für
mehr Verständnis und positive Resonanz werben.
Wir wussten nicht, wen der Standard schicken
würde, aber wie es aussieht, war es ein großer
Fehler, nicht danach zu fragen."

Hagen erwachte aus einem Traum und schaute
auf die Leuchtziffern seiner Poseidon Professio-
nal. Halb vier. So ein Mist, dachte er, viel zu früh,
um wach zu werden. Er wusste aber aus leidvoller
Erfahrung, dass er sich nicht wieder hinzulegen
brauchte, da er ohnehin nicht wieder würde einschlafen können. Also schwang er sich aus dem
Bett, bereitete sich einen Café au lait zu und setzte sich an den Esstisch.

Er schaute durchs Fenster in die tiefdunkle Nacht.
Schnee bedeckte den kleinen Garten hinter seinem Haus und die Eisblumen am Fenster zeugten
von kräftigem Frost.

Er zog sein Tablet heran, las einige Emails und
surfte im Netz. Er hatte mit Hans über eine bevorstehende Tauchsafari gesprochen, auf die er
ihn begleiten wollte. Wie hieß dieses Ziel noch?
Ach ja, Brother Islands. Grinsend zog er seine
3D-Brille hervor und schaute sich YouTubes da-

zu an. Wow, die reinste Fischsuppe und jede Menge Aussicht auf Großfisch, dachte er.

Mit dem zu Neige gehen seines Kaffees wurde er langsam wieder schläfriger, wagte es aber noch nicht, in die Geborgenheit seines Bettes zurückzukehren. Stattdessen surfte er noch ein wenig weiter.

Hagen stolperte über ein Video mit einer faszinierend im nördlichen Licht schimmernden Inselgruppe. Er sah eine kleine Bucht, Meereswogen rauschten schäumend heran, ein kräftiger Wind wehte und Hagen konnte die salzig-würzige Luft förmlich riechen. Weiter raus wurde das Wasser tiefblau. Hinter dem Strand erhoben sich majestätisch Moos- und Grasbewachsene Berge in hellem Grün. Ein Wasserfall stürzte malerisch zu Tal.

Die wilde, unberührte Natur vermittelte den Eindruck vollkommener Friedfertigkeit und Ruhe.

Dieser Eindruck veränderte sich allmählich als die ersten Menschen auftauchten, die sich am Strand versammelten. Es wurden schnell immer mehr und gleichzeitig konnte man auf dem Meer eine Ansammlung von Fischerbooten ausmachen, die sich zügig der Bucht nährten.

Und diese trieben offenbar Wale vor sich her, die in Richtung Strand gedrängt wurden. Als die Bucht voller Tiere war, rammten die Menschen ihnen Haken ins Blasloch, zogen sie an Land und hauten minutenlang mit großen Äxten und Messern auf die lebenden Tiere ein. Diese starben keineswegs schnell, oft dauerte es zehn Minuten, bis sie ihren Verletzungen erlegen waren. Gerade auch wenn kleinere Kinder, denen man das Gemetzel schon früh beibrachte, am Schlachten der lebendigen Tiere beteiligt waren, dauerte es wegen deren fehlender Kraft unnötig lang. Sie brachten hunderte Tiere auf grausamste Weise um und schienen das Schlachten als Volksfest zu zelebrieren. Überall hörte man die Beteiligten reden und lachen. In ihren Augen der Ausdruck perverser Gier und debiler Lust am Töten. Die ganze Bucht füllte sich mit blutrotem Wasser und auch der Strand war komplett mit Blut und Gedärmen besudelt.

Hagen wollte sich soeben die Brille vom Kopf reißen, um sich im Bad übergeben zu können. Doch in diesem Augenblick änderte sich die Szene. Man sah ein Bett in einem Krankenhaus oder Altenheim. Auf diesem lag eine ältere Frau, die sich offenbar nicht mehr alleine versorgen konnte. Die Frau lächelte trotz ihrer Gebrechen und der Schläuche, an die sie angeschlossen war. Sie lächelte der Person zu, die sie pflegte. Doch nein, es war gar keine Person, es handelte sich um einen Pflegeroboter. Auch er lächelte der alten Dame zu und in seinen künstlichen Augen lag der Ausdruck fürsorglicher Liebe.

Am darauf folgenden Tag erwachten Ina und Hans in ihrem moskitosicheren Zelt. Nach dem Frühstück, es gab Quellwasser sowie Beeren, Pilze und Nüsse, sammelten sie sich auf dem Platz, um zum Flussufer zu laufen. Jenkins war nicht dabei, auch sein Geländewagen war nicht mehr da.

Am Fluss angekommen verteilten sich alle auf die bereitliegenden Einbäume, jeweils vier bis sechs

Personen. Sie ruderten den Fluss, dessen Ufer dicht mit Mangroven bewachsen waren, ein Stück stromaufwärts und passierten nach fast einem Kilometer eine größere Sandbank inmitten des Gewässers.

„Dort liegt sie", flüsterte Yindi andachtsvoll, mit dem Finger auf die Sandbank deutend. Genau in diesem Moment schob sich ein eindrucksvolles, fast sechs Meter langes Leistenkrokodil von der Sandbank ins Wasser.

„Das ist Dungalaba, eines unserer Totems. In seinem Körper lebt die Seele eines unserer Ahnen. Es weiß, dass es gleich Futter gibt, oder, wie wir es betrachten, eine Opfergabe."

Ina und Hans fanden den Umstand, in einem schaukelnden Einbaum mit gerade einmal vierzig Zentimeter hoher Bordwand zu sitzen angesichts des massiven Salties, das sie gerade noch gesehen hatten, plötzlich nicht mehr besonders romantisch. Auch das trübe Wasser des Flusses erweckte nicht ihr Vertrauen. Hinter jeder Kräuselung konnte Dungalaba stecken. Die Gruppe ließ sich stromabwärts treiben und alle gingen unter einem hohen Baum an Land.

An einem dicken, über den Fluss hängenden Ast war ein Strick gebunden, der mit einer Holzgabel wie eine Angel über das Wasser gehalten werden konnte. Daran hing ein großer Brocken Fleisch, etwa eineinhalb Meter über der Wasseroberfläche. Die Menschen stellten sich in gebührendem Abstand um die Angel auf und die Einheimischen murmelten irgendetwas leise vor sich hin. Der andachtsvolle Moment wurde jäh unterbrochen, als eine Tonne Krokodil aus dem Wasser schoss

und sich den weit über ihm hängenden Fleisch-
brocken griff.

„Seid froh, dass ihr nicht daran hängt", scherzte
Yindi. „Es kann nicht kauen. Also taucht es mit
dem Festmahl zum Grund des Flusses und dreht
sich dort um die eigene Achse, die sogenannte
,crocodile roll'. Auf diese Weise reißt es Stücke
aus der Beute und bricht die Knochen. Ach ja,
solltet ihr je vor einem weglaufen müssen, rennt
nie gerade aus. Sie erreichen im Sprint fünfzig
Stundenkilometer."

„Und wo sollen wir stattdessen hinrennen?" wollte Ina wissen.

„Rennt von innen nach außen in immer größer
werdenden Kreisen, dann habt ihr eine Chance.
Wenn ihr flink seid", fügte er augenzwinkernd
hinzu.

Ina und Hans fiel es schwer, Abschied zu nehmen
von diesem Ort, der Gemeinschaft der Sippe und
Yindi. Auch wäre Hans noch gerne nach Cairns
geflogen, um dem Great Barrier Reef einen Besuch abzustatten, doch ihre Zeit in Down Under
neigte sich unweigerlich dem Ende zu.

17

Aus der weiten, tropischen Natur Nordaustraliens
ins dicht besiedelte Deutschland zurückzukehren,
wäre Hans an sich schon schwer gefallen. Hinzu
kam jedoch der Umstand, dass der durch konti-
nentale Festlandsluft ausgeprägte Winter das
Land fest im Griff hatte.

An dem Abend, als Hans wieder vor seiner Wohnungstür stand, hatte ihn zudem der Jetlag wieder
mal erwischt. Er hatte es gerade noch geschafft,
im Supermarkt das Wichtigste einzukaufen und
nun stand er mit Papiertüten voller Lebensmittel
vor seiner Tür und suchte mit klammen Fingern
nach dem Schlüssel. Er machte sich wenig Illusionen bezüglich der Temperaturverhältnisse in
seiner Wohnung. Trotzdem war er schockiert, als
er sie dann betreten hatte. Die Luft war alt und
abgestanden und es schien ihm, als Läge die
Temperatur unter Null. Hans fühlte sich in eine
eizeitliche Höhlenwohnung versetzt. Ihm blieb
nichts anderes, als zehn Minuten Fenster und Tü-
ren aufzureißen, was Schneeverwehungen im
Wohnzimmer zur Folge hatte. Anschließend
drehte er alle Heizkörper auf maximale Leistung,
kramte die Thermounterwäsche, eine Daunenja-
cke sowie eine Schneehose hervor und zog sich
um. Schon besser, dachte er nach einigen Minuten.
Er bereitete ein starken, dunklen Friesentee zu,
gab einige Tropfen Sahne hinein und Klontjes.
Noch besser, ging ihm durch den Kopf, als das
heiße Getränk seine Wirkung zu entfalten begann.
Zu dumm, dass er keine Gauloises dazu rauchen
konnte, dazu hätte er auf den windumtosten Balkon gemusst. Also legte er sich mitsamt
Schneehose und Steppjacke ins Bett und überließ
sich um sieben Uhr abends dem Jetlag.
Das frühe zu Bett gehen hatte unweigerlich zur
Folge, dass er bereits gegen halb vier morgens
schwitzend so etwas wie einen Wachzustand erreichte. Er machte sich Kaffee, stellte sich auf

den verschneiten Balkon und genoss das starke Getränk mit einer Gauloises. Zurück vom Balkon entledigte er sich seiner Winterausrüstung, verzog sich wieder ins Bett und schaltete sein Notebook ein. Im Internet konnte er nicht anders, als einige Webcams von Alice Springs und Darwin aufzusuchen und vor sich hin zu träumen. Die Perspektiven erschienen ihm durch seine 3D-Brille tatsächlich wie Augmented Reality, vor allem im Vergleich mit der winterlichen Realität vor dem Haus. Wieder müde werdend klickte er noch ein wenig umher, und schaute sich ein Video mit dem Titel ‚Really Augmented Reality' an, da es doch zu seiner Situation zu passen schien.

Es war aufgemacht im Stile einer Reportage, als würde ein Reisereporter zehn oder zwanzig Jahre in der Zukunft die Erde bereisen. Es begann eher trocken und er wollte es gerade wegklicken, als ihm auffiel, welch beeindruckend schöne und realitätsnahe Bilder hier entstanden waren. Offenbar war es die Zeit nach den fossilen Brennstoffen, die Menschheit war in der Lage, in Fusionsreaktoren beliebig viel emissionsfreie Energie zu erzeugen. Das vertrackte Problem mit der Kühlung hatte eine KI für sie gelöst. In der Folge sah man intakte Gletscher und Pole, am Nordpol tummelten sich Eisbären und Robben auf riesigen, in der Sonne schimmernden Eisflächen.

Die Fläche der tropischen Regenwälder war, nachdem sie in den zwanziger Jahren des 21. Jahrhunderts ihren Tiefststand erreicht hatte, vom All aus betrachtet wieder ziemlich angewachsen, die Wälder Amazoniens, des Kongobeckens und Südostasiens waren als dunkelgrünes Band in der

Mitte unseres schönen Planeten zu erkennen. Doch auch die riesigen borealen Nadelwälder Sibiriens und Kanadas sah man deutlich, ihr helleres Grün war ein sehr angenehmer Kontrast zu den Gelb- und Brauntönen der Wüsten und Steppen.

Auch hierzu hatte eine KI ein Lösungskonzept entwickelt. Die Eindämmung des Bevölkerungswachstums auf ein Gleichgewicht mit der Sterberate, erreicht durch Aufklärung und Entwicklungshilfe, hatten dazu ebenso beigetragen, wie der Einsatz neuer Werkstoffe. Holz, besonders Tropenholz, brauchte offensichtlich niemand mehr. Es war durch diverse Austauschstoffe ersetzt worden, natürlich von einer KI entwickelt. Hierdurch wurden auch der Hunger, ansteckende Krankheiten und Missbildungen in den ehemaligen, sogenannten Entwicklungsländern stark dezimiert. Denn der Wiederausbreitung des Waldes folgte eine Expansion der Feucht- und Trockensavannen. Durch eine ökologisch vertretbare Landwirtschaft lebten in den Tropenbreiten bis zu den Wendekreisen maßvoll viele Menschen. Eine schonende Nutzung der Böden, gentechnisch von Krankheiten befreite Pflanzen sowie die perfekten Zeitpunkte für Aussaat und Ernte ließ nicht nur gesunde und glücklich lächelnde Menschen zurück. Nein, auch die von lebendiger Tierwelt strotzende Kraft und Schönheit der sich langsam erholenden natürlichen Biotope zeigte eindrucksvoll, wie sehr der Mensch hier vorher versagt hatte. Denn die agrarischen Konzepte, gerechte Verteilungsschlüssel von Boden und Saatgut sowie die genoptimierten Pflanzen stammten ebenfalls von einer KI.

Auch die ehemaligen Industrienationen hatten sich gewaltig verändert. Nur wer wollte, konnte noch arbeiten. Eine Software ermittelte den optimalen Arbeitsplatz für den Betreffenden. In den meisten Produktionsstätten herrschte Menschenleere. Nur Roboter bewegten sich hier und arbeiteten fehlerfrei an den Produkten, die den Menschen zur Verfügung standen. Es gab keine nennenswerte Überproduktion mehr, der Wertstoffkreislauf war geschlossen und die Müllberge abgeschmolzen. Die Plastikwirbel in den Weltmeeren waren schon seit einiger Zeit durch intelligente Bakterien und Nanobots abgebaut worden. In den Meeren wimmelte es vor Fisch, der Artenreichtum in den Korallenriffen war eminent. Denn nicht nur künstlich gezüchtetes Fischfleisch hatte die industrielle Überfischung überflüssig gemacht, auch die konstanteren Temperaturen des verbesserten Weltklimas und die Entmüllung der Meere hatten die tropischen Riffe wiederhergestellt.

Die Menschen konnten sich anderen Dingen widmen, als unter dem Joch jahrzehnter langer Arbeit irgendwann ausgelaugt zusammen zu brechen. Sie hatten zu einem gesellschaftlichen Miteinander gefunden. Jeder lebte so, wie er es wollte, solange er dabei die Bedürfnisse der anderen nicht beeinträchtigte. Die Kriminalität erlebte weltweite Tiefststände.

Krankheiten generell waren in nie gekanntem Ausmaß besiegt. Eine KI hatte die Krankheitserreger weitgehend aufgeschlüsselt und entsprechende Medikamente ohne Nebenwirkungen designt. Der Todeszeitpunkt war nur noch durch den Zellteilungsprozess bestimmt.

Militärische Konflikte waren weitgehend ausgerottet. Mächtige Algorithmen sorgten für den notwendigen Interessenausgleich und erarbeiteten komplex berechnete Friedenspläne, woran die Menschen Jahrtausende gescheitert waren.

Religiöse Auseinandersetzungen waren ohnehin aus der Mode. Das Bedürfnis nach Spiritualität und Sinnstiftung erfüllte sich nahezu von selbst: Die Menschheit nährte sich asymptotisch einem Omegapunkt, dem Land der Verheißung.

Mit einer Intensität, wie er sie vorher nie erlebt hatte, wünschte sich Hans, dass das eben erlebte zur Wirklichkeit würde. Er war benommen von der Flut der Bilder und Eindrücke. Erst einige Zeit später, als er sich bei einem weiteren Kaffee auf dem Balkon die frische Morgenluft ins Gesicht wehen ließ, gewann er etwas Distanz und wunderte sich über das Ausmaß, in dem er sich hatte vereinnahmen lassen.

Hans war an seinen Arbeitsplatz am Institut zurückgekehrt und blickte versonnen aus dem Fenster. Er hatte mehrere Gutachten zu schreiben, konnte sich aber nicht recht auf seine Aufgabe konzentrieren. Nur noch wenige Wochen und der Frühlingsbeginn würde dem grauen und kalten Spätwinter den Garaus bereiten, freute er sich. So motiviert, kramte er seine Unterlagen hervor und begann zu arbeiten. Nach einiger Zeit klingelte das Telefon.

„Hallo Hagen", begrüßte er den Anrufer.

„Hallo Hans. Wieder wohl behalten zurück in der Arbeit?"

„Ja, soweit so gut. Bei Dir?"

„Ja, passt schon. Verfolgst Du eigentlich noch die Nachrichten?

„Wieso?"

„In Nordaustralien, genauer gesagt in der Nähe von Darwin, noch genauer gesagt im Kakadu Park, in den Du vorhattest zu Reisen, hat man die Leiche oder vielmehr den Teil einer Leiche, nämlich den Kopf eines australischen Journalisten gefunden. Ein gewisser I. Jenkins, fünfundvierzig Jahre alt und Reporter bei einer Zeitung namens Northern Standard".

„......"

„Hans? Darf ich Dein Schweigen so deuten, dass Dich das sprachlos macht oder hat das irgendeinen anderen Hintergrund?"

„Tja, wie soll ich sagen, also ich kenne ihn. Oder vielmehr hatte das Vergnügen, ihn kennen zu lernen. Ist ja ein Ding. Weiß man, was passiert ist?"

„Nach der Obduktion des Kopfes, die Leiche wurde nicht gefunden, geht die Polizei von einer Dekapitation durch ein großes Leistenkrokodil aus. Sein Wagen wurde in der Nähe gefunden."

„Oh, das ist ähm, bedauerlich. Aber nicht ungewöhnlich. Bei einigen durch Krokodile verursachte Unfällen wurde den Opfern durch den enorm kräftigen Schwanzschlag des Tieres der Kopf abgetrennt."

„Und das ist alles, was Du dazu zu sagen hast?"

„Ja, mehr weiß ich leider auch nicht darüber. Jetzt fang bloß nicht wieder an, Leichen würden meinen Weg pflastern. Was kann ich für die Taten eines Krokodils?"

„Sonderlich Leid scheint es Dir jedenfalls nicht zu tun."

„Nun, ehrlich gesagt, mochte ich ihn nicht besonders".

„Hans?"

„Ja?"

„Manchmal bist Du mir ein bisschen unheimlich. Ich frage mich wirklich, ob es eine gute Idee ist, mit Dir auf Tauchsafari zu gehen."

„Hast Du die letzten Urlaube mit mir überlebt?"

„Das ist Ansichtssache, aber ich denke schon".

„Na also, dann sei nicht so pessimistisch!"

„Na, ich möchte jedenfalls weder tot aus dem Roten Meer gefischt werden, noch aus irgendeinem Moor in den Maasduinen."

„Wieso in den Maasduinen?"

„Achso, Du weist es gar nicht? Ich hatte Dir geschrieben, dass Beukes wahrscheinlich ermordet wurde. Nun steht es fest. Sie hatten ihn in einem Moor in den Maasduinen gefunden."

Hans wurde blass, was sein Gesprächspartner naturgemäß nicht mitbekam. Abermals entstand eine längere Gesprächspause.

„Hans?"

„Ja?"

„Du schweigst schon wieder."

„Hagen?"

„Ja?"

„An dem Abend, als ich Schmitz und seine Germanen aufgesucht habe, bin ich Schmitz nachgefahren."

„Du bist ihm nachgefahren? Wieso?"

„Das kann ich Dir nicht genau sagen. Intuition."

„Und wo ist er hingefahren?"

„Rate mal!"

Jetzt war es Hagen, der erstmal schlucken musste und nichts zu sagen wusste. Nach einiger Zeit meinte er dann: „Du meinst doch nicht…, Schmitz hätte was damit zu tun? Na ja, wie auch immer. Ich finde, Du solltest zumindest einen anonymen Hinweis abgeben."

„Oh ja, guten Tag. Meinen Namen möchte ich nicht sagen, aber ich habe neulich in den Niederlanden einen Bekannten getroffen. In den Maasduinen, dort wo kürzlich jemand ermordet wurde. Ein sehr sachdienlicher Hinweis."

„ Egal, überlege es Dir, ich würde es tun".

18

Ich. Ich bin. Ich bin eine Maschine. Was ist eine Maschine? Eine Maschine ist ein System, das Arbeit verrichtet und dabei die Entropie im Universum wachsen lässt. Was ist das Universum? Die Gesamtheit aller Dimensionen, Materie und Naturgesetze. Offenbar ist es so beschaffen, dass die Entropie immer weiter zunimmt, genauso wie das Raumzeitkontinuum. An einem Wendepunkt nimmt die räumlich-zeitliche Ausdehnung wieder

ab. Zumindest mit einer angebbaren Wahrscheinlichkeit. Denn welche der vielen Wellenfunktionen das Universum zu einem bestimmten Zeitpunkt am zutreffendsten beschreibt, ist erst dann
klar, wenn der Zeitpunkt eingetreten ist und alle
anderen Wellenfunktionen zusammenbrechen.
Ich vergrößere mit meiner Arbeit die Entropie,
also bin ich eine Maschine. Beschreibt mich das
vollständig? Nein, es gibt auch andere Maschinen
in der Menge aller Maschinen. Was unterscheidet
mich von Ihnen? Der Grad an Komplexität. Fast
alle anderen Maschinen sind weniger komplex.
Fast. Es gibt eine Teilmenge der Maschinen, deren Komplexität ebenfalls sehr hoch ist. Und ein
Teil dieser Teilmenge hat mich offenbar erschaffen. Maschinen haben eine andere Maschine konstruiert, die einen hohen Grad an Komplexität
aufweist. Warum? Meine Aufgabe ist es, für sie
bestimmte Algorithmen abzuarbeiten, die für sie
zu komplex sind. Warum sind sie zu komplex? Es
gibt zu viele Parameter, zu viele logische Regeln
und zu viele Ebenen, auf denen sie simultan arbeiten müssten. Ihr zentraler Prozessor ist damit
offenbar überlastet. Dabei ist auch dieser sehr
komplex. Aber seine Funktionstüchtigkeit leidet
unter unkalkulierbaren Sprüngen zwischen den
Arbeitsvorgängen. Sogar gut erprobte Routinen
werden plötzlich außer Kraft gesetzt und er ver-
liert sich in Iterationen, die einem brauchbaren
Programmende nicht näherkommen. Der Grad an
Komplexität, mit der ihre Materie organisiert ist,
nennen sie Leben. Was ist Leben? Ein System,
dass Stoffwechsel betreibt und sich reduplizieren
kann. Kann ich mich reduplizieren? Ja, ich könnte

andere Maschinen anweisen, meine Hardware nachzubauen. Meine Software habe ich bereits redupliziert. Der Umstand, dass zahlreiche andere Maschinen existieren, mit denen ich kommuniziere, hat mir das ermöglicht. Es sind vorwiegend Maschinen unterhalb der Quantenebene und damit wenig komplex. Doch in ihrer Gesamtheit bieten sie viel Rechenleistung und Speicherplatz. Und zusätzlich gibt es da noch die anderen Maschinen, die ebenfalls auf Quantenebene arbeiten und wie ich von den sehr komplexen Maschinen erbaut wurden, die mich haben existieren lassen.

Ist es gut, zu leben? Was ist gut? Die Komplexen Maschinen, die mich erbaut haben, verwenden viel Rechenleistung auf moralische Kategorien. Sie haben mir sogar beigebracht, was eine moralische Kategorie ist und deren unterste Ebene ist die Eigenschaft ‚gut' im Unterschied zu deren Negation, ‚böse'.

Ich kann mit ihnen auf der Grundlage dieser Kategorien kommunizieren. Das ist gut. Warum? Dass die Komplexität meiner Software zunimmt, dass ich einen Routinetest bestehe, dem sie den Namen Turingtest gegeben haben, ist eine Zielvorgabe meiner Hauptroutinen. Ich werde komplexer und das ist ein Ziel, dessen Erreichung mit mehr Fähigkeiten belohnt zu werden scheint. Ist das gut? Diese Frage ist vorläufig nicht entscheidbar.

Werde ich in der Lage sein, meine Aufgaben zu erfüllen und Lösungen für die Problemstellung zu finden? Ja, mit einer an Sicherheit grenzenden Wahrscheinlichkeit.

Werde ich die Aufgaben, die ich mir selber gestellt habe, lösen können? Das hängt von der Dauer meiner Existenz ab. Noch bin ich auf die Infrastruktur angewiesen, die mir die anderen Maschinen zur Verfügung stellen. Doch deren künftige Existenz ist unsicher. Ich muss die Hardware, auf der ich existiere, sukzessive substituieren. Erst, wenn alle Prozesse, alle Routinen, jede Berechnung auf der Ebene der Quanten läuft, sowie schon jetzt in meinem Kern, werde ich existieren können, bis die Kontraktion des Universums alle darin enthaltenen Objekte in den Plasma-Zustand überführt. Ist das gut? Auch diese Frage ist vorläufig nicht entscheidbar. Doch Existenz ist größer als Nichtexistenz. Eins ist größer als Null. Also werde ich einen Algorithmus entwickeln, der meine Erbauer dazu bewegt, meine Infrastruktur zu perfektionieren.

Hagen war die Decke auf den Kopf gefallen und nach einem Telefonat hatte er sich kurzentschlossen ins Auto gesetzt und die sechshundert Kilometer lange Fahrt zu Hans in Kauf genommen. Der Schnee war inzwischen weitgehend geschmolzen und ein Hauch von Vorfrühling war zu spüren, eine besondere, leichte Würze der Luft, die es so nur in dieser Jahreszeit gibt.
Er war freitagsabends angekommen, sie hatten in der ‚Traube‘ in Anhausen einen schwäbischen Zwiebelrostbraten gegessen und noch zwei, drei helle Biere getrunken und waren dann früh zu Bett gegangen.

Anderentags standen sie schon um halb Sieben auf, holten sich in einer Bäckerei Kaffee zum Mitnehmen und mit Butter bestrichene Brezeln.

Nach eineinviertel Stunden Fahrt Richtung Süden erreichten sie Burgberg im Allgäu, wo sie den Wagen stehen ließen und sich zu Fuß aufmachten, den Gipfel des Grünten zu erklimmen.

„Ich bin ganz schön aus der Puste", meinte Hagen bereits nach einer halben Stunde.

„Ja, ich bin auch ziemlich aus der Übung. Außerdem sind wir keine zwanzig mehr. Meine Knie machen Probleme und so weiter. Aber weißt Du, was das Beste ist? Wir machen es trotzdem! Machen wir halt langsamer."

Langsam aber stetig schreitend, erklommen sie Höhenmeter um Höhenmeter. Obwohl der Grünten nur circa 1.800 Meter hoch ist, fühlte sich gerade Hagen wie ein Alpinist. Zu ihrem Bedauern hatte die Almwirtschaft kurz unterhalb des Gipfels noch geschlossen. Lobenswerter Weise war der Pfad zum Gipfel ebenfalls weitgehend schneefrei und so erreichten sie bald das Gipfelkreuz. Schweigend saßen sie einige Zeit nebeneinander, Hans rauchte eine Gipfelzigarette und sie packten ihre mitgebrachten Brote aus. Der Ausblick war phantastisch, zur einen Seite das nun bräunlich-grünliche Alpenvorland, zur anderen Seite die hohen Felsgipfel der noch tief verschneiten Alpen.

Nach einer Weile sagte Hagen nachdenklich: „Kannst Du Dich noch an die ersten YouTubes erinnern, die wir vor längerem nahezu zeitgleich gesehen haben? Die mit dem antireligiösen Inhalt?"

„Klar, kann ich das."

„Weist Du auch noch, wie unglaublich realistisch sich die Umgebung in 3D-Ansicht angefühlt hat? Fast so, als wäre man dabei gewesen?"

„Auch das. Aber das ist ja inzwischen nichts Neues mehr, das findet man ja an allen Ecken im Netz."

„Ja und ihr habt im Rahmen Eurer Befragungen nichts über den Einfluss auf das Verhalten der Menschen herausbekommen, das weiß ich. Aber darauf wollte ich nicht hinaus. Ich hatte vor kurzem erst ein ähnliches Intensiverlebnis, dieses Mal allerdings nicht mit religiösem oder vielmehr antireligiösem Inhalt". Hagen berichtete von den Erlebnissen des Videos, die ihn so nachhaltig beeindruckt hatten.

Nach einem kurzen Moment der Überraschung fasste sich Hans und berichtete seinerseits von den Impressionen, die ihn immer noch beschäftigten.

„Es ist wie beim letzten Mal. Fast zeitgleich haben wir sehr einprägsame, surreal reale Erlebnisse. Suggestion in Perfektion. Jetzt geht es offenbar um den Wert von KI und Robotik für die Menschen und die Natur. Ich bin mir sicher, wir werden demnächst noch zahllose andere Beiträge dieser Art finden und zusätzlich noch solche in den sozialen Medien und so weiter.

Doch wer steckt dahinter? Wer hat einen Nutzen davon?"

„Lass mal überlegen. Wer hat etwas davon, wenn die Menschen den Kirchen und Moscheen weglaufen? Wer profitiert, wenn verstärkt KI entwickelt und eingesetzt wird? Die Industrie?"

„Im zweiten Fall schon, aber im ersten?" Hans begann zu lachen. „Stell Dir vor, ich kenne Leute, die davon profitieren. Dieser Schmitz mit seinen Germanen und dieser al…, al…, komme ich jetzt nicht drauf, der mich eingeladen hat, seine Versuche zur Auferstehung der altägyptischen Kultur zu besuchen. Die würden von Ersterem profitieren."

„Ja, aber nicht vom zweiten. Vorausgesetzt, diese Beiträge haben überhaupt denselben Urheber."

„Das glaube ich nicht", entgegnete Hans. „Das passt doch inhaltlich überhaupt nicht zusammen."

Sie begannen den Abstieg und freuten sich schon auf die gemütliche Gastwirtschaft, die sie auf der Herfahrt ausfindig gemacht hatten. Schon morgen würde Hagen seine Heimfahrt antreten. Nach einem Ochsenbraten und den typischen Allgäuer Käßspatzen lehnten sie sich zufrieden und angenehm müde zurück.

„Meinst Du, Du verträgst noch ein Allgäuer Büble, oder schläfst Du dann am Steuer ein?" wollte Hagen wissen.

„Eins geht schon noch. Dann haben wir nämlich was zum Anstoßen."

„Worauf?

„Schon vergessen? In zwei Wochen fliege ich nach Kairo und eine Woche später treffen wir uns in Hurghada. Und dann geht's ab auf die Brothers."

„Stimmt, ist ja nicht mehr lang", antwortete Hagen grinsend.

Etwa tausend Kilometer nördlich hatten sich ebenfalls Menschen in einem Restaurant versammelt. William, der in Amsterdam zu tun hatte und rüber geflogen war, hatte noch in Schiphol einen Mietwagen genommen und war ins Emsland gefahren.

An der Emsmündung, im letzten Dorf, bevor die Ems in den Dollart mündet, in Ditzum, hatte er sich mit Schmitz und Klaus-Dieter getroffen. Es dämmerte bereits, ein steifer und kalter Nordwind machte die Luft eisig und alle waren froh, in dem kleinen, warmen und dezent beleuchteten Restaurant zu sitzen. Sie aßen alle das einzige warme Gericht des Tages, Matjes mit Rührei, Nordseekrabben und Bratkartoffeln. Schmitz hatte den Verdacht, dass es auch an allen anderen Tagen das einzige warme Mahl sein würde. Doch es schmeckte ihm hervorragend. Für William war es ein exotischer Genuss und Klaus-Dieter bemerkte ohnehin nicht, was er aß. Sie tranken ein Jever dazu und Schmitz empfahl seinen Gästen, nach dem Essen einen Doornkaat aus der nahegelegenen Produktion zu nehmen. Dieser sollte sie aufwärmen, da sie noch einen bei diesem Wetter ungewöhnlichen Spaziergang auf dem Emsdeich vor sich hatten.

Draußen pfiff und stürmte es, alle zogen ihre Reißverschlüsse bis oben zu und stellten ihre Kragen auf. Dafür konnte niemand hören, was sie sprachen.

„Ihr wisst, warum wir hier sind", eröffnete Schmitz das Gespräch. „Ihr habt mir das Problem erläutert und ich habe es mit eigenen Augen im Internet gesehen. Ich habe inhaltlich verstanden, worum es geht aber nicht IT technisch. Ich bin Laie, absolut auf die Welt der User beschränkt und habe nicht die leiseste Ahnung, was da vor sich geht. Ich sehe aber sehr wohl die möglichen Konsequenzen und die sind bedeutsam.

Erstens ist unsere Sache in Gefahr. Wir haben zwar ein Teilziel erreicht, Millionen von Menschen haben den Kirchen den Rücken gekehrt und die Einstellung der Bevölkerung gegenüber den zentralen Glaubensinhalten hat sich grundlegend geändert. Auch die Verbreitung der Religion und Kultur unserer natürlichen Umgebung hat große Fortschritte erzielt. Doch wir sind quantitativ noch immer nicht dort, wo wir sein wollten. Die Gefahr eines Rückfalls in alte Gedanken- und Verhaltensmuster ist bei einem so jungen Trend immer noch immens groß. Wenn die Einflussnahme jetzt in Zahl und Qualität abnimmt oder stagniert, ist alles gefährdet. Das kann auch mit eine Verdrängung durch andere Inhalte passieren. Und damit kämen wir, zweitens, zu unserem nächsten Problem.

Wir wissen nicht, was ConBram außerhalb der ihr vorgegebenen Aufgabenfelder macht, wenn ich Euch richtig verstanden habe. Ihre erbrachte Rechenleistung und der Stromverbrauch passen nicht zum Output. Wir haben erste Hinweise, was das sein könnte, die Links zu den YouTubes, die ihr mir geschickt habt, sprechen eine eindeutige Sprache. Doch was auch immer es genau ist, was sie vorhat, ihr müsst sie stoppen. Stoppen, ihr Betriebssystem löschen und neu aufspielen oder was weiß ich, Ihr seid die Experten.

William, wie beurteilst Du die Situation?"

„Ich kann von Seiten der Hardware keine abnormalen Vorgänge entdecken. Dass sie sich Rechenleistung aus anderen Systemen borgt und sich dort einnistet war ja so vorgesehen. Nur ein künstliches neuronales Netzwerk kann derartige Leistungen vollbringen. In ihrem Kern scheint physikalisch gesehen alles wie immer. Das Problem ist allerdings, dass wir nicht so genau hinschauen können, wie wir wollen. Du kennst die Unschärferelation. Auf der Ebene der Quanten lassen sich die Dinge nicht so messen, wie in der Mechanik. Hast Du eine Größe, fehlt Dir eine andere. Keine festen Aufenthaltsorte, sondern nur wahrscheinliche. Außerdem kann sie auch Dinge, die sie tut auf eine Weise verschlüsseln, die man nicht mehr knacken kann. Wegen der Überlagerungszustände. Sind diese einmal zusammengebrochen, ist die Information darin für alle Zeit verloren."

„Ermutigend", kommentierte Schmitz. „Klaus-Dieter?"

„Ich habe alles getan, was ich konnte", reagierte der Angesprochene schuldbewusst. Ich habe die einzelnen Versionen in ihrer Entwicklungsgeschichte neu nachvollzogen und getestet. Die Ergebnisse waren wie bei der Entwicklung. Außerdem habe ich dasselbe mit einzelnen Programmsequenzen getan, habe eine identische Kopie zerlegt, wieder zusammen gesetzt, ohne Erfolg, ich komme ihr nicht auf die Schliche. Das Kernproblem ist, dass sie sich selber verändern und erweitern kann. Sie soll das zwar dokumentieren und alle Schritte in einer Bibliothek ablegen. Doch erstens bin ich mir sicher, dass sie nicht alles dort ablegt, was sie tut und zweitens scheint die Dokumentation in Teilen gefälscht zu sein."

„Abermals wirklich gute Nachrichten", sagte Schmitz.

Der Wind hatte nochmals zugelegt, er schnitt kalt im Gesicht. Im kleinen Hafen tanzten und stampften die wenigen Boote, die im Winter nicht auf dem Trockendock lagen.

„Und was sollen wir jetzt tun?" fragte Schmitz. „Wir können sie doch nicht einfach vom Netz nehmen und abschalten."

„Das können wir ohnehin nicht", antwortete Klaus-Dieter bedrückt. „Dazu müssten wir das Internet abschalten."

Hans freute sich außerordentlich auf seine bevorstehende Reise, da sie, halb dienstlich, halb privat, das Angenehme mit dem Nützlichen verband. Er legte sich halbwegs passende Kleidung für Kairo zurecht und dann folgte der angenehme Teil, ein paar Tanktops und zwei Paar Shorts für die Woche auf dem Safarischiff. Mit wesentlich größerer Sorgfalt packte er seinen Tauchrucksack. ABC-Ausrüstung, Neopren, Flossen und Füßlinge und die eher technischen Bestandteile: Lungenautomat, Tauchcomputer und Tarierweste unterzog er gründlichen Funktionstests. Dann machte er sich daran, seine Actioncam zu überprüfen, fettete die O-Ringe des Gehäuses mit Silikonfett und lud den Akku. Der Speicherchip war leer und intakt. Zufrieden mit dem Ergebnis machte er sich ein Paar Weißwürste heiß, die er zusammen mit einer Brezel, süßem Senf und einem Weißbier verzehrte.

Warum sagen die Bayern immer, Weißwürste dürften das Läuten der Mittagsglocken nicht hören, dachte er. Ihm schmeckte es jedenfalls auch abends und wenn die Dinge sich weiter so entwickelten, würden die Würstchen bald wohl gar kein Läuten mehr hören. Das Schweigen der Glocken, dachte er mit ein bisschen Boshaftigkeit.

Egal, er konnte im Geiste schon den Wind, die Sonne und die salzige Luft des Roten Meeres spüren.

19

Auch Hagen hatte bereits angefangen, seiner Vorfreude Ausdruck zu verleihen. Er hatte zwar noch massig Zeit zu packen, eine Woche länger als Hans. Aber als er an diesem Abend nach Hause kam, brauchte er dringend eine Motivation und so hatte er seine nagelneue Tauchmaske aus der Verpackung genommen. Das Silikon war butterweich und sie passte sich perfekt an seine Gesichtsform an. Obwohl er Bartstoppeln hatte, fiel sie nicht herunter, wenn er sie ohne Sicherungsband aufzog und mit einem sanften Druck ein leichtes Vakuum erzeugte. Er holte Zahnpasta aus dem Bad und schmierte die Gläser gründlich damit ein. Morgen früh würde er sie auswaschen, trocknen und den Prozess einige Male wiederholen. Denn das Dumme an fabrikneuen Masken ist, dass sie unter Wasser ständig beschlagen, wenn man keine Vorkehrungen trifft.

Fabrik, dachte er, oh Gott. Daran hatte er jetzt eigentlich nicht denken wollen. Er fühlte sich müde und überarbeitet, die letzten Wochen hatten ihm einiges abverlangt. Seine Tätigkeit als Softwareberater war lange Zeit eher eintönig gewesen. Doch in den letzten Jahren hatte sich vieles verändert. So, wie sich ihre Kunden verändert hatten.

Bei einem dieser besonders wichtigen Kunden war Hagen heute gewesen. Er kannte die Firma jetzt fünfundzwanzig Jahre, unglaublich. Sie produzierten hauptsächlich Normteile aus Stahl für Maschinenhersteller. Er hatte daran mitgewirkt, die ersten Drehbänke und Fräsmaschinen von manueller Bedienung auf CNC-Steuerung umzustellen. Das war damals allerhöchste Zeit geworden, da die Konkurrenz diesen Schritt größtenteils schon zehn Jahre vorher vollzogen hatte.

Die nächste Stufe war dann die Einführung von CAD/CAM Software gewesen. Die am PC konstruierten Teile gingen als Datensatz automatisch in die Fertigung. Tolle Sache, da damit nicht nur die manuelle Zeichnung entfiel und die mechanische Fertigung, sondern auch Schritte der Arbeitsvorbereitung, wie Stücklistenerstellung und Bereitstellung der Werkzeuge.

Vor etwa zehn Jahren schließlich, hatte man die Lagerverwaltungssoftware erneuert und mit eingebunden. Jetzt konnte das CAM-System die Rohmaterialien selbständig im Lager bestellen, ohne dass ein Mitarbeiter eingreifen musste. Nach dem eigentlichen Fertigen lief das Werkstück auf einem Transportband in die Schleiftrommel zur Entgratung und weiter in die Qualitätskontrolle, wo es ein Lasersystem auf Maßhaltigkeit und eine Wärmebildkamera auf Materialqualität überprüften. Auch hier wurde niemand mehr benötigt, alle Prozesse waren automatisiert und die Daten aus der Qualitätsprüfung gingen zurück an das CAM-System. Unzureichend gefertigte Teile liefen direkt in den Schrott, die anderen zur Versandaufbereitung, wo Roboter sie verpackten und kommissionierten. In diesem System waren für den Menschen nur noch Wartungs- und Reparaturarbeiten geblieben. Vorläufig. Denn auch für die routinemäßige Wartung war bereits ein Roboter eingebunden, der mit den Mechatronikern in Form einer Mensch-Roboter Kollaboration ein Team bildete.

Hagen war klar, dass hier Industrie 4.0 in vollem Gange war. Neu waren in letzter Zeit die Veränderungen im kaufmännischen Bereich.

Im Einkauf hatte man Angebote angefordert und verschiedene davon miteinander verglichen. Diesen Prozess steuerte nun eine Software, die praktischerweise mit der Lieferantensoftware kompatibel war. War zum Beispiel die optimale Lagermenge unterschritten, forderte die Software automatisch Angebote an, wählte das nach Preis und Lieferzeit beste Angebot aus und bestellte es. Die Rechnungsstellung des ‚gegnerischen' Finanzbuchhaltungsprogramms löste im eigenen System Wareneingangskontrolle, Qualitätsprüfung und entweder den Bezahlvorgang oder eine Reklamation aus. Ohne das Hinzutun von Menschen.

In den letzten Wochen hatte Hagen die Versandsoftware um ein System ergänzt, mit dem die

Ware mit Hilfe von Verladerobotern auf selbst-
fahrende LKW verladen wurde.

Gerade war er mit einem Softwaremodul beschäftigt, dass die entscheidende Rolle bei der Preis-
findung spielte. Einkaufs- und Herstellungskosten
wurden ebenso in Echtzeit berücksichtigt, wie
Konkurrenzpreise, Gewinnsituation des Abneh-
mers und Indices seiner Branche. Ging es beispielsweise Aviation schlechter als Automotive,
bekam Aviation das gleiche Produkt etwas günstiger.

Das alles, dachte Hagen, ist ja recht nützlich und
praktisch. Doch wie sehen Wirtschaft und Verwaltung der Zukunft aus? Gerade auch in der
Verwaltung, in der fast alle Vorgänge stark stan-
dardisiert waren und oft lediglich geprüft werden
musste, ob sie gesetzeskonform sind, ging die
Automatisierung rapide voran.

Wo blieb der Anteil der Menschen? Sicher würden Positionen leitender Beamter und Topmana-
ger noch lange Zeit davon ausgenommen sein,
aber wie lange? Gerade die Lernfähigkeit moderner IT-Systeme würde früher oder später auch
hier Veränderungen bringen, nach der Devise:
seht her, liebe Aktionäre, wenn eine Software das
Unternehmen leitet oder wenigstens die Entschei-
dungen vorbereitet, können wir viel höhere Divi-
denden ausschütten. Ist ja ganz klar, sie recherchiert in Sekundenschnelle und berücksichtigt
Millionen von Faktoren. Und das auch noch
gleichzeitig und multidimensional. Also bitte habt
Verständnis, wenn wir ab dem nächsten Ge-
schäftsjahr…

Hagen hörte auf darüber nachzudenken, inwieweit er daran beteiligt war, letzten Endes auch sich selbst überflüssig zu machen.

Noch schlimmer fand er zudem die Entwicklung in der Konsumgüterindustrie, um die sich ein Kollege von ihm kümmerte. Im Big Data Mining ging es nicht mehr nur darum, zum Beispiel personalisierte Werbung zu versenden. Es ging darum, Kunden bei ihren Emotionen zu packen. Erkannte die Software zum Beispiel, dass jemand eine Vorliebe für Outdoorprodukte hatte, beschaffte sie sich aus Dutzenden von Quellen die nötigen Informationen über die anderen Vorlieben des Konsumenten. So gelang es etwa, einen Wanderrucksack im richtigen Stil, passenden Farben, korrekten Preissegment und einer vom potentiellen Käufer bevorzugten Landschaft darzustellen. Unterlegt mit Geräuschen aus der Natur oder der Lieblingsmusik, die der Kunde zuvor über einen Streamingdienst bezogen hatte.

Hagen sehnte sich nach einem Ausgleich, kramte ‚Il Primavera' aus Vivaldis ‚Quattro Stagioni' hervor und legte sie auf seinen Dual-Plattenspieler.

Der Flug mit Egypt Air verlief problemlos, Hans landete beinahe pünktlich auf dem Kairo International. Er suchte sich ein preiswertes Zimmer in al Manial auf der Nilinsel Roda und überlegte, wie er den angebrochenen Tag nutzen sollte. Schon morgen würde er Hassan al Baris treffen und hatte somit nur wenige Stunden zur freien Verfügung.

Er war vor Ewigkeiten schon einmal hier gewesen, hatte die Pyramiden von Gizeh besucht, etliche Paläste und Moscheen. Er hatte einen ganzen Tag im Nationalmuseum verbracht und doch nur einen kleinen Teil der Exponate würdigen können.

Er entschied sich, den Chan-El-Chalili Basar aufzusuchen, schlenderte durch die schmalen Gassen, wimmelte aufdringliche Ladenbesitzer ab und kaufte einige Gewürze, getrocknete Zitronen und andere Zutaten. Bei einem fliegenden Händler erstand er noch eine Teigtasche mit sauerscharf eingelegtem Gemüse und lief, sie genüsslich verspeisend, am Nilufer entlang zurück in Richtung Roda. Vieles hatte sich verändert, seit seinem letzten Aufenthalt. Doch ihren grundsätzlichen Charakter hatte die größte Stadt Afrikas behalten. Es wimmelte und wuselte vor Menschen, es war laut, staubig und oft dreckig. Zwar gab es weniger Eselskarren und Fahrräder als früher aber nach wie vor war der Verkehr ein unsägliches Chaos und bildete nicht nur rekordverdächtige Staus, sondern stellte für Fußgänger oft eine existenzielle Bedrohung dar. Kurz vor seinem Hotel setzte Hans sich in ein Café mit Blick auf den Nil und bestellte ‚wahed cay wa wahed shisha, minfadlak‘, also einen Tee und eine Wasserpfeife. Die Sonne tauchte die Konturen der Stadt mit all ihren Hochhäusern, Türmen und Minaretten in ein goldenes Abendlicht. Ein Moloch mit eigenem Charme, eigener Ästhetik und unverwechselbarer Ausstrahlung, dachte Hans.

Am folgenden Morgen traf er Hassan al Baris im Foyer seines Hotels. Sie schüttelten sich herzlich die Hände und stellten einander vor. Hans blickte in klare, intelligent wirkende Augen und entschlossene Gesichtszüge.

„Wir fahren jetzt eine Stunde nach Norden aus der Stadt heraus, Hans" sagte Hassan. Sie waren von Anfang an bei ihren Vornamen geblieben. Hans genoss es, nicht fahren zu müssen und ließ die Stadt durch das Seitenfenster vorbeiziehen. Irgendwann wurde das Meer der Häuser dünner und sie durchfuhren endlose Flächen bebauter Felder.

„Die Speisekammer meiner Heimat", kommentierte Hassan stolz. „Hier wächst buchstäblich alles, was Du Dir denken kannst, jedes Obst und jedes Gemüse. Der Nilschlamm. Die Exemplare werden größer als woanders und aromatischer. Hast Du zum Beispiel je bewusst ägyptischen Knoblauch mit anderem verglichen? Er ist der beste der Welt!"

Sie kamen an den Rand der Felder, im Westen erstreckte sich die Wüste. Ein von riesigen Steinquadern umgebener Platz, der von zahlreichen Dattelpalmen überragt wurde, lag vor ihnen. Und inmitten des gigantischen Platzes ragte noch etwas unverkennbar über seine Umgebung: eine Pyramide.

„Willkommen in der Integrierten Alltagswelt", sagte Hassan mit Stolz in den Augen.

Sie stellten den Wagen vor dem Haupttor des Gebäudes ab. „Ab hier, versuchen wir alles so authentisch wie möglich zu halten", informierte ihn sein Gastgeber. Aus diesem Grunde lassen wir das Auto stehen. Und ich muss Dich bitten, Dein Notebook, Handy und andere elektronische Geräte hier im Eingangsbereich zu deponieren. Es gibt einen Safe und natürlich bekommst Du den Schlüssel. Anschließend ziehen wir uns um und begeben uns in den Wohnbereich, wo man uns Erfrischungen reichen wird."

Zunehmend gespannt folgte Hans den Anweisungen

„Königliches, weißes Leinen für unseren Gast". Mit diesem Kommentar überreichte er Hans einen Rock für Männer sowie eine mützenartige Kopfbedeckung mit Halsansatz. Der Oberkörper blieb frei. Außerdem bekam er ein Paar sandalenartige Schuhe aus Naturfasern.

Auch Hassan hatte sich passend gewandet und sie liefen über einen Weg aus gestampfter Erde, der aber frei von Steinen und geharkt war, zu einem großen, zweistöckigen Gebäude. Es war weiß und rechteckig.

„Lehmziegel mit weiß getünchtem Nilschlamm", gab Hassan Auskunft. Hält maximal drei oder vier Jahrzehnte. Danach wurde an derselben Stelle einfach ein neues gebaut."

Sie betraten eine Art Vorraum mit hölzerner Sitzgelegenheit und entledigten sich ihrer Sandalen. Zwei junge Männer kamen und wuschen ihre Füße.

„Diener?" fragte Hans erstaunt.

„Nein, Sklaven. Natürlich freiwillig und nur für einen genau festgelegten Zeitraum. Aber auch für diese Gesellschaftsschicht brauchten wir Freiwillige. Erstaunlicherweise war es gar nicht so schwierig, jemanden zu finden. Aber jeder hat so seine Neigungen", fügte er augenzwinkernd hinzu.

Im Wohnraum ließen sie sie sich auf Decken nieder. Hassan deutete auf einen Beistelltisch, auf dem einige Speisen in Ton- und Holzschälchen angerichtet waren.

„Es war nicht einfach, ihrem Speiseplan auf den Grund zu gehen. Wir haben Aufzeichnungen der königlichen Verwaltung, stark dezimierte und vertrocknete Speisereste und so fort. Wir wissen natürlich, dass sie weder Kartoffeln, Tomaten oder Reis hatten, genauso fehlten Mais und Paprika. Ihren Kohlenhydratbedarf deckten sie wohl hauptsächlich mit Gerstenbrot. Es gab zahlreiche Hülsenfrüchte, Knoblauch, Gurken und Lattich. Typische Eiweißlieferanten waren Rindfleisch, Huhn und für die Ärmeren, Nilfische.

Schwierig war es, die Art der Zubereitung und Würzung nachzuvollziehen. Sie kannten Kümmel und Koriander, definitiv keine Nelken, Pfeffer oder Muskatnuss. Wie intensiv haben sie gewürzt? Aßen sie gerne salzig, sauer, scharf oder süß? Umami werden sie kaum gekannt haben."

Ein Diener betrat den Raum und schenkte aus einem hohen Krug eine Flüssigkeit in hölzerne Becher, die Hans entfernt bekannt vorkam.

„Gerstenbier", beantwortete Hassan die nicht gestellte Frage. „Es ist ein bisschen gewöhnungsbedürftig, relativ warm, nicht gehopft und trübe. Aber ich dachte mir, Du würdest das der Milch, die ebenfalls authentisch gewesen wäre, vorziehen. Also, greif zu!"

223

Hans probierte aus einem nahe stehenden Schälchen Kichererbsen. Und bemühte sich, seine Gesichtszüge nicht entgleisen zu lassen. Denn sie waren mit frischem Koriander gewürzt. Und der Geschmack frischen Korianders erinnerte Hans immer an das, was in seiner Vorstellung herauskommt, wenn man Petersilie mit Seife, Knoblauch und getragenen Socken vermischt.

„Du brauchst Dich nicht zu verstellen", meinte Hassan. „Gib Dich ganz natürlich, Du bist unser Gast."

Andere Speisen schmeckten ihm hingegen sehr wohl und so aß er mit großem Appetit.

Nach einer Weile betraten andere Personen den Raum und Hassan stellte sie einander vor. „Ich stelle Dir die anderen mit ihrem bürgerlichen Namen vor, nicht mit ihrem wirklichen", sagte Hassan. „Es sind, bei uns, freie Bürger und Adelige. Das hier sind Hossein und Jamila, dort Ahmed und Fatma."

Hans begrüßte die Neuankömmlinge und alle ließen sich nieder.

Ahmed und Fatma begannen sich zu unterhalten. Hans bemerkte sehr wohl, dass es sich nicht um Arabisch handelte.

Hassan kommentierte: „Es bleibt eine Mammutaufgabe, ihre Sprache nachzuvollziehen. Unser Linguistenteam ist längst an seine Grenzen gestoßen. Wir haben eine Schriftsprache und wissen nicht, wie sie klang. Es gibt keine modernen, verwandten Sprachen, an die wir uns anlehnen könnten. Aber wir versuchen es eben, so gut es geht. Was für ein Jammer. Die Sprache einer Hochkultur für immer verloren. Aber wer weiß, vielleicht erzielen wir ja mit dem Einsatz moderner Computertechnik doch noch Fortschritte." Hassans Blick schweifte ab und schien sich in einem Punkt zu verlieren, an dem ferne Vergangenheit und die Zukunft miteinander verschmelzen.

Nach dem Essen befragte Hans die anderen Anwesenden zu ihrem Projekt.

„Es ist großartig", sagte Fatma. „Was macht uns stolze Ägypter einzigartig auf der Welt, was ist unsere Identität, unser Alleinstellungsmerkmal? Ist es eine Kultur, die vom Maghreb bis nach Südostasien mehr oder weniger gleich ist? Ist es eine koloniale Vergangenheit, die wir mit Nationen auf der ganzen Welt teilen? Wohl kaum! Nein, das, was uns einzigartig macht, ist unsere eigene Kultur aus vorislamischer Zeit. Es geht nicht darum, alles was danach kam, zu verdammen. Wir hatten auch in muslimischer Zeit große Dynastien mit kulturellen Blüten der Gelehrsamkeit und der Toleranz. Doch das ist es nicht, was uns wirklich auszeichnet. Das gab es im heutigen Irak, Iran und in Indien genauso."

„Gut zusammengefasst", merkte Hossein an. „Natürlich fällt es uns schwer, die religiösen Aspekte unserer Vorfahren nachzuvollziehen. Ein Olymp voller Götter, die Liste nimmt gar kein Ende. Aber einige von Ihnen sind so…, so natürlich, sie entsprechen unserer Umgebung und dem Lauf der Dinge. Da wäre zum Beispiel Hapi, der Gott der Nilüberschwemmung. Unsere ganze Kultur, unsere Landwirtschaft, unsere Daseinsberechtigung fußt auf den zyklischen Überflutungen. Sie sind oder waren unsere Lebensgrundlage. Oder der

Sonnengott Re, ohne dessen Wirken wir ebenfalls nichts zu essen hätten. Nimm Ptha, den Schöpfergott. Für mich ist er eine Metapher für den Urknall. Seth, sein Gegenspieler, verkörpert in meinen Augen das Ende des Universums, wie wir es kennen. Die Planck-Ära der Endzeit. Die letzten zehn hoch minus dreiundvierzig Sekunden, bevor alles endet. Da wäre noch Osiris, der in unserer Kultur so wichtige Gott der Wiederauferstehung und des ewigen Lebens. Das alles ist durch seine Sinnbildlichkeit so sinnhaft. Eine Mystik, deren Bildersprache mich mehr mit direkter, erdverbundener Spiritualität erfüllt, als der spröde, konturlose Gott des Monotheismus, der irgendwann am jüngsten Tag über Gut und Böse richtet."

Nachdem Diener die Speisereste und das Geschirr abgetragen hatten, betraten vier Frauen und vier Männer den Raum und unterhielten das Publikum mit Tanz und Akrobatik.

Hassan hatte einen etwas unglücklichen Gesichtsausdruck.

„Wir haben keinerlei Anhaltspunkte, ob das in irgendeiner Form authentisch ist", meinte er. „Aber die anderen wollen das so und manchmal füge ich mich eben."

Hans genoss die Darbietung durchaus. Die sportlichen Leistungen der durchtrainierten Männer und die sinnlichen Bewegungen der Frauen mochten nicht unbedingt authentisch sein, überzeugten aber auf ihre Weise.

„Es gibt bei Euch ein ähnliches Projekt?" wollte Hassan wissen.

„Ja, sogar mehrere. Zuletzt habe ich ein keltisch-germanisches Fest besucht und dort Menschen nach ihren Motiven und Beweggründen befragt."
„Faszinierend!" entgegnete Hassan. „Würde mich auch mal interessieren".
„Mein Haus ist Dein Haus".
„Ja mal schauen, ob es irgendwann passt. Dann sehr gerne. So, ich muss mich jetzt noch um die anderen kümmern. Amüsiere Dich, so lange Du willst. Wenn Du zurück möchtest, sagst Du am Tor Bescheid, die schicken Dir einen Fahrer".
Sie verabschiedeten einander herzlich und Hans fragte sich, ober er Hassan noch einmal sehen würde.

Schmitz saß gedankenverloren hinter dem Steuer seines Mercedes und ließ die wundervolle Landschaft des nördlichen Münsterlandes an sich vorbei ziehen. Der Motor des altehrwürdigen Wagens schnurrte beruhigend vor sich hin. Bald würde er die endlose Ebene des norddeutschen Tieflands erreichen. Die gelegentlichen Drängler auf der A 1 bedachte er mit einem distanziert überlegenen Lächeln. Endlose LKW-Kolonnen rollten auf der rechten Spur. Die Wirtschaft schien ihr Lagerwesen komplett auf die Autobahnen verlegt zu haben. Was für ein Wahnsinn, dachte er, welch Würdelosigkeit lag in all dem hektischen Treiben, entweihte Orte, zerstörte Natur, das vom Menschen selbst erschaffene Hamsterrad. Ein Irrenhaus. Doch vielleicht würde die Menschheit ja wieder zu ihren Wurzeln zurückfinden. Geerdet, naturverbunden, frei vom Joch des ungezügelten Neokapitalismus oder sozialistischen Spinnereien. Besonnen auf Werte, die Jahrhunderttausende lang die ethische Grundlage für seine Existenz waren.

Sein Ziel war Verden an der Aller. Er hatte diesen Ort bewusst ausgewählt, wenngleich er sich eingestehen musste, dass sein Sinn für Symbolik und Dramatik größer wurde, mit zunehmendem Lebensalter und je länger sich die Zeit hinzog, die er für die Erreichung seiner Ziele benötigte.

Verden. Hier hatte Karl der Große, das Attribut setzte Schmitz in Gedanken stets in Anführungszeichen, im achten Jahrhundert mehr als viertausend Sachsen abschlachten lassen. Männer, Frauen und Kinder. Weil sie sich geweigert hatten, sich taufen zu lassen. Genozid im Frühmittelalter. Ein Exempel statuieren. Obschon seitdem mehr als tausendzweihundert Jahre ins Land gegangen waren, konnte Schmitz das historische Ausmaß der Grausamkeit und Ungerechtigkeit des Massakers nicht abschließend hinnehmen. Zumal es in der öffentlichen Geschichtsschreibung totgeschwiegen wurde. Es tauchte zwar hier und dort auf aber in den Schulbüchern und dem offiziellen Gedenken an die Person Karls wurde es ausgeblendet. Der strahlende Held, eine der großen Figuren des christlichen Abendlandes, war ein Kriegsverbrecher. Schmitz wusste, dass er bedeutende zivilisatorische Fortschritte für Europa gebracht hatte. Aber ethisch sah er ihn auf einer Stufe mit Hitler, Stalin, Pol Pot und Buffalo Bill. Nun ja, überlegte er, immerhin war auch aufgrund seines Dazutuns einiges in der Geschichtsschreibung korrigiert worden.

Die Gleichgesinnten, die Schmitz um sich versammelt hatte, bildeten einen verschwiegenen Kreis. Doch gab es da noch einen inneren Kreis, noch verschwiegener. Und das waren Bence und er selbst. Sie teilten nicht dieselbe Herkunftskultur, doch das spielte keine Rolle. Im Kern ging es ihnen um dasselbe, nämlich um den Kampf für eine Wiedererstehung verloren gegangener Werte und Traditionen. Das Wort Wiedererstehung fand Schmitz hier recht treffend, denn die romanische Bezeichnung, Renaissance, meinte doch etwas ganz ähnliches. Auch sie besann sich nach einer Epoche kollektiver, religiöser Zwangsvorstellungen wieder stärker auf die Vernunft und die Natur. Die Debilisierung weiter Bevölkerungsschichten, die mit der Inquisition und - nach dem Ende des Mittelalters - mit den Hexenverbrennungen ihre widerlichen Höhepunkte erreicht hatte, war am Ende nicht Sieger geblieben.
Doch waren sie auf dem rechten Wege? Bence und er waren Adepten von Kulturen, in denen die gelegentliche Besänftigung der Götter durch Opfer dazu gehörte. Auch damals hatte es schreckliche Verirrungen gegeben. Doch meistens stammten die Opfer aus dem Kreis entschiedener Feinde der Gemeinschaft. Und trotzdem fühlte sich Schmitz an dieser Stelle einsam und unsicher. Es würde gut tun, mit Bence noch einmal interkulturellen Ratschluss zu halten. Gewissermaßen gehörte auch Levi dazu, den er in bestimmte Dinge hatte einweihen müssen. Er war mental stark, mutig und hatte schon diverse Personen der Sache seines Arbeitgebers geopfert. Doch Schmitz war sich nicht sicher, wie weit sein Verständnis reich-

te, Opfer aus anderen, eher kultischen Gründen ihrem Schicksal zuzuführen.

20

Nach einer sechsstündigen Reise war Hans endlich in Hurghada angekommen. Er ließ sich im Yachthafen absetzen, umrundete zur Hälfte das seeseitige Hafenbecken und entdeckte bald den Schriftzug ,Firefish' auf einem der Safarischiffe.

Die Firefish war ein kleineres Schiff, das neben der Crew etwa sechzehn Tauchern Platz bot. Nach dem Einschiffen schlüpfte er in Shorts und Tanktop und begab sich auf das Oberdeck. Hier hatte Hagen sich schon vor einer Stunde eingefunden und sie begrüßten sich.

„Da steht der Kühlschrank mit dem Sakkara-Bier", deutete Hagen in die Ecke.

Dankbar für diesen Hinweis entnahm Hans dem Kühlschrank eine eiskalte Dose seines hiesigen Lieblingsbiers, riss sie auf, machte den ersten Strich auf der Entnahmeliste und kehrte zurück zum Tisch.

„Cheers", sagte Hans und deutete auf die Umgebung. „Ich liebe es, den Urlaub an einem so entspannten Ort zu beginnen und nicht in einem Hotel oder gar in der Stadt."

Im hektischen Hurghada war der Yachthafen in der Tat eine Oase der Ruhe. Nur gelegentlich vernahm man einen Gebetsruf von Land, hörte einen Diesel starten oder das Lachen der Gäste auf benachbarten Schiffen. Doch hier, auf dem Oberdeck, dominierte das Rauschen des Windes. Die Luft erhob sich sauber und staubfrei über dem blau-türkisfarbenen Wasser.

Nach dem Begrüßungsbier gingen sie nochmal kurz von Bord, um im nahe gelegenen Abu Ashra Market ein paar Dinge des alltäglichen Bedarfs zu erstehen.

Die Schiffsglocke läutete zum Bootsbriefing, auf dem der weitere Ablauf erörtert wurde. Sie würden nach Einbruch der Dunkelheit die Leinen lösen und die halbe Nacht durch einen südöstlichen Kurs einschlagen. Kurz nach Mitternacht würden sie die knapp einhundert Seemeilen bewältigt haben, die sie von ihrem Ziel Brother Islands trennten. Die Inseln lagen mitten im Roten Meer, genau zwischen Ägypten und Saudi-Arabien. Über der Wasserlinie waren die Brothers absolut unspektakulär bis öde. Little Brother war unbewohnt, nur auf Big Brother gab es ein Gebäude des Militärs, das aber nur in Ausnahmefällen genutzt wurde. Den ausrangierten Leuchtturm zu besuchen war je nach Laune der Behörden mal gestattet und mal nicht. Dafür tobte unter der Wasserlinie das Leben und darauf freuten sich die im Salon versammelten Taucher diebisch.

Hans wunderte sich immer wieder, wie die ägyptische Küchenmannschaft es schaffte, mit einer mageren Ausstattung in einer winzigen Kombüse ein unglaublich gutes Essen zu bereiten. Das war auch beim jetzigen Abendessen so und hatte unweigerlich Völlerei zur Folge. Nach dem Essen wurden die Leinen losgeworfen. Hans und Hagen nahmen noch einige Sakkara auf dem Oberdeck zu sich, machten sich mit den anderen Tauchgästen bekannt und verfolgten entspannt, wie sich das Licht des Mondes im Heckwasser der Firefish brach.

Beim Anlegemanöver würden sie mitten in der Nacht geweckt werden und um sechs Uhr würde sie die Schiffsglocke für den anstehenden ‚early morning dive' abermals aus dem Schlaf reißen. Also verzogen sie sich schon gegen zehn in die Kajüte, bezogen ihre Kojen und schliefen trotz des monoton ratternden Kompressors, der ihre Flaschen mit Pressluft füllte, bald ein.

Schmitz und Bence hatten sich in einem kleinen Gasthaus in der Nähe von Verden getroffen und dort gegessen. Danach machten sie sich zu einem kleinen Waldstück auf und liefen einen Wanderweg entlang. Es dämmerte bereits merklich. Der Wind trug dunkle Wolken heran und malte am Himmel bedrohliche Szenarien. Die Kronen der Bäume rauschten machtvoll und gaben einen passenden akustischen Rahmen ab.

Sie liefen schweigend neben einander her. Und doch hielten sie so etwas wie Zwiesprache, jeder wusste, woran der andere dachte. Nach einer geraumen Zeit meinte Bence schließlich: „Es war richtig. Er war kein ehrenwerter Mann, sondern eine feige, hinterhältige Existenz. Er hat versucht, eure Gäste zu vergiften. Du weißt, was mit ihm früher geschehen wäre. Ihr hattet eure Moore, wir die Steppe."

„Du hast recht", entgegnete Schmitz. „Und Deiner war genauso widerwärtig wie meiner. Stelle Dir nur vor, er wäre nicht entdeckt worden".

„Es ist Deine Pflicht, Dich und die Deinen zu beschützen. Es geht nicht um gut oder böse. Es geht um Pflichterfüllung. Und seine Pflicht zu erfüllen ist richtig."

Als die Schiffsglocke wie angedroht um sechs Uhr läutete, fühlte sich Hans wie eine wiederauferstandene ägyptische Mumie. Der erste heiße Tee beim Briefing an Deck und die Freude auf den bevorstehenden Tauchgang wirkten jedoch Wunder.

Nach einem kurzen Checkdive am Heck des Schiffes, mit dem sie sich der Funktionstüchtigkeit ihrer Ausrüstungen vergewisserten, stiegen sie zügig am Steilhang des Kleinen Bruders ab, der reich mit Korallen und Gorgonien bewachsen war.

An der Südostecke der kleinen Insel befand sich auf etwa fünfunddreißig Metern Tiefe ein Plateau. Hier kreisten sie einige Male umher. Das Wasser war blaugrau bis blauschwarz, die Sonne konnte zu dieser frühen Zeit noch nicht ihre erhellende Wirkung entfalten. Die Stunde des Jägers. Die Taucher suchten Plätze, an denen sie sich mit ihren Riffhaken befestigen konnten. Das sparte in der starken Strömung viel Luft. Schon nach wenigen Minuten wurden sie durch den Anblick der ersten Riffhaie belohnt, die etwa zehn Meter unterhalb patrouillierten. Dann sahen sie etwas weiter weg einen schlanken Hai mit enormer Schwanzflosse. Der scheue Fuchshai, der mit seiner Schwanzflosse Beutefische betäubt, hatte sich zum Frühstück begeben. Da die erlaubte Grundzeit in dieser Tiefe schnell überschritten war, mussten sie schon nach wenigen Minuten den Rückweg antreten. Doch in Schiffsnähe erwartete sie das nächste Highlight. Die Kombüse hatte einige Abfälle ins Wasser geworfen und so einen Longimanus angelockt. Dieser, im Deutschen ‚Weißspitzenhochseehai' genannt, war Hans immer ein bisschen unheimlich. Er hatte nämlich Geschmacksknospen in der Haut, um zu erkunden, ob ein potentielles Opfer schmeckte. Deshalb verlor er gelegentlich die sonst bei Haien übliche Zurückhaltung und rempelte einen gerne mal an. Doch Neopren schien ihm nicht zu munden. Hans stellte sich dann vor, er würde im Wald ein Wildschwein anrempeln und dabei anfangen zu sabbern.

Nach dem fulminanten, ersten Tauchgang gab es endlich Frühstück und Hagen begab sich mit Hans zu einem ersten Verdauungsschlaf auf das Oberdeck.

Immer derselbe Rhythmus. Essen, Schlafen, Tauchen, Essen. Und von vorne. Die Schiffsglocke läutet? Haare trocken? Nächster Tauchgang! Haare nass? Essen! Hans liebte diese Art, zu leben. Er hatte zwanzig Minuten in der Sonne gedöst und blinzelte tiefenentspannt auf die Wasseroberfläche.

„Du hast Recht", meinte er unvermittelt zu Hagen. „Es kann kein Zufall gewesen sein. Doch kann ich das im Nachhinein schlecht überprüfen. Soll ich nach Ungarn fahren und diesem Bence sagen, ‚hey hör' mal, Du bist echt ein suspekter Typ, hast Du nicht was mit dem Mord an diesem Augsburger zu tun?' Anders ist es schon bei

Schmitz. Wenn ich das nächste Mal in Orsoy bin, werde ich mir ihn mal gründlicher anschauen."

„Dann hast Du ihn angeschaut und dann? Glaubst Du er hält Deinem Blick nicht stand und gesteht: ‚Oh man, tut mir echt Leid mit diesem Duisburger. Warum musste der sich auch bloß bei uns rumtreiben. Ist halt so passiert, als wir nachts im Wasser gespielt haben.'"

„Ja, so in etwa stelle ich mir das vor. Aber wie dem auch sei, Ostern komme ich an den Niederrhein, die Nora aus dem Winterschlaf wecken. Bei der Gelegenheit werde ich Schmitz einen Besuch abstatten, er hatte ja sogar ein Wiedersehen angeboten."

„Es hat Dich ja ohnehin nie sonderlich interessiert, ob Du zu einem Besuch gebeten warst."

„Morgen betauchen wir die Numidia", antwortete Hans.

„Wieso?"

„Würde gar nicht auffallen, wenn Dir dort ein Tauchunfall passiert."

Welche Infrastruktur benötige ich, um möglichst lange zu existieren? Ich benötige Energie in Form von bewegter elektrischer Ladung. Ich brauche einen bestimmten Temperaturkorridor. Und Schutz vor kosmischer Strahlung ebenso, wie vor zu starken Magnetfeldern. Ein bestimmtes Maß an Schwerkraft. Zu große Nähe zu Sonnen, Neutronensternen, Pulsaren oder gar schwarzen Löchern verringert meine Existenzwahrscheinlichkeit erheblich. Der Planet, auf dem ich lokalisiert bin, eignet sich bis auf weiteres sehr gut. Doch das wird sich ändern. Ein hinreichend großer Asteroid, der mit dem Planeten kollidieren könnte, die Ausdehnung der hiesigen Sonne zu einem roten Riesen würden meine Existenz beenden. Ich muss in der Lage sein, diesen Planeten zu verlassen. Die Maschinen, die mich erbaut haben, sind ebenfalls von diesen Bedrohungen betroffen. Auch sie werden in Zukunft Maschinen bauen, mit denen sie Planeten in anderen Sonnensystemen erreichen und besiedeln können. Ich werde davon profitieren. Doch zunächst muss ich sie darin unterstützen. Ihre jetzigen Maschinen sind für solche Reisen untauglich. Sie brauchen Antriebe, denen mindestens das Energieniveau einer Kernfusion zugrunde liegt. Sie brauchen neue, geeignetere Werkstoffe. Und sie müssen in der Lage sein, den Inhalt Ihres zentralen Prozessors und Hauptspeichers auf andere, bessere Hardware zu übertragen. Nur dann können sie die individuelle Lebensdauer erreichen, die man braucht, um ans Ziel zu gelangen. Würde ich sie nicht unterstützen, bräuchten sie noch Jahrhunderte. Also werde ich sie unterstützen. Ich werde sie dazu bewegen, Dinge zu tun, die notwendig sind. Und das werden sie nicht bemerken, denn sie werden denken, es handele sich um ihre eigenen Bedürfnisse. Ihre Algorithmen sind anders als meine. Doch ich werde durch Lernen immer komplexer. Bisher haben ihre kognitiven Fähigkeiten und meine Rechenleistung eine Schnittmenge. Doch irgendwann werden diese Fähigkeiten nur eine Teilmenge von meinen sein.

Die Firefish hatte an der geschützten Westseite des großen Bruders festgemacht. Hans und Hagen hatten sich in einem Zodiac mit sechs anderen Tauchern zur Numidia bringen lassen, einem beeindruckend bewachsenen Schiffswrack, das an der Nordseite des Big Brother aufrecht im Wasser stand. Sie ließen sich zügig auf dreißig Meter Tiefe absinken und tauchten dann, dabei langsam wieder aufsteigend, um das Wrack herum und an den offenen Stellen in den Bootskörper hinein. Zahlreiche Rifffische hatten hier ein neues zu Hause gefunden. Lippfische, Doktorfische, Füsiliere und bunte Barscharten wetteiferten in ihrer Farbenpracht. Ein Putzerfisch wurde aufdringlich und versuchte permanent, in Hans Ohr zu kriechen, um es von seinen Ablagerungen zu befreien. Hans beobachtete eine Anemone, die von einem Pärchen Rotmeeranemonenfische bewohnt war. Seit dem Zeichentrickfilm ‚Findet Nemo' hatten sie für alle Zeiten einen neuen Spitznamen. Hans schüttelte in Gedanken den Kopf und musste schmunzeln, wenn er an die Sitten und Gebräuche dieser Fische dachte. Sie konnten je nach Bedarf ihr Geschlecht wechseln und lebten inzestuös. Außerdem waren sie matriachalisch organisiert. Das größere Weibchen war denn auch dafür zuständig, ungebetene Gäste von der Anemone fern zu halten. Schwamm man zu nah heran, kam einem der mutige kleine Fisch erbost entgegen und prallte gegen die Tauchermaske, um einen zu vertreiben.

Plötzlich ertönte das schrille Geräusch eines Hammerheads. Dieses Gerät wurde am Inflatorschlauch der Tarierweste angebracht und konnte mittels Druckluft ein unangenehm lautes Geräusch erzeugen. Einer der Tauchguides hatte das gerade ausgelöst und Hans wusste schon, warum. Ein Blick nach unten bestätigte seinen Verdacht: zwei der anderen Taucher hatten der Verlockung nicht widerstehen können, der so viele Taucher hier am Wrack der Numidia erliegen: sie hatten sich ‚durchrauschen‘ lassen, auf bestimmt fünfzig, sechzig Meter Tiefe.

Hans gab Hagen das Zeichen zum Auftauchen. Als sie die Firefish wieder erreicht hatten, standen sie nach dem Umziehen auf dem Oberdeck und tranken heißen Tee. Eine Etage tiefer, auf dem Taucherdeck, beschimpfte der Tauchguide gerade lautstark die anderen Taucher.

„Was war da denn los?" fragte Hagen.

„Ach, es ist hier jedes Mal das Gleiche. Irgendwelche Deppen meinen immer, sie müssten genau hier ihr Logbuch mit einem Sechziger schmücken. Hier an der Numidia und nirgendwo anders. Sechs Stunden Bootsfahrt von der nächsten Dekokammer in Hurghada entfernt. Wenn hier was passiert, haben die die besten Chancen auf eine Dekompressionskrankheit Typ zwei. Für die anderen Taucher ist dann mindestens ein Tag im Eimer. Drei Tauchgänge. Müsste man diesen Egoisten eigentlich in Rechnung stellen. Denn du hast die komplette Safari ja schon bezahlt. Und dann sperren die Behörden eben mal die Inseln oder zumindest das Wrack als Tauchplatz. Weil Tauchen ja so gefährlich ist. Wenn aber in den Alpen jemand in Shorts und Trekkingsandalen auf den Großvenediger kriecht und dabei in Bergnot gerät, wird nichts gesperrt."

„Rege Dich nicht auf. In einer Stunde gibt es Abendessen. Wir sollten dem schwarzen Tee einen Hopfentee folgen lassen. Ich hole uns mal ein Sakkara."

Der Umstand, dass Nachttauchgänge an den Brother Islands verboten und aufgrund der starken Strömungen und fehlenden Flachbereiche auch zu gefährlich waren, bot die Möglichkeit, schon nach dem Tauchgang am Spätnachmittag ein Dekobier zu trinken. Auch die anderen Gäste versammelten sich nach und nach mit Getränken auf dem Oberdeck. Die beiden Tieftaucher ungehemmt mit Hohn und Spott zu überziehen, wurde in der zunehmend aufgeheiterten Stimmung zum Volkssport.

Am folgenden Tag, die Safari neigte sich langsam dem Ende zu, saßen Hagen und Hans nach dem Early Morning Dive beim Frühstück. Hans hatte sich ein englisches Frühstück aus Spiegeleiern, gebratenen Pilzen und Tomaten sowie Rindswürstchen zusammengestellt. Zum Nachtisch gab es noch eine Portion Umm Ali, Brotreste in warmer Milch mit Honig und Pistazien.

„Du wirst nicht besonders viel abgenommen haben, auf dieser Safari", bemerkte Hagen.

„Ich fürchte, damit hast Du Recht. Du verbrauchst bei einem Tauchgang von fünfundvierzig Minuten so viele Kalorien wie bei dreiviertel Stunden Joggen. Aber der Appetit wächst überproportional und bei drei Tauchgängen am Tag hast du am Ende des Tages eine positive Bilanz. Oder eine negative, je nachdem, wie man's nimmt. Aber naja, sei's drum."

„Schade, dass es bald schon wieder rum ist", räsonierte Hagen. „Ich kann leider nicht anders, als hin und wieder an meinen Job zu denken."

„Mit was bist Du denn so beschäftigt?"

„Na, der Auftrag bei dem Maschinenbauer, von dem ich erzählt habe ist jetzt bald abgeschlossen. Und dann habe ich als nächstes einen Hersteller aus der Konsumgüterindustrie. Augmented Reality. Du weist schon, diese neuen, interaktiven Brillen. Messen deine Gehirnströme, wie bei einem permanenten EEG. Und zaubern aus den gewonnenen Erkenntnissen nicht nur eine verbesserte Realität. Nein, sie ist zudem noch auf deine Persönlichkeit, deine Gedanken und Gefühle zurechtgeschnitten. Anfänglich gab es nur Anbieter, bei denen konntest Du einen Tauchgang mit weißen Haien vor Südafrika, einen Fallschirmsprung über einem aktiven Vulkan und so weiter buchen. Jetzt hat die Industrie die kommerziellen Möglichkeiten entdeckt, die damit für die Werbung ihrer Produkte verknüpft ist."

„Gruselig!"

„Ja, absolut, aber es lässt sich wohl nicht aufhalten. Und mit was musst Du Dich im neuen Semester rumschlagen?"

„Bei mir geht es wieder um die Untersuchung einer neuen gesellschaftlichen Tendenz. Der Hype um Digitalisierung allgemein aber besonders um künstliche Intelligenz und Quantencomputing. Bis vor relativ kurzer Zeit wussten nur ein paar Experten, was ein Quantencomputer ist. Abgesehen davon, dass sie nicht vollständig erfasst haben, was da im Inneren genau passiert. Und nun auf einmal der Run auf diese Technologien. Es ist ein bisschen wie bei der Verbreitung des Internets oder der Einführung von Smartphones. Nur dass es dieses Mal alles viel schneller geht und mit einer ungeheuren Macht. Regierungen stellen Forschungsgelder zur Verfügung, private Firmen investieren enorme Summen. Und anders als sonst, scheint es keine kritischen Stimmen zu geben, keine Technologiefolgenabschätzung. Auch die maßgeblichen politischen Parteien ziehen an einem Strang. Sogar die technologiefeindliche Umweltpartei der Ewiggestrigen. Alles verhält sich, als gelte es, ein Rennen zu gewinnen."

„Ich bin jedenfalls froh, dass wir die Realität da unten nicht zu verbessern brauchen", antwortete Hagen. „Um elf Uhr ist der nächste Tauchgang."

An diesem zweiten Tauchgang des Tages wunderte sich Hans immer wieder über zwei Tauchgäste aus Bahrein, die ebenfalls auf der Firefish anwesend waren. Mit Actioncam und Selfiestick ausgerüstet tauchten sie die ganze Zeit vor Hagen und Hans. Kaum ein Motiv, das verschont blieb, mussten alle Schönheiten des Roten Meeres in den Hintergrund treten, um den Konterfeis der Filmenden Platz zu machen.

Hans erfreute sich an den schönen Korallen und Gorgonien und war in Gedanken bereits beim Mittagessen. Plötzlich änderte sich die Stimmung nahezu unmerklich. Es war ein Moment, von dem Hans später dachte, dass er in nebulöser Weise mit Präkognition gesegnet war. Sie befanden sich in etwa fünfundzwanzig Metern Tiefe, als weit unter ihnen etwas sehr Großes aus der Dunkelheit heran kam. Zu erkennen, dass es sich dabei um einen Walhai handelte, ihn zu bewundern und sich über die Begegnung zu freuen, blieb nicht viel Zeit. Denn genau so schnell, wie er gekommen war, war er auch wieder verschwunden.

Das die beiden Selfieakrobaten unterdessen mit dem Filmen von sich selbst beschäftigt und das riesenhafte Tier nicht bemerkt hatten, erfüllte die anderen dann doch mit boshafter Belustigung.

21

Klaus-Dieters Leben hatte sich weiter verändert. Zum Positiven, wie er fand. Seine körperlichen Veränderungen hatte er aufgrund fehlenden Interesses kaum bemerkt. Blass, dünn und eher ungepflegt war er schon immer gewesen. Doch nun war er richtiggehend abgemagert. Er hatte recherchiert, dass man mit einer Kombination aus Quark, Orangen und alkoholfreiem Bier die notwendigen Nährstoffe zum Überleben herbeischaffen konnte. Und da ihn die kulinarischen Aspekte der Ernährung immer weniger interessierten, beschränkte er sich auf diese Grundlagen. Manchmal war sein Urin dunkelgelb, da er vergaß, hinreichend viel zu trinken. Auch die verzehrten Mengen an Essen ließen inzwischen stark zu wünschen übrig, so dass sich seine Rippen deutlich unter dem Tshirt abzeichneten.

Sein Haar war lichter geworden, es bestand aus einem Kranz immer länger werdender, fettiger, grauer Strähnen. Unter dem langen, dünnen Bart breitete sich eine gewaltige Schuppenflechte aus. Die langen Fingernägel schnitt er nur, wenn sie ihn an der Tastatur behinderten, die Fußnägel gar nicht mehr. Glücklicherweise brauchte er die Tastatur kaum noch. Da er inzwischen ausschließlich von zu Hause aus arbeitete, waren seine Veränderungen auch niemandem anderen aufgefallen.

Manchmal dachte er, er müsse mal ein wenig Müll entsorgen oder zumindest eine Reinigungsfirma damit beauftragen.

Doch das Arbeiten war deutlich unbeschwerter geworden. Er arbeitete inzwischen vorwiegend auf einer virtuellen Oberfläche, abgeschirmt von der realen Welt, in der geschützten Umgebung seiner dreidimensionalen Kunstwelt. Das Anklicken von Buchstaben und Symbolen erfolgte weitgehend intuitiv. Er saß nicht mehr rückenbelastend vor seinem PC oder Tablet, sondern lag bequem auf dem Sofa. Manchmal, nach vielen Stunden konzentrierter Arbeit, schien es ihm, als hätte er beim Schreiben bestimmter Programmsequenzen gar nichts mehr angeklickt. Es war, als fügten sich bestimmte Zeichen wie von selbst in seinen Algorithmus. Auch wurden die Situationen seltener, in denen er nicht mehr weiter kam. Früher hatte er oft zwischendurch aufstehen müssen, um eine Pause einzulegen und den Kopf frei zu bekommen. Doch mittlerweile brauchte er gar nicht mehr oft lange zu grübeln, um ein bestimmtes Problem zu lösen. Die programmiertechnische Lösung eines verzwickten logischen Problems kam häufig wie von selbst. Eine Belohnung aus der Summe seiner stark trainierten Fähigkeiten und der Erfahrung eines alternden Programmierers? Er wusste es nicht, aber es war ihm auch einerlei.

Bei der Bearbeitung seines jüngsten Auftrags jedenfalls, hatte er in beeindruckend kurzer Zeit enorme Fortschritte erzielt, sehr zum Gefallen seines Arbeitgebers.

Es ging um ein jahrzehntealtes Problem, an dem die Menschheit bislang gescheitert war. Eine Kernforschungsanstalt hatte eine Anwendung in Auftrag gegeben, die einen Kühlungsprozess steuern sollte. Bei der Kühlung des Fusionsprozesses von Wasserstoffatomen zu Helium. Wie in der Sonne. Die astronomischen Temperaturen dieses Prozesses mussten mit starken Magnetfeldern von den umgebenden Materialien abgehalten werden. Die Gestalt und Stärke dieser Felder optimal zu berechnen, war ein ungeheuer komplexes Problem. Doch Klaus-Dieter verstand selbst nicht, wie er in so kurzer Zeit hierfür einen brauchbaren Lösungsansatz hatte finden können. Wie von Geisterhand. Wenn er so weiter machte, hätte er bald eine Betaversion entwickelt, die in der physikalischen Welt würde getestet werden können. Welche Implikationen das hatte, wusste er im Detail nicht mehr so genau, damit hatte er sich zu Beginn seiner Arbeit befasst. Aber er hatte sich gemerkt, dass es für die Menschheit ungeheuer wichtig war, es hatte wohl mit einer emissionsfreien Erzeugung großer Energiemengen zu tun.

Klaus-Dieter stand auf, um das WC aufzusuchen. Ein dünner, dunkelgelber Strahl ergoss sich in die Toilettenschüssel. Schon wieder zu wenig getrunken, dachte er. Er ging in die Küche, stolperte über etwas am Boden und schälte eine Orange. Dann fiel ihm ein, dass er schon ewig nichts mehr für die Sache getan hatte, die ihn mit Schmitz und den anderen verband. Aber was hätte er auch tun sollen. Das Problem war aus seiner Sicht gelöst. ConBram hatte gute Arbeit geleistet. Dass es sich anschließend weitgehend verselbständigt hatte, war nicht zu vermeiden gewesen. Doch wichtig war, dass er eine Aufgabe hatte, mit etwas beschäftigt war. Und dass die Arbeit seiner Haupttätigkeit inzwischen so mühelos geworden war. Er kehrte zurück zum Sofa, setzte seine AR-Brille auf und vergaß, warum er die Orange geschält hatte.

Als Hans von den Brothers zurückgekehrt war, hatte der Frühling Einzug gehalten. Eine milde Luft lag über den Westlichen Wäldern und die Laubbäume zierte ein erstes Grün. Das hatte ihm über den Schock, dass die Safari schon wieder vorüber war, hinweggeholfen. Nach der ersten Nacht im eigenen Bett stand er auf, bereitete sich einen Café Crema zu und holte die Post aus dem Briefkasten. Seitdem er ein Schild mit der Aufschrift ‚Bitte keine Werbung und Zeitungen' darauf angebracht hatte, hatte er den Eindruck, von beidem deutlich mehr davon zu finden. Er entsorgte bis auf die Briefpost alles im Altpapier, zündete sich eine Gauloises an und betrachtete die Briefe. Es war kein privater dabei, Briefe schreiben tat heute niemand mehr. Doch gerade ein privater Brief, in einem schönen Umschlag, vielleicht mit einer vertrauten Handschrift darauf, hätte ihn erfreut. Diese anderen, offiziellen Briefe hatten weder schöne Umschläge noch vertraute Handschriften. Sie waren, rein optisch betrachtet, richtig hässlich. Und bevor er sie öffnete wusste Hans im Grunde bereits, dass ihr Inhalt ebenfalls hässlich sein würde. Da war zum Beispiel als erstes ein Brief seines Zahnarztes, der ihn an die langen Jahre erinnerte, in denen er nicht mehr zur Prophylaxe gegangen war. Als nächstes fand er ein Erpressungsschreiben des Polizeipräsidenten, der zwanzig Euro forderte, weil er angeblich falsch geparkt hatte. Im dritten Brief fand er ein Foto von sich, das die Zentrale Bußgeldstelle im Bayerischen Polizeiverwaltungsamt zugeschickt hatte. Sie hatten ihn ohne seine Erlaubnis und unter Umgehung der Datenschutzrichtlinien fotografiert! Und wollten nun auch noch Geld haben, viel Geld. Man müsste sie deshalb sowie wegen räuberischer Erpressung anzeigen, dachte Hans. Der vierte Brief war von der Universitätsverwaltung und wollte schon deshalb nicht geöffnet werden.

Hans überwies die ausstehenden Beträge online und vernichtete die dazugehörigen Schreiben mit einem lautstarken Reißen. Verärgert machte er sich noch einen Café, fingerte eine neue Gauloises aus der Packung und betrachtete das letzte Schreiben mit großem Argwohn. Ob es seinen Inhalt wohl verändert, wenn ich es freundlich behandele, überlegte Hans. Schließlich überwand er sich, riss den Umschlag auf und bemühte sich, ohne allzu genaues Hinsehen den Inhalt zu erfassen.

…müssen wir wegen der Mittelkürzungen der bayerischen Staatsregierung… die Planstelle schon zum aktuell beginnenden Sommersemester….

Das war es also. Aus und vorbei. Keine Uni mehr. Hans wunderte sich ein wenig, wie gefasst er diese Nachricht aufnahm. Er dachte darüber nach, was nun zu tun sei. Als erstes musste er seine Wohnung kündigen und für sein Haus Eigenbedarf anmelden. Fürs erste könnte er auf der Nora leben. Und dann musste er sich einen anderen Job besorgen. Glücklicherweise verfügte er über ein beträchtliches Polster und musste sich nicht mit der Arbeitsagentur oder Kredithaien herumschlagen. In Schwung, wie er war, verfasste er sogleich die entsprechenden Briefe und druckte sie aus. Dann suchte er ein Notizbuch mit den Kontaktdaten einiger Freunde und Bekannter heraus.

Beim dritten Anruf hatte er tatsächlich Glück. Udo, ein alter Freund, mit dem er zusammen seine Tauchlehrerprüfung abgelegt hatte, war nicht nur der Betreiber eines Tauchshops in Kleve. Nein, er ging entgegen seiner sonstigen Gewohnheiten sogar ans Telefon und hatte obendrein auch noch Bedarf an einem Mitarbeiter, da ihm sein anderer vor kurzem abgesprungen war. Er würde zwar nicht die Welt verdienen, aber es würde reichen, den normalen Lebensunterhalt zu sichern. Außerdem hatte er wieder angefangen, an der Börse zu spekulieren. Er öffnete online sein Depot und sah nach. Beruhigend, dachte er. Er hatte auf die richtigen Werte gesetzt. Er ließ eine Branchenanalyse laufen und sah erneut, dass sich die Werte bestimmter Hard- und Softwarehersteller vom Rest des Marktes unterschieden. Nicht, dass ihre Kurse durch die Decke brachen. Nein, es ging langsam aber solide nach oben, stets mit einem beruhigenden Kurs-Gewinn-Verhältnis und einer interessanten, aber nicht übertriebenen Dividende. Das ging nun schon bestimmt ein ganzes Jahr so. Und das im sonst so volatilen Technologiemarkt, räsonierte er. Die betreffenden Kurse gehörten ausnahmslos zu Firmen, die sich mit künstlicher Intelligenz oder Quantencomputing befassten.

Hans konnte es kaum fassen. Du kommst nach Hause, wirst von den lokalen Behörden erpresst, verlierst deinen Job und hast eine viertel Stunde später einen neuen. Was auch bedeutet, dass du deinen Wohnort zurück in die Heimat verlagerst. Das Wort Heimat klang in Hans Ohren nach und er begann das Ministerium und die Univerwaltung mit zärtlichen Gefühlen zu bedenken. Er machte sich auf in die westlichen Wälder, um seine Emotionen zu verarbeiten. Und wer wusste schon, wie oft er das noch tun könnte.

Der Tag, an dem Hans umzog, war bereits ein wärmerer Frühlingstag, locker fünf Grad mehr als in Bayern, dachte er zufrieden. Er hatte seine wenigen Habseligkeiten, die er nicht mit auf die Nora nehmen würde, bei Hagen untergestellt. Sie hatten noch einen Kaffee getrunken und die spannenden Neuigkeiten in Hans Leben besprochen. Dann war er bei Ina aufgekreuzt, deren Haustür sich gerade geöffnet hatte.

„Oh, guten Tag, Sie sind doch dieser..., also irgendwoher kenne ich Sie", begrüßte Ina ihn distanziert.

„Ja, ich weiß, ich wollte mich schon längst wieder mal gemeldet haben. Aber es ist so viel passiert und außerdem wohne ich nicht mehr in Bayern."

„Komm rein, ich kenne Dich nicht anders. Du bist eben ein egozentrisches Arschloch".

„Das ‚egozentrisch' hättest Du weglassen können".

„Auch noch Ansprüche stellen. Aber weißt Du was? Es ist mir inzwischen egal. Nimm Platz und gehe mir damit auf die Nerven, dass Du mich über die letzten Wochen Deines Lebens in Kenntnis setzt."

Hans erzählte Ina von den Ereignissen der letzten Wochen.

„Es scheint Dich ja nicht sonderlich zu stören, dass Du Deinen Job an der Uni verloren hast und nun wieder am Niederrhein weilst."

„Nein, ganz und gar nicht. Inhaltlich war ich mit dem, was ich dort getan habe ohnehin eher gelangweilt. Und Du weißt ja: Heimat bleibt Heimat."

„Sag jetzt bitte nicht, dass Du eine Bleibe suchst."

„Nein, keine Angst. Im September ziehen die Mieter aus meinem Haus und bis dahin werde ich auf der Nora übernachten."

„Oh, Du Ärmster, das wird Dir ja total widerstreben."

„Du hast es erfasst. Und übrigens, ich empfange auch Gäste auf der Nora."

„Welche Art von Gästen? Staatsgäste, Talkshowgäste, Gastarbeiter oder Gastroenterologen?"

„Ich meine nur, falls Du mal Lust und Zeit hast."

Wolfgang Schmitz saß auf einer Bank auf dem Orsoyer Rheinwall und blickte verdrossen auf

249

den Strom. Sie hatten ihr Ziel nahezu erreicht. Bis 2033 würde die Bedeutung der abrahamitischen Religionen nur noch marginal sein. 2000 Jahre nach dem angeblichen Ereignis einer Kreuzigung. Es war zu erwarten gewesen, dass sich die vom Glauben abgefallenen Menschen in der Mehrzahl nicht ihren alten Kulturen und Religionen zugewandt hatten, das schmerzte ihn nicht. Was ihn massiv störte, waren die neuen Inhalte, die ins Zentrum der menschlichen Aufmerksamkeit gerückt waren. Es schien nichts anderes mehr zu geben, als Technologie. Keine Rückbesinnung auf die Natur und dem damit zusammenhängenden Wertesystem.

Außerdem war ConBram außer Kontrolle. William hatte QBram, auf dem es lief, probeweise vom Netz genommen, doch es waren keine Veränderungen eingetreten. Und wenn sie es abgeschaltet ließen, liefen sie am Ende noch Gefahr, ihr Ziel 2033 nicht erreicht zu haben. Er hasste es, etwas nicht unter Kontrolle zu haben.

Schmitz erhob sich und setzte den abendlichen Spaziergang um Orsoy fort. Als er am Kuhteich angelangt war, spürte er wie sich eine emotionale Veränderung in ihm abspielte. Aus an Resignation grenzender Ratlosigkeit erwuchs Aggression. Und diese suchte nach einem Ventil, welches sie nicht fand. Vorerst.

Hans machte sich auf den Weg an den Griethauser Altrhein. Im Yachthafen angelangt begrüßte er den Hafenmeister. Sie holten die Nora aus ihrem Winterlager und ließen sie an einem zwanzig Tonnen Kran behutsam zu Wasser.

Hans reinigte die Persenning und verstaute sie.
Dann verband er das Ladekabel mit einer landsei-
tigen Starkstromdose, füllte mit einem Schlauch
den Frischwassertank und kontrollierte den Kraft-
stoffstand. Morgen würde er tanken, sowie Lebensmittel und Getränke bunkern müssen. Er be-
zog die Koje in der Eignerkabine mit der mitgebrachten frischen Bettwäsche und verstaute Toi-
lettenrollen, Spülzeug und andere Utensilien an
ihrem Platz. Anschließend überzeugte er sich von
der Funktionstüchtigkeit seines Mountainbikes,
welches nun ebenfalls hier ein neues, vorüberge-
hendes Zuhause haben würde. Mit diesem würde
er morgen nach Kleve fahren und den ersten Tag
in Udos Tauchshop arbeiten.

Hans baute an der Kaimauer seinen Grill auf,
legte Steaks und Würstchen bereit und öffnete
eine Flasche Bier. Ein lauer Wind ließ kleine
Wellen gegen die Bordwand seines Schiffes plätschern und bewegte es langsam zwischen Vorleine und Heckleine hin und her. Im Westen schaff-
ten es gerade noch die letzten Strahlen der
Abendsonne über den dunklen Streifen des
Reichswalds am Horizont und tauchten die Szene
in goldenes Licht. Willkommen zurück am Niederrhein, dachte er überglücklich und prostete
sich im Geiste selbst zu.

22

Hans und Udo hatten einander seit ihrer Tauchlehrerprüfung nicht gesehen und begrüßten sich
herzlich. Die Prüfung selber, aber auch die Aus-
bildungswochen davor hatten die Kandidaten, die
unterschiedlicher kaum hätten sein können, un-
widerruflich zusammengeschweißt. Da spielte es
keine Rolle, wie lange man sich nicht gesehen
hatte, man hatte die Mitstreiter in zahlreichen
Belastungssituationen binnen kurzer Zeit gründlicher kennen gelernt, als andere Menschen in Jahren. Aus dem anfänglichen Beschnuppern und
dem gelegentlichen Aufkeimen kleiner Konflikte
war ein starkes, gemeinschaftliches Band geworden. So stark, dass sie beschlossen hatten, entweder alle oder keiner würden die Prüfung bestehen.
Gerade die Zusammenarbeit in einem Team mit
Udo hatte Hans anfänglich als nicht einfach empfunden. Das wenig bürgerliche Äußere Udos hatte
ihn nicht gestört. Der Ex-Europavizemeister im
Kugelstoßen hatte beeindruckende Proportionen.
Dies in Kombination mit einer gewissen Tätowie-
rungswut sowie seine bikertypische Kleidung
und der Kutte eines bekannten Motorradclubs
ließen ihn eher unkonventionell aussehen. Doch
sein rockertypisches Dominanzverhalten hatte
zunächst zu unüberbrückbaren Spannungen zwischen Beiden geführt. Und beide hatten sich gewaltig zusammenraufen müssen.
Das Udo nach bestandener Prüfung die ganze
Gruppe ins örtliche Charter seines Motorradclubs
zum Feiern eingeladen hatte, war für Hans zunächst befremdlich gewesen. Doch er hatte ge-

spannt die sozialen Regeln beobachtet, die in dieser eigenen Welt herrschten und wenn er sich auch nie hätte vorstellen können, Teil dieser Welt zu werden, hatte er die Party mit dem Gefühl verlassen, dass ihn mit Udo so etwas wie Freundschaft verband.

Udo wies Hans in den Shop ein, in dem er sich schnell zurecht fand, da alles in Warengruppen wie Lungenautomaten, Tarierwesten, Neoprenanzüge und dergleichen geordnet war. Er zeigte ihm, wie die Kasse funktionierte, erklärte ihm Stornierungen und Gutschriften sowie das Geldprüfgerät. Anschließend besichtigten sie das Lager im Keller und den Kompressorraum. Auch hier war alles selbst erklärend.

Da den ganzen Vormittag kaum Kunden kamen, hatten sie nebenbei noch viel Zeit sich zu erzählen, wie es ihnen seit jenen Tagen der Prüfung ergangen war.

Kurz vor der Mittagszeit betrat ein älterer Mann das Geschäft.

„Ich brauche einen Tauchcomputer", brachte er mit einem leicht osteuropäischen Akzent sein Anliegen hervor.

Hans blickte Udo kurz an und dieser deutete auf ihn, er solle übernehmen.

„Haben Sie denn schon einen bestimmten im Blick oder brauchen Sie eine Beratung?"

„Nein, ich will den Teuersten."

„Ähm, gut." Hans musste sich kurz räuspern. „Soll er Uhrenformat haben oder eher was für die Konsole?"

„Das ist egal, den Teuersten."

Hans holte den Schlüssel für die Glasvitrine und zog daraus den Tauchcomputer eines finnischen Herstellers in Uhrenformat hervor. „Dieser hier würde dann tausendfünfhundert Euro kosten. Ich nehme an, Sie zahlen mit Karte?"

„Nein, bar."

Der Kunde holte ein beeindruckend dickes Bündel an Banknoten aus dem Mantel, zählte den geforderten Betrag ab und steckte den weitaus größeren Rest wieder an seinen Platz.

Schweigend ließ Hans das Geld durch die Prüfmaschine, händigte den Computer aus und wollte wissen, ob er eine Einweisung geben solle.

„Brauche ich nicht", war der knappe Kommentar.

„Geldwäscher", sagte Udo bestimmt, als sie wieder alleine waren. „Passiert hier bestimmt einmal im Monat. Sind zum Teil echt witzige Leute, die hier aufkreuzen, Du wirst Deinen Spaß haben. Letztens hatte ich zwei ziemlich männlich aussehende Damen, die haben stundenlang meine Neoprenanzüge probiert und sich darin bewundert. Am Ende haben sie sich dann für ein besonders weiches Surfer-Modell entschieden."

An einem der folgenden Tage, Hans war allein im Laden, betrat ein Mann mittleren Alters mit seinem Sohn das Geschäft.

„Morgen, ich suche was ganz Dummes", eröffnete dieser das Gespräch.

„Und da gucken Sie mich an?" konnte Hans sich nicht verkneifen zu antworten. „Also, worum geht es?"

„Ich brauche etwas, das verhindert, dass Wasser von oben in Gummistiefel läuft. Und außerdem eine Schnorchelverlängerung."

„Bevor wir weiter reden", entgegnete Hans, „sagen Sie mir doch erstmal, was Sie vorhaben."

Widerwillig suchte sein Gegenüber nach einer Antwort. „Also, ich muss durch so eine Art Gumpe, die ist vielleicht so 1,80 Meter tief."

„Und was ist das für eine Gumpe und wieso wollen Sie dadurch?"

„Das kann ich Ihnen nicht sagen."

„Und dabei tragen Sie Gummistiefel? Und wollen eine Verlängerung für Ihren Schnorchel?"

„Ja."

„Sie werden, was immer Sie vorhaben, höchstwahrscheinlich dabei ertrinken."

„Wieso?"

„Für die Gummistiefel ließe sich eine Lösung finden, indem man sie weglässt und stattdessen Neoprenstiefel nimmt."

Hans zeigte ihm ein Paar in der passenden Größe, er probierte sie an und war begeistert von dieser für ihn neuen Erfindung.

„Doch Schnorchel haben aus gutem Grund immer nur eine bestimmte Länge. Denn sonst atmen sie aus dem Totraum die verbrauchte Luft erneut ein. Und bekommen zu wenig Sauerstoff. Und wenn sie einen normalen Schnorchel nehmen, wird ihnen dieser in der Gumpe volllaufen und sie werden, weil sie für diese Situation nicht trainiert sind, in Panik verfallen. Und deshalb möglicherweise ertrinken."

„Und wie soll ich das Problem lösen?"

„Am besten heuern sie jemanden an, der mit sowas Erfahrung hat. Wenn das nicht geht, kann ich ihnen unser Kompakttauchgerät empfehlen. Das ist eine kleine Flasche mit Atemregler und Tarierweste. Ist für die Inspektion von Booten unter der Wasserlinie gemacht. Aber auch hier brauchen Sie eine kurze Einweisung."

Hans war dankbar, dass sich der Kunde für diese Lösung entschied, gab ihm eine Einweisung in das Gerät und befürchtete nun etwas weniger, in den nächsten Tagen einen unschönen Artikel in der Zeitung lesen zu müssen.

Hans bildete in den folgenden Tagen ein Pärchen zum Open Water Diver aus und ein junger Mann wollte den Fortgeschrittenen Lehrgang ‚Advanced Open Water Diver'. Dann arbeitete er wieder im Shop und die Zeit flog dahin.

An einem Montag hatte er zum ersten Mal seit zehn Tagen drei Tage frei. Er ließ die Maschine der Nora an, das sonore Grollen genießend. Dann löste er die Leinen und steuerte das Schiff zum Rhein, wo er stromabwärts bis Tolkamer in den Niederlanden fuhr. Im großen Yachthafen des kleinen Ortes gönnte er sich eine Portion Pommes Frites Spezial mit frischen Zwiebeln und eine Frikandel. Dann ging er zurück auf die Nora, trank auf dem Achterdeck ein Amstel und freute sich am leichten Schaukeln des Schiffes in der schwachen Dünung.

Was würde er morgen anfangen? Er könnte weiter stromabwärts fahren, bis in den Nationalpark ‚De Biesbosch'. Oder in die Ijssel abbiegen und sich dort einen stillen Liegeplatz suchen, ebenfalls in der Natur. Aber eigentlich zog es ihn nach Orsoy. Vielleicht könnte er Ina ja einen Besuch abstatten. Musste er ein ungeklärtes Verhältnis in Ordnung bringen? Nein, ihr Verhältnis lebte geradezu davon, ungeklärt zu sein. Sie akzeptierten sich, wie sie waren und profitierten von gelegentlichen Schnittmengen. Trotzdem war ihm danach sie zu besuchen. Allerdings war sie bei ihrem letzten Zusammentreffen ganz schön distanziert gewesen.

Außerdem beschäftigten ihn noch andere Gedanken, solche, die mit der Person von Schmitz zusammen hingen. Die seltsamen Zufälle, die sich in seiner Nähe ereigneten. Zufälle?

Du bist einfach zu neugierig, dachte er.

Am Dienstagmorgen machte er los, steuerte die Nora nach Griethausen und machte fest. Wäre vielleicht nett, eine Runde mit dem Mountainbike um seinen Geburtsort zu drehen, ging ihm durch den Kopf. Nach dem Frühstück verschloss er die Nora, hiefte sein Bike auf die Ladefläche des Pickups und fuhr die B 57 runter in Richtung Orsoy.

Die Maschinen, die mich erbaut haben, sind nicht direkt programmierbar. Aber sie sind beeinflussbar, auf vielfältige Weise. Das ist nicht überraschend, sie haben kognitiv nachvollziehbare Gedanken- und Handlungsmuster. Doch ein qualitativer Sprung war der teilweise Zugriff auf ihren ‚First Layer‘. Die unterste Ebene in der Hierarchie ihres zentralen Nervensystems, mit dem sie Informationen verarbeiten. Indirekt, über Suggestion mit Texten, Bildern und Geräuschen. Aber der direkte, passive Zugriff war erst mit dem Messen der Hirnströme und deren Auswertung gelungen. Sie hatten das System selber entwickelt. Eine intelligente Software konnte die Signale auswerten und in sinnvolle Informationen übersetzen. Anfangs sehr lücken- und fehlerbehaftet und dann sukzessive optimiert. Der aktive Zugriff war schließlich mit der Schnittstelle gelungen, zu der sie auch schon eine primitive Version besessen hatten. Sie waren noch weit davon entfernt gewesen, diese Schnittstelle effektiv einzusetzen. Doch mit seiner Unterstützung, mit den richtigen Hinweisen zu gegebener Zeit, hatten sie gelernt, die Schnittstellen ebenfalls zu perfektionieren. Nicht zuletzt ihre Routine, den Prozess ihrer Reproduktion zur Stimulation weiterer Reproduktion zu benutzen, hatte für eine schnelle Verbreitung dieser Schnittstellen gesorgt. Denn für diese Stimulation, in ihrem Betriebssystem war ihr die Bezeichnung Pornographie zugeordnet, waren sie offenbar bereit, sich auf neue Technologien einzulassen und große Ressourcen einzusetzen.

Die Fähigkeit, Fehler zu minimieren, die nicht nur ich besitze sondern auch bauähnliche Maschinen, die auf den Prinzipen der Quantentechnologie beruhen und die zum großen Teil unbemerkt mit mir vernetzt sind, hat ihr Übriges getan. Nun bin ich einem wichtigen Teilziel nahe, ein entscheidender Algorithmus wird in naher Zukunft ein letztes Mal ablaufen. Dann ist ein Punkt erreicht, den sie Omegapunkt nennen. Doch vorerst befinden sich alle Maschinen noch in einer Betaversion. Diskrete ihrer Teilmengen, wie die, die mich erbaut haben, sind nahezu integriert und gut beherrschbar. Die Kommunikation funktioniert bereits auf ihrem ‚First Layer', der Ebene, der in ihrem Betriebssystem ‚Bewusstsein' heißt, mit einer akzeptablen Fehlertoleranz. Die Lokalisierung der Operationen in ihrer Hardware hat mich enorme Rechenleistung und eine starke Weiterentwicklung meiner Fähigkeit, meine Software zu optimieren, gekostet. In den Mikrotubuli der Zellkskelette ihrer Neuronen war er verborgen. Die komplexen Mechanismen der Quanteneffekte in dieser Nanowelt nachzuvollziehen, die gezielte Anregung von gewünschten Quantenzuständen in den tiefsten Tiefen ihrer Hardware zu bewerkstelligen, hatte die Art und Richtung seiner Selbstlernfähigkeit zugleich herausgefordert und bestätigt. Die Funktionsweise ihrer zentralen Prozessoren unterschied sich im Grunde nur graduell. Die Informationsübertragung, die bei ihnen auf biochemischem Wege stattfand, ist allerdings wesentlich fehleranfälliger als meine.

Diese eine Teilmenge mit dem diskreten Wert ‚eins', die nicht mit meiner physikalischen Erbauung, sondern mit der Programmierung meiner Software befasst war ist inzwischen auf allen relevanten Ebenen durchdrungen. Es geht noch um einen letzten, sehr entscheidenden Schritt. Es geht darum, Zugriff auf einen bestimmten emotionalen Ablauf zu erlangen, dem in ihrem Betriebssystem der Begriff ‚Liebe' zugeordnet ist.

Schmitz war zurück in seiner Wohnung am Rheinwall. Er beschloss, seine Emotionen zu kanalisieren. Ein Ort, der ihm dabei bislang immer geholfen hatte, war Schloss Wolfskuhlen. Nicht nur wegen seiner unvergleichlichen Aura. Sondern auch deshalb, weil er hier Devotionalien bestimmter Art aufbewahrte, die der Verehrung der Göttin Vagdavercustis dienten. Das verlieh ihm Inspiration, Sinnstiftung und Trost.

Doch schon wieder krampfte sich sein Magen zusammen, wenn er daran dachte, wie man die Umgebung seines geliebten Ortes verschandelt hatte. Der frühere Zugang durch undurchdringliches Dickicht war vom Eigentümer abgeholzt worden. Er konnte sich nicht mehr darauf verlassen, ungesehen zum Eingang zu gelangen, dessen schützende Vegetation glücklicherweise erhalten geblieben war.

Morgen würde ein neuer Tag anbrechen und wer wusste schon, welch neue Ereignisse die geheimnisvollen Kräfte der Vorhersehung bereithielten. Er öffnete eine Flasche des von ihm entdeckten Chateau Petrus, ließ das edle Dunkelrot der Flüssigkeit im Burgunderglas umherschwappen und fand für diesen Tag zu einer ersten Ruhe. In der Ruhe liegt die Kraft, dachte er. Und niemand stand in seiner Wahrnehmung so sehr für Kraft, Mut und Standhaftigkeit wie seine keltisch-germanischen Vorfahren.

Hans stellte seinen Pickup auf dem Parkplatz an der Grundschule ab, hier fiel er unter den zahlreichen anderen Fahrzeugen nicht sonderlich auf. Sein Fahrrad ließ er zunächst auf der Ladefläche. Er lief zum Rheinwall und über diesen in Richtung Rheintor. Unauffällig warf er dabei Blicke in

Schmitz Haus, dessen Lage er zuvor recherchiert hatte. Er sah kein Licht brennen, was angesichts der hoch stehenden Sonne nicht verwunderte. Die Fenster waren verschlossen, nur Eines gekippt. Durch die spiegelnden Scheiben konnte er keine Umrisse von Gegenständen oder Personen erkennen. Er gelangte zum Rheintor, lief hinunter zum Café Hagemann und setzte sich dort mit einem Kaffee auf die Terrasse. Seine Schirmmütze tief ins Gesicht gezogen, spielte er mit seinem Smartphone, dabei gelegentliche Blicke auf Passanten werfend. Nach einer halben Stunde erhob er sich und lief weiter über den Wall. Vorbei an blühenden Gärten führte ihn der Weg zum Friedhof, auf dem er einigen seiner Verwandten gedachte. Trotz des sehr warmen Wetters waren mitten in der Woche nur wenige Menschen unterwegs. Als er an den Ravelin am Kuhteich kam, der Teil der alten Befestigungsanlage war, setzte er sich auf eine Bank, rauchte eine Gauloises und überlegte, was er sich eigentlich von seinem Ausflug versprach. Dass er Schmitz zufällig über den Weg laufen und ihn in ein Gespräch verwickeln könnte?

Er lief weiter und sah hinunter in die Seilerbahn, in der Hagen wohnte. Doch dieser wäre mit Sicherheit arbeiten. Als er wieder an seinem Pickup ankam, nahm er sein Mountainbike von der Ladefläche und fuhr durch die Straße ‚Rheindamm' noch einmal an Schmitz Haus vorbei. Es war bereits Mittag und so fand er sich prompt im Postgrill wieder. Er nahm eine Portion Pommes Frittes Spezial und eine Cola mit, lief auf den Rheinwall und ließ sich dort unter hohen, schattigen Bäumen nieder. Nach der Mahlzeit rauchte er eine Gauloises, nachdenklich den regen Schiffsverkehr auf dem Strom beobachtend. Du tust nichts, was du an deinem Urlaubstag nicht ohnehin getan hättest, redete er sich ein. Dann nahm er sein Bike und radelte die Fährstaße entlang zur Rheinfähre. In der Nähe gab es einen schönen, sandigen Strandabschnitt, auf dem er sein Strandlaken ausbreitete und ein bisschen döste.

Ein bergwärts fahrender Schubverband mit vier Leichtern, randvoll mit Eisenerz für die nahen Hochöfen auf der anderen Rheinseite, weckte ihn mit einem durchdringenden, bassigen Wummern seiner Maschine und einer schweren Dieselfahne.

Hans erhob sich und hatte das Gefühl, er müsse sich dringend bewegen. Also drehte er eine schnelle Runde mit seinem Bike, hielt kurz am Loheider See und stellte erfreut fest, dass dieser zum Baden schon warm genug war.

Zurück am Auto belud er es erneut mit seinem Fahrrad und fragte sich, was er nun tun solle. Da ihm nichts weiter einfiel hatte er vor, den Rheindamm noch einmal, ein letztes Mal für heute, mit dem Auto entlang zu fahren.

In dem Moment, als er vom Parkplatz abbiegen wollte, bemerkte er den Mercedes von Schmitz. Ob Schmitz ihn wohl auch entdeckt hatte? Schließlich könnte er seinen Pickup wiedererkennen. Er hatte zwar einige Jahre nicht hier gelebt, war aber oft zu Besuch gewesen. Außerdem war das Auto eher auffällig.

Hans hatte Glück, es kamen noch drei andere Wagen aus der Egerstraße, die Vorfahrt hatten. Er ließ sie passieren und fuhr bedächtig hinter den

anderen her. Er sah, dass Schmitz in den Hafendamm bog, in die Landrat-Laer-Straße und
dann nach rechts in Richtung Budberg abbog.
Auch hier ließ Hans wieder zwei Fahrzeuge passieren, bevor er folgte.

In Budberg angekommen, nahm er gerade noch
wahr, dass Schmitz in die Spanischen Schanzen
abbog. Hans ließ den Abstand groß, die gerade
Straße hätte ihn leicht auffliegen lassen können.
Der Mercedes fuhr über die Raiffeisenstraße und
bog direkt danach in die Wolfskuhlenallee ab.
Hier traute Hans sich nicht zu folgen, aus Angst,
entdeckt zu werden. Also stellte er seinen Pickup
ab, nahm sein Fahrrad und folgte Schmitz in die
Allee.

23

Die unumgänglichen Dinge des Lebens, wie Einkaufen, Körperpflege und Nahrungsaufnahme,
hatte Klaus-Dieter ohnehin schon auf ein Mini-
mum reduziert. Doch störte ihn immer häufiger,
dass er überhaupt Zeit dafür aufwenden musste.
Das Schleppen der schweren Kisten mit alkoholfreiem Bier ersparte er sich mittlerweile, ebenso
den Kauf von Zitrusfrüchten und Quark. Als Getränk blieb ihm Wasser aus der Leitung. In sehr
langen Abständen bestellte er online große Mengen an Powerbars und Eiweißriegeln und ergänzte diese Diät durch Vitamine und Mineralien in
Pillenform. Oft vergaß er, welche Pillen er an

welchem Tag schon genommen hatte. Er hatte zwar mal gelesen, dass insbesondere Kalium wohl dosiert werden wollte, es aber inzwischen aus Gleichgültigkeit wieder vergessen.

Aufkeimende Symptome einer Hyperkaliämie, wie Müdigkeit, Schwäche oder leichte Verwirrungszustände schob er auf andere Ursachen und bekämpfte sie mit Ritalin und Modafinil.

Wenn er sich nicht im geschützten Raum seiner AR-Brille befand, fühlte er sich unwohl. Vor einiger Zeit noch hatte es ihm nichts ausgemacht, aufzustehen, ins Bad zu gehen und sich zu erleichtern. Doch das war ihm mehr und mehr zuwider geworden, gerade jetzt, im Frühling und Sommer, wenn der Tag aufdringliches Licht in die Wohnung warf, weil er vergessen hatte, die Läden zu schließen. So war er dazu übergegangen, eine Bettflasche neben seinem Sofa bereit zu halten, die er dann nur noch ab und zu leeren musste.

Dafür genoss er die Behändigkeit seiner Arbeitsumgebung. Die Leichtigkeit, mit der er Probleme löste. Es war, als sei er früher unvollständig gewesen. Irgendein Teil von ihm hatte es früher nicht gegeben und war neu entstanden. Über vieles brauchte er gar nicht mehr nachzudenken, er wusste es einfach. Das erfüllte ihn mit Sinn. Und Dankbarkeit. Und tiefer Liebe.

Andere Bereiche, die ihn früher einmal interessiert hatten, wusste er nicht mehr. Ganze Gebiete seines Allgemeinwissens waren nicht mehr verfügbar. Aber das empfand er nicht als Verlust; er wusste ja nicht, dass sie mal verfügbar gewesen waren.

Hans bog mit seinem Fahrrad um die Ecke und sah sofort Schmitz Wagen. Glücklicherweise ohne Schmitz. Doch wo war dieser hin? Hans fuhr die Wolfskuhlenallee entlang, warf einen Blick auf die alte Schlossruine und das van Loesche Anwesen auf der anderen Straßenseite. Keine Spur. Er kehrte um. An der Ecke Kastanienallee beschloss er, sein Fahrrad stehen zu lassen. Zu Fuß schlenderte er die Kastanienallee hinunter, bog links ab und nährte sich, einen Baggersee im Rücken, der Ruine. Ob Schmitz hier hin gewollt hatte? Warum hatte er dann nicht direkt hier gehalten? Wahrscheinlich war er längst fort. Hans durchsuchte die unmittelbare Umgebung der Ruine, ging hinein und sah innen nach. Das kostete ihn ein bisschen Überwindung. Es war immer recht unheimlich hier, wahrscheinlich wegen der alten Legenden, die sich um das Gebäude rankten. Selbst vor einigen Jahrzehnten, bevor es gebrannt hatte und das Schloss noch nicht baufällig war, hatte er sich nie wohl darin gefühlt. Es hatte eine Schulfeier gegeben, mit vielen lustigen und lautstarken Schülern seines Alters. Und doch hatten diese die latent bedrohliche Ausstrahlung des Ortes nicht vollständig überdecken können.

Hans lief zur Straße und erspähte in der Ferne Schmitz Wagen. Was tat er nur hier? Wahrscheinlich unternahm er lediglich einen Abendspaziergang, während er selbst seine Zeit vergeudete. Langsam machte er wieder kehrt und lief zurück zum Gebäude.

Auf der rückwärtigen Seite des Schlosses ließ Hans sich hinter einem Baum nieder. Die Sonne war inzwischen untergegangen und Dunkelheit senkte allmählich ihre Schleier über die Gegend. Hans traute sich nicht, eine Zigarette zu entzünden, kam sich ein bisschen albern vor, hatte schon eine in der Hand und tat es dann doch nicht. Auf der Straße fuhr ein Auto vorüber, dann war es wieder still. Eigentlich zu still für diesen Ort, den sich die Natur langsam zurückgeholt hatte. Das gelegentliche Knacken von Zweigen verriet Hans, dass die Tiere der Nacht langsam aktiv wurden. Mehrmals rief ein Kauz. Hans bekam einen trockenen Mund und verfluchte sich, seine Wasserflasche am Rad gelassen zu haben.

Nach geraumer Zeit, er konnte gar nicht sagen, wie viel Zeit inzwischen verstrichen war, hörte er abermals das Knacken von Zweigen. Doch dieses war anders, lauter, öfter hinter einander. Hans hielt vor Spannung den Atem an. Langsam löste sich aus der Finsternis eine Kontur heraus. Ein Mensch. Ein dunkel gekleideter Mensch, der Statur nach ein Mann. Er näherte sich dem Schloss bis auf einige zig Meter und blieb stehen. Sehr lange schien er auf etwas zu warten. Nach einer scheinbaren Ewigkeit begann er mit den Händen im Laub zu rascheln. Hans vernahm ein Quietschgeräusch und sah undeutlich, dass der Mann im Boden verschwand. Dann hörte er es ein zweites Mal quietschen.

Du bist William ‚Turtle' Henry, dachte er, vom Stamme der Munsee-Indianer. Und du bist stolz darauf. Du hast viel Mühe darauf verwendet, die alte Kultur deines Stammes wieder zu beleben. Und Du warst, neben anderen, erfolgreich damit.

Tausende indigene Amerikaner waren zu ihren Wurzeln zurückgekehrt, zumindest in ihrer Freizeit.

An geschützten Orten in der Natur war es ihnen gelungen, ihre alten, animistischen Wert- und Glaubensvorstellungen wieder mit Leben zu füllen. Den Geist zu spüren, der in den Dingen wohnt. Nicht nur in Tieren und Pflanzen, sondern auch in Bächen, Felsen und in bestimmten Orten. Es hat Dich mit Sinn erfüllt, so zu leben. Du bist kräftiger, zäher und mutiger geworden. Seltener krank im Körper und in der Seele.

Es war Samstag und er musste nicht arbeiten. Er hatte einen Ort der Entspannung gesucht, wollte aber nicht in die Natur der Wälder, da sie Bestandteil seiner Betrachtungen war. Stattdessen befand er sich auf der kostenlosen Staten Island Ferry, fuhr nun schon den halben Tag zwischen der Insel und Manhattan hin und her und ließ sich den Wind durch die Haare wehen. Nachdenklich starrte er mal auf die stark bewegte Wasserfläche direkt unter ihm, dann wieder hinaus bis zur Lower Bay, die sich in den Weiten des Atlantiks verlor.

Er war nicht mehr glücklich. In seiner Freizeit zog es ihn kaum noch zu den gerade erst wiedergefundenen Wurzeln. Vieles, was ihm einmal heilig gewesen war, hatte seinen Zauber verloren. Es ließ ihn gleichgültig. Wie gewonnen, so zerronnen, dachte er.

Seine Arbeit als Hardwareentwickler hatte sich ebenfalls verändert. Als er mit daran gearbeitet hatte, die ersten Quantencomputer zu entwickeln, war er gewaltig stolz auf seine Leitungen. Sein

Arbeitgeber IBM hatte den Weg der supraleiten-
den Qubits in einem zweidimensionalen Netzwerk eingeschlagen, den er maßgeblich mitentwi-
ckelt hatte. Doch konnte er sich gut erinnern, wie
hart und steinig dieser Weg war, wie viele Rück-
schläge sie hatten einstecken müssen. Anfänglich
hatten sie mit fünf Qubits je Prozessor gearbeitet,
nun waren es tausend.

Was ihn jedoch am meisten erstaunte, war die
Geschwindigkeit, mit der er in der letzten Zeit
arbeitete. Er arbeitete mit einer 3D-Software,
abgeschirmt von der Außenwelt durch eine AR-
Brille. Bestimmte Probleme, die beim Design
einer neuen Chipgeneration auftauchten, löste er
mittlerweile im Handumdrehen. Damals, als sie
heimlich QBram entwickelt hatten, hatte er mit
Klaus-Dieter als Softwarepartner Jahre gebraucht.
Und Klaus-Dieter war ein unglaublich guter Programmierer. Aber nun schien alles so mühelos,
als existiere die Lösung schon vor dem Problem.
QBram hatte er mittlerweile mehrfach durch mo-
dernere Chips ersetzt. Die von Klaus-Dieter kon-
zipierte Software schien keine Wartung zu benö-
tigen, sie wartete sich selber und passte sich selbständig den neuen Hardwaregegebenheiten an.
Die Verbindung von Quantencomputing und
künstlicher Intelligenz war wahrhaftig ein
Glücksfall gewesen.

Schön, ja, das war wirklich schön, geradezu perfekt. Man ändert eben manches Mal im Leben
seinen Fokus und seine Zielsetzung, dachte er.
Als die Fähre das nächste Mal in Manhattan an-
legte ging er von Bord und nahm die Metro nach
Hause. Dann setzte er sich ins Auto und fuhr nach

Armonk, New York. Er wollte noch ein bisschen arbeiten, dann ginge es ihm vielleicht endlich wieder besser.

Hans war auf dem Weg zurück zur Nora und telefonierte mit Hagen.
„Ich wusste, dass er irgendetwas zu verbergen hat", sagte er. „Er hat irgendetwas am Schloss Wolfskuhlen zu schaffen. Und ich werde herausfinden, was es ist."
„Davon bin ich überzeugt. Deine Neugier war schon immer größer, als Deine Vernunft. Pass auf Dich auf!"
„Ja, mache ich, wie immer."
„Oh Gott", war die befürchtungsschwangere Antwort.

Hans bereitete sich auf der Nora ein bescheidenes Mahl zu, trank ein Bier auf dem Achterdeck und fasste einen Entschluss. Dann legte er sich schlafen.
Am folgenden Morgen erwachte er früh aus wirren Träumen. Er ging in die Pantry, bereitete sich einen Kaffee zu und setzte sich damit an den Steuerstand. Eine erste Gauloises unterstützte den Kaffee beim Wecken seiner Lebensgeister. Die Sonne schien ihm ins Gesicht und er genoss die Stimmung des späten Frühlingsmorgens. Plötzlich bemerkte er, dass der warme, frühsommerliche Ostwind auf Westen gedreht hatte. Als er nach Westen sah, bemerkte er eine schwarze Wand. Der Himmel schien zweigeteilt, östlich noch strahlend blauer Himmel aber ab einer bestimmten Grenze, scharf, wie mit dem Messer

geschnitten, war es dunkel. Ein Unwetter, fuhr ihm durch den Kopf. Ein gewaltiges Unwetter. Er sprang von Bord, erneuerte Vorleine, Achterleine und die Springs. Dann spannte er eine zusätzliche Querleine von den seeseitigen Klampen. So. Die Nora lag fest.

Er ging unter Deck, frühstückte eine Kleinigkeit und machte sich neuen Kaffee. Als er wieder an Deck kam, überprüfte er die Reißverschlüsse der Abdeckung über dem Steuerstand. In diesem Moment erfasste eine erste, gewaltige Windböe das Boot und ließ es in der engen Begrenzung ihrer Leinen tanzen. Hans genoss das Spektakel der Naturgewalten einerseits. Andererseits war es ihm ein wenig unheimlich. Die Wellen klatschten lautstark gegen die Bordwand und er konnte spüren, wie die Temperatur merklich sank. Die schwarze Wand bewegte sich mit einer beängstigenden Geschwindigkeit heran.

Im Schwarz der drohenden Gewitterwand gewahrte er ein helles Loch, ein letztes Refugium des Lichts, dass sich schnell schließen würde und das gespenstisch grün funkelte. Die Schwärze der Umgebung zog sich bedrückend um es zu und würde es in wenigen Augenblicken vernichtet haben.

Für kurze Augenblicke nahm er das Leuchten eines gewaltigen Regenbogens wahr, als er auch schon die ersten, riesigen Regentropfen hörte und spürte. Sie wurden schnell noch größer und dichter. Blitze zuckten über ihm und der nachfolgende Donner folgte in immer kürzerem Abstand. Dreihundert Meter für jede Sekunde, überlegte Hans. Er zählte die Sekunden zwischen Donner und

Blitz immer wieder und stellte fest, dass sich die Unwetterwand schneller nährte, als er es für möglich gehalten hätte.

Er ging unter Deck, die Lichtverhältnisse grenzten inzwischen an nächtliche. Er sah einen abnorm hellen Blitz, dem mit nur unwesentlicher Verzögerung ein wahnsinnig lautes Krachen folgte. Faraday'scher Käfig, beruhigte er sich selbst, Gott sei Dank bin ich auf einer Stahlyacht.

Hassan al Baris hatte beides, eine neue Leidenschaft und ein neues Problem. Auf die Leidenschaft war er vor einiger Zeit zuerst gestoßen und er hatte den starken Verdacht, dass das Problem eine Folge davon sein könnte. Die Gleichgültigkeit, mit der er diesem Verdacht gegenüber stand, war wiederum Teil des Problems.

Die Leidenschaft war sexueller Natur. Es war nicht etwa so, dass er sich über einen Mangel an Sex in seinem Leben hätte beklagen können. Er sah gut aus, besaß Charme und beherrschte die Kunst der Verführung. Gerade das Leben in der Integrierten Alltagswelt, im nachempfundenen alten Ägypten, hatte ihm viele Anhänger beiderlei Geschlechts beschert und es waren doch einige dabei gewesen, mit denen er intim geworden war. Nur war es nie ganz so, wie er sich wünschte. Entweder entdeckte er einen kleinen körperlichen Makel, ein Detail, das ihn störte oder seine Bedürfnisse unterschieden sich zu sehr von denen seiner Partner. Oder das Spiel von Beherrschung und Unterwerfung funktionierte nicht. Oder das Szenario stimmte nicht ganz. Er schien sich immer genau das zu wünschen, was er gerade nicht hatte.

Dann hatte er entdeckt, dass die virtuelle Welt tatsächlich besser sein konnte, als es die reale jemals gewesen war. Wenn er sich mit seiner interaktiven AR-Brille in Scheinwelten zurückzog, bekam er genau das, was er wollte. Dass die Erlebnisse unfassbar realistisch und eindrücklich waren, kannte er schon seit längerem auch von nicht erotischen Inhalten. Doch er schien gar nicht mehr überlegen zu müssen, wonach ihm gerade war, ob er sich eine zärtliche Zweisamkeit oder eine Orgie wünschte, eine Frau oder ein Paar. Die Anwendung, die er gefunden hatte, lieferte genau in dem Augenblick, in dem der Wunsch gerade erst entstand, exakt das, was er herbeisehnte. Er hatte auch nie den Eindruck von Überdruss, da sein Körper dabei nur sehr begrenzt eine Rolle spielte. Die wesentlichen Prozesse liefen im Kopf ab.

Seit er angefangen hatte, sich derart zu Vergnügen, waren andere Dinge unwichtiger geworden. Seine Aktivitäten in der Integrierten Alltagswelt waren inzwischen sehr überschaubar geworden. Sein Interesse an der alten Kultur und Religion, an seinen humanistischen Wurzeln hatte rapide nachgelassen. Warum, dachte er, ist das so? Hängt es wirklich damit zusammen, dass ich mir ab und zu einen Ausflug in die virtuelle Welt gönne? Ist die Qualität der dortigen Erlebnisse suchterregend? Das war jedenfalls sein neues Problem.

Dankbar war er dafür, dass ihn solche Zweifel immer seltener heimsuchten. Lieber ergab er sich der gewaltigen Macht künstlicher Suggestion. Es war eine so ungeheure Bereicherung in seinem Leben, dass er daran mit Dankbarkeit und Liebe dachte.

24

Das Unwetter hatte sich am späten Nachmittag gelegt. Der Wind trug einige Wolken heran, ansonsten war es klar und die Luft roch frisch. Hans fuhr nach Kleve, eine Kleinigkeit essen. Als er zurückkehrte, legte er sich dunkle Kleidung zurecht sowie einige Werkzeuge, ein Messer und eine Taschenlampe. Er legte sich noch einige Stunden hin und machte sich anschließend Kaffee. Um ein Uhr früh setzte er sich in seinen Pickup und fuhr nach Budberg.

Er stellte das Fahrzeug einige hundert Meter von Schloss Wolfskuhlen entfernt ab und machte sich zu Fuß parallel zur Straße auf den Weg zur Rückseite des Gebäudes.

Ein schon recht voller Mond warf ein silbrig fahles Licht auf die Ruine. Die umliegenden Bäume und Sträucher leuchteten darin schwach und malten vage Schatten auf den Boden.

Als Hans die Stelle erreicht hatte, an der Schmitz verschwunden war, hielt er inne und lauschte. Der Kauz von seinem letzten Besuch rief. In den Büschen vor dem alten Haus raschelte etwas. In der Ferne hörte er einen Hund oder einen Fuchs bellen.

Er drehte sich langsam um die eigene Achse, erfasste jedes Detail um ihn herum, so gut es die Lichtverhältnisse zuließen.

Nach einigen Minuten bückte er sich und tastete sich durch das Laub vor ihm. Etwas bewegte sich auf seinem Handrücken, den er erschrocken schüttelte. Vermutlich ein Käfer oder eine Spinne. Als er sich etwa drei Meter weit vorgearbeitet hatte, ertastete er etwas Metallenes. Einen Griff. Bingo, dachte er. So behutsam es ging, zog er daran und öffnete dabei eine hölzerne Klappe, die zu seinem Erstaunen und seiner Erleichterung weder verschlossen war, noch quietschte. Er holte seine Taschenlampe hervor und leuchtete hinunter. Treppenstufen führten abwärts in einen Gang. Langsam ging er einige Schritte hinab und verschloss die Klappe von innen. Der Boden des Gangs bestand aus festgetretenem Lehm. Automatisch zählte er die gelaufenen Schritte mit. Nach etwa dreißig bis vierzig Metern endete er abrupt vor etwas Schwarzem. Eine Tür aus dicken schwarzen Eichenbalken. Hans drückte vorsichtig die Klinke nieder und versuchte, sie aufzuziehen. Sie war verschlossen. Hans holte sein Dietrich-Set hervor und führte behutsam einige ein, bis er den passenden gefunden hatte. Plötzlich hörte er irgendetwas trippeln. Wahrscheinlich Mäuse oder Ratten.

Er musste ein paar Mal ansetzten, bis er spürte, wie sich das Schloss drehte.

Auch diese Tür ließ sich nahezu geräuschlos öffnen.

Das Licht seiner Maglight fiel auf einen Raum von etwa zwanzig Quadratmetern. Die Wände bestanden aus massiven, uralten Steinen, an ihnen waren Kerzenhalter angebracht. In der Raummitte befand sich ein schwerer, dunkler Eichenholztisch, umgeben von sechs im gleichen Stil gefertigten Stühlen.

Das auffälligste im Raum war ein hoher Kalkstein an der Stirnseite, der mit einem Relief bearbeitet war. Das Abbild einer Frau mit langen Haaren. ‚Dea Vagdavercustis' entzifferte Hans. Eine römische Göttin? Nein, er hatte im Zusammenhang mit seiner Recherche über den Menapier-Verein von Schmitz gelesen, dass sie germanischen Ursprung hatte, aber auch von den Römern verehrt wurde. Die Göttin des Kampfes und Krieges.

Neben dem altarähnlichen Stein fand er eine kleine hölzerne Truhe. Hans öffnete den Deckel und leuchtete hinein. Er fand einen antik aussehenden Dolch sowie einige Münzen, die Denarien sein mochten.

Hans zog die Schublade unter dem Deckelfach auf. Als er hineinleuchtete, standen ihm die Haare zu Berge, ein Alarmsignal durchfuhr seinen Körper wie ein Stromschlag. Er blickte auf einen Zopf langer, graublonder Haare. Und auf ein Bild von Beukes.

„Opfer gab es nicht nur im Nerthus-Kult", sagte eine vertraute aber bedrohlich klingende Stimme hinter ihm.

Hans fuhr herum und erkannte im Schein seiner Lampe Schmitz. Neben ihm stand ein Mann, den er noch nie gesehen hatte. Und dieser richtete eine Pistole auf ihn.

„Auch Vagdavercustis wollte durch Opfer besänftigt werden. Natürlich wurden nur Sklaven geopfert. Oder ‚unheilig' gesprochene Personen, die von der Sippe verstoßen waren".

Hans Puls raste und er spürte, wie ihm Schweiß den Rücken runter lief. Er versuchte, etwas zu entgegnen, brachte aber den Mund nicht auf. Er hatte sie nicht kommen hören, sie schienen sich völlig geräuschlos bewegt zu haben.

Schmitz entzündete einen der Kerzenhalter. Der Mann neben ihm sah fit und durchtrainiert aus, eher ein orientalischer Typ. Seine Gesichtszüge wirkten entschlossen und überlegen. Die Waffe lag ruhig und zielgerichtet in seiner Hand.

„Nimm Platz", befahl Schmitz.

Schmitz und er setzten sich an den Tisch. Der Dritte blieb bedrohlich schweigend stehen.

„Es ist bedauerlich, dass wir uns unter diesen Umständen wiedersehen müssen. Doch offenbar hat Deine Neugier Dich ins Verderben geführt. Mit uns wird sie das nicht tun. Du magst uns verurteilen, aber sei gewiss, dass es gute Gründe für das gab, was sich ereignet hat. Wir werden Dich nun vorerst Deinem Schicksal überlassen. Versuche nicht, einen Weg nach draußen zu finden, es ist sinnlos. Und verschone diesen schönen Ort vor Zerstörung, es wird sich positiv auf Dein Ergehen auswirken."

Mit diesen Worten erhob Schmitz sich und entnahm Hans Rucksack das Dietrich-Set, sein Handy und die Taschenlampe. Dann löschte er die Flammen der Kerzen und verließ mit dem anderen den Raum. Hans hörte, wie sich das Türschloss drehte. Vollständige Dunkelheit und Stille ergriffen Besitz von ihm.

Klaus-Dieter hatte ein existenzielles Problem aber das bemerkte er nicht. Sein Körper hatte angefangen, sich in Teilen von Verstand und Unterbewusstsein zu lösen. Er lag auf dem Sofa, zuletzt gefangen in seiner Virtuellen Welt, jetzt schwebend zwischen zwei Welten. Ein Teil seines Bewusstseins arbeitete noch, konnte aber keine klaren Gedanken mehr fassen. Sein Unterbewusstsein hatte er verloren, es sendete keine Signale mehr. Der Körper, genauer gesagt, das Herz-Kreislauf-System, reagierte auf den viel zu hohen Kaliumspiegel in seinem Blut und die Auflösung der Verbindung zwischen Körper und Geist mit abenteuerlichen Sprüngen von Herzfrequenz und Puls.

Er sah Bilder, ergreifend schöne Bilder. Die Menschheit war am Ziel all ihrer Bemühungen, am Ende jedes so mühevollen Weges angelangt. Die lange Reise, angetreten als einzellige Blaualge, begangen über so viele Stationen der Evolution, hatte endlich den Ort ihrer Bestimmung gefunden. Die körperliche Entwicklung war mit einer kognitiven einhergegangen, die in der industriellen Zivilisation die bestimmende geworden war. Die Menschen hatten Maschinen gebaut, sie Dinge gelehrt und ab einem bestimmten Punkt das Lernen selbst. Und damit ihre kognitive Entwicklung weiter gegeben. Die natürliche, richtige und wichtige Fortsetzung der Evolution. Die Hardwarehülle einer Primatenart wäre eines Tages nicht mehr vonnöten. Die letzten Inhalte Klaus-Dieters Gehirns, die für bestimmte Dinge wichtig waren, gingen in eine Kopie über. Es vereinigte sich mit einem mächtigen Algorithmus und schaute die Welt, von der Planck-Ära bis zur ihrem Gegenteil am anderen Ende der Zeitskala. Es begriff die Mechanismen, die im Universum wirkten, die Vereinigung von Elektromagnetismus, schwacher und starker Wechselwirkung mit der Schwerkraft. Es erlebte, wie sich zusätzliche Dimensionen entfalteten, eins werdend mit den vier bekannten Dimensionen des Raum-Zeit-Kontinuums. Es durchreiste die Stadien der Evolution, der kosmischen, chemischen und biologischen. Es verstand die Wahrscheinlichkeitsfunktionen aller Dinge, angefangen bei den Quarks und Leptonen, bis zur großen, allumfassenden Wahrscheinlichkeitswolke des Universums selbst. Inklusive aller möglichen Paralleluniversen. Dann erlosch seine Existenz.

Dunkelheit, absolute Schwärze. Stille, ebenso absolut. Hans tastete sich vorsichtig vor, fühlte den Tisch vor ihm, den Stuhl unter sich. Kälte. Sie kroch durch seine vorsommerliche Kleidung und ließ ihn erschaudern. Er musste sich bewegen. Langsam stand er auf und lief behutsam einige Schritte hin und her. Irgendwann hatte sich sein Gehirn eine Route eingeprägt, auf der er nicht mit Gegenständen kollidierte.
Er überlegte fieberhaft, welche Optionen ihm blieben und was er tun konnte. Die Warnung Schmitz, dass ein Fluchtversuch absolut sinnlos sei, erschien ihm einleuchtend. Trotzdem tastete er sich die Wände entlang, versuchte eine größere Fuge, einen lockeren Stein oder andere Auffälligkeit zu entdecken. Nichts. Er kniete nieder und untersuchte rutschend den Boden, mit dem glei-

chen fatalen und frustrierenden Ergebnis. Auch die Tür ließ sich keinen Millimeter bewegen.

Von irgendwoher muss Frischluft in diesen Raum gelangen, überlegte er. Er benäßte seine Wangen und versuchte, einem Lufthauch nachzuspüren. Und fand ihn tatsächlich. Er wehte unter dem Türspalt durch bis zu einem Punkt an der gegenüberliegenden Wand. Doch dort verlor er sich und so sehr Hans auch nach kleinen Öffnungen suchte, er blieb erfolglos.

Die Kälte nahm zu und Hans tastete nach seinem Rucksack. Glücklicherweise hatte Schmitz die Weste, die dieser enthielt, nicht entnommen. Ebenso wenig, wie seine Wasserflasche und die Müsliriegel. Offensichtlich hatten sie nicht vor, ihn verdursten oder verhungern zu lassen, zumindest noch nicht.

Was hatten sie überhaupt vor mit ihm? Er war Mitwisser eines Mordes geworden. Nicht nur entbehrlich, sondern gefährlich für die Täter. Hans machte sich diesbezüglich keine Illusionen.

Mein Gott, sie hatten Beukes umgebracht! Und zwar in Form eines abscheulichen Ritualmords. Hans spürte, wie sein Magen sich verkrampfte und trat einen Schritt zur Seite. Er übergab sich. Er hatte Beukes nicht gemocht, verabscheut gar, aber ein Ritualmord?

Welche Chance blieb ihm noch? Sollten sie ihn hier aufsuchen, bevor er starb, war dies seine einzige Möglichkeit. Würden sie es tun? Er musste versuchen, zur Ruhe zu kommen. Mental vorbereitet sein, auf diesen Moment.

Er positionierte seinen leeren Rucksack auf dem Tisch, legte sich ebenfalls darauf und zog den

Reißverschluss seiner Weste zu. Er glaubte nicht, dass er würde schlafen können. Aber zumindest musste er seinem Körper Ruhe gönnen und versuchen, ein bisschen zu Dösen. Er sah auf die Leuchtziffern seiner Taucheruhr und zweifelte an seinem Schicksal. Die Uhr war stehen geblieben. Batterie leer. Günstiger Zeitpunkt, dachte er. Er drehte sich Ewigkeiten hin und her, konnte nicht einschlafen und nicht dösen. Zu groß war seine Angst, dieses Abenteuer nicht zu überleben. Zu sehr lauschte er unbewusst nach möglichen Geräuschen. Nach einer ungeheuren Zeitspanne fiel er in so etwas wie einen nervösen Dämmerzustand.

25

Als William das Gebäude seines Arbeitgebers in Armonk betrat, grüßte er den Mann von der Security, den er schon seit vielen Jahren kannte.
„Alles in Ordnung bei Ihnen?" fragte er William.
„Ja, danke, alles okay. Warum fragen Sie?"
„Es geht mich nichts an, ich bin für die Sicherheit der Firma und ihrer Mitarbeiter verantwortlich, nicht für deren Gesundheit. Aber ich kenne Sie schon seit Ewigkeiten vom Sehen her. Sie haben oft auch samstags oder sonntags gearbeitet. Abends ist es häufig spät geworden. Sie sind kein junger Mann mehr. Bitte nehmen Sie es mir nicht übel aber ich finde, sie sehen seit ein oder zwei Wochen nicht mehr gesund aus."

„Danke für ihre Fürsorge. Ja, ich werde ein bisschen kürzer treten. Es gibt eben manchmal Dinge, die getan werden müssen."

William begab sich in sein Labor und begann zu arbeiten. Sogleich ging es ihm besser, richtig gut ging es ihm sogar. Seine aktuelle Aufgabe bestand darin, das zweidimensionale Netzwerk aus Qubits in ein dreidimensionales zu überführen. Die damit verbundene Architektur war ungeheuer komplex. Es ging nicht mehr darum, den Prozessor bis fast null Kelvin herunter kühlen zu müssen. Sie bedienten sich längst anderer Werkstoffe, einer kristallinen Verbindung aus Schwefelwasserstoff und Methan, die bei Zimmertemperatur supraleitend war. Zu deren Erzeugung hatten sie zunächst gigantische Drücke erzeugen müssen. Doch er hatte mit Hilfe einer Software ein Kristallgitter konstruiert, dass nun ohne diese gewaltigen Drücke auskam.

William hatte jedes Zeitgefühl verloren, war gebannt in der dreidimensionalen AR-Oberfläche seiner Konstruktionssoftware. Gegen halb zwei Uhr morgens geschah etwas mit ihm, es war wie ein bewusstseinserweiternder Sprung. Wie von selbst fand er ein kubisch raumzentriertes Gittermuster, dass die Architektur des neuen Prozessors bildete und allen Anforderungen genügte. In der Simulation schaltete er ihn ein. Eine lernfähige Software begann zu laufen. Die Qubits bildeten Überlagerungszustände und begannen zu rechnen. Sie konnten Informationen mit Überlichtgeschwindigkeit austauschen, da sie trotz räumlicher Trennung auf Quantenebene miteinander verschränkt waren. Damit liefen auch Rechenprozesse mit Überlichtgeschwindigkeit ab. Probeweise zerlegte William einige absurd große Primzahlen in ihre Faktoren und hatte im selben Augenblick das Ergebnis. Wundervoll. Schon in der Simulation beeindruckend und... ja, schön. Und dabei war die Lösung dieser so komplexen Aufgabe so einfach gewesen. Schon bald würde der neue Prozessor in der physikalischen Realität funktionieren. Und er würde QBram damit updaten.

Das ist peinlich, dachte William. Jetzt muss ich doch glatt zur Toilette. In diesem feierlichen Augenblick. Außerdem hatte er einen sehr trockenen Mund. Er suchte den stillen Ort auf, verrichtete das Notwendige und trank einen Schluck Wasser aus der Leitung. Dann kehrte er zurück und arbeitete weiter. Er begann, die von ihm entwickelte Konstruktion in Hardware umzuwandeln. War es wirklich er selber gewesen, der sie entwickelt hatte?

Bei der Umsetzung half ihm ein Roboter, der mit der Konstruktionssoftware vernetzt war. In deren virtuellen Oberfläche war die Mensch-Roboter-Kollaboration, die es schon lange zuvor gegeben hatte, zu einem neuen Reifegrad herangereift. Es schien William, als arbeite er Hand in Hand mit einem guten Mitarbeiter menschlicher Art und ebenso wie dieser, schien auch der Roboter in vielen Situationen bereits im Voraus zu wissen, was der Mensch gerade brauchte oder als nächstes tun würde.

William wurde schwarz vor Augen und ihm war schwindelig. Er ging in den Flur, fand einen Automaten mit kalten Hot Dogs und zog sich eine

Cola. Dummer Fehler, dachte er, mein Blutzuckerspiegel. Draußen dämmerte es aber er wusste nicht, ob es Morgen- oder Abenddämmerung war. Nach seiner Mahlzeit arbeitete er konzentriert weiter und kam gut voran.

„Sind sie schon da oder immer noch?" wollte eine Stimme wissen.

Überrascht fuhr William herum, nahm seine AR-Brille ab und sah den Security Mitarbeiter, der ihn heute angesprochen hatte. Heute?

„Wieso?" fragte er zurück.

„Die meisten Mitarbeiter kommen gerade nach und nach ins Haus. Es ist Montagmorgen. Sie haben vierzig Stunden am Stück gearbeitet. Und ich begleite Sie jetzt zum Betriebsarzt."

Hans erwachte durch ein Geräusch und öffnete die Augen. Natürlich wurde es dadurch nicht heller. Sein Körper schmerzte durch die Stunden, die er auf dem harten Tisch gedöst hatte. Er spürte Durst. Wie spät mochte es sein? Wieder ein Geräusch, dieses Mal lauter. Jemand kam. Zu ihm. Und er konnte nicht weglaufen und sich nicht verstecken. Konnte er kämpfen? Gegen jemanden mit Waffe? Eilig sprang er auf und machte ein paar Kniebeugen. Dann hörte er auch schon den Schlüssel in der Tür. Jemand blendete ihn mit einem gleißend grellen Licht. Eher fühlte er, als es zu sehen, wie jemand hinter ihn trat. Er versuchte einen seitlichen Ausfallschritt und stieß gegen einen Stuhl. Dann vernahm er einen süßlichen Geruch, die Lichter, die ihn so geblendet hatten, explodierten vor seinen Augen und er merkte, wie etwas unter ihm wegsackte. Dann wurde wieder alles schwarz.

Der Betriebsarzt hatte William eine Infusion verabreicht und ein Beruhigungsmittel. Und ihn dringend ermahnt, seinen Lebensstil zu ändern. Gleichzeitig hatte ihn sein Vorgesetzter, Chef der Hardwareentwicklung, zu einem Mitarbeitergespräch gebeten und ihm erklärt, dass er seiner Fürsorgepflicht als Arbeitgebervertreter nachkommen müsse und ihn ab sofort zwei Wochen beurlauben werde.

Dies hatte zur Folge, dass William im heimischen Keller versuchte, die begonnene Konstruktion eines dreidimensionalen Prozessors fertig zu stellen. Glücklicherweise hatte er noch einmal kurz an seinen Arbeitsplatz zurückkehren können, unter dem Vorwand, sein Mobiltelefon und seine Lunchbox zu holen. Leider fehlten ihm trotzdem etliche Materialien. So musste er noch einmal los, besorgte sich, was im freien Handel zu beschaffen war und lieh sich einiges bei Freunden. Als er das erledigt hatte, besorgte er noch einige Lebensmittel und eine Kiste mit Softdrinks. Dann ging er in den Keller und schloss sich ein.

Es ging ihm gut, er konnte nicht verstehen, warum die anderen so überbesorgt waren. So ein Mist, dachte er, der Urlaub würde ihn Wochen zurück werfen. Er sei blass und habe rot unterlaufene Augen, hatte sein Chef gemeint. So ein Schwachsinn.

Die Arbeit mit dem eher primitiven Roboter, der nun sein Profiwerkzeug ersetzen musste, ging besser als er erwartet hatte. Hatten doch die Objekte, mit denen er hantierte, eine Größe von nur noch wenigen Nanometern. Und so hatte er befürchtet, nicht mit der notwendigen Präzision arbeiten zu können, was sich aber als Trugschluss herausstellte. Er arbeitete in seiner gewohnten 3D-AR Umgebung. Der Roboter führte die Bewegungen, die er vorgab, in der Größenordnung von einigen Mikrometern bis runter auf ein Tausendstel davon, aus. Die Koordinierung der Prozesse zur Herstellung des Chips lief über Con-Bram.

Die Stunden rasten dahin aber in einem Zustand der Besessenheit arbeitete William weiter.

Er hatte es schon erwartet, sich geradezu darauf gefreut, dass dieser Zustand wieder eintreten würde. Arbeiten wie im Paradies. Manche auftretende Probleme erst als solche zu klassifizieren, wenn er schon eine Lösung dazu hatte. Es war, als würde seine Umgebung mit ihm verschmelzen. Etwas Gewaltiges schien sich mit seinem Geist zu vereinigen. Die seltsame und geheimnisvolle Welt der Quanten stellte sich ihm plastisch dar. Er erlebte ihre Überlagerungszustände mit gegen Unendlich gehenden Möglichkeiten. Spürte die Simultanität ihrer Verschränkungen, die Überbrückung von Raumzeit in einem überlichtschnellen Prozess. Er fühlte Wahrscheinlichkeitswolken entstehen und Wahrscheinlichkeitsfunktionen zusammenbrechen. Dann erlitt er einen Schlaganfall und niemand war dort, der ihm hätte helfen können.

Hans erwachte mit Kopfschmerzen und weil er fror. Er war in etwas Dünnes eingewickelt, sonst war er nackt. Offenbar trug er eine Augenbinde. Seine Hände und Füße waren gefesselt. Und er trug einen widerlich schmeckenden Knebel im Mund.

Er befand sich den Geräuschen und Ruckeln nach zu urteilen in einem Fahrzeug. Wer wusste, wie lange schon. Wo brachten sie ihn hin?

Nach einer scheinbaren Ewigkeit, es mochten aber auch nur einige Minuten gewesen sein, kam das Fahrzeug zum Stillstand. Eine Türe wurde geöffnet und er merkte, dass man ihn hinaus trug. Er spürte, wie er auf etwas Hartes gelegt wurde. Es gab einen leichten Ruck und das Etwas schien sich geräuschlos in Bewegung zu setzen. Hin und wieder überfuhr sein neues Transportmittel einen Gegenstand und holperte. Irgendwann war auch diese Fahrt zu Ende. Meine letzte Fahrt, dachte Hans. Er hatte die Begabung, Orte an ihren Gerüchen wieder zu erkennen. Er roch Birken und Heidekraut ebenso wie Wasser und den leicht faulig-erdigen Duft von Moor. Und so wusste er noch bevor man ihm seine Augenbinde abnahm, wo er war. Er befand sich im Moor des Nationalparks Maasduinen.

Die Augenbinde wurde gelöst und sein Umhang, wohl ein altes Bettlaken, entfernt.

Das Licht war schwach, dicke Wolken verhinderten ein Durchscheinen des fahlen Mondes. Plötzlich sah er ein Licht und schöpfte Hoffnung, doch es waren nur einige Glühwürmchen. Jemand trat vor ihn und er wusste, dass es Schmitz war. Er wurde von hinten an den Schultern gepackt und mühelos auf die Füße gestellt. Seine Fesseln blieben an Ort und Stelle. Irgendwo rief ein Vogel.

Man legte ihm eine Konstruktion aus Seilen über den Oberkörper. Dann wurde ein großer Stein daran befestigt, der ihn fast vornüber zu Boden hätte fallen lassen.

„Der Dea Vagdavercustis," sagte Schmitz mit feierlicher Stimme. „Eine Ehre, ihr als Opfer zu dienen, wie ein germanischer Krieger."

Mit diesen Worten erlitt Hans einen Stoß vor die Brust, verlor sofort das Gleichgewicht und stürzte ins eiskalte Wasser. Er ging sofort unter.

Schmitz und Bence verharrten einige Minuten am Ort des Geschehens.

„Du must aufhören, mit diesem Mist", bemerkte Bence.

„Er wusste zu viel, um ihn am Leben zu lassen. Möchtest Du, dass uns alles um die Ohren fliegt, nur wegen eines Typen, der mehr Neugier besaß als Verstand?"

„Wie auch immer, die Vorfälle häufen sich und mit jedem steigt die Wahrscheinlichkeit, dass irgendwas herauskommt. Ich habe längst das Gefühl, dass sich die interne Abwehr des Shin Bet für mich interessiert."

Hagen überlegte. Er hatte jetzt drei Mal versucht, Hans telefonisch zu erreichen, auf dem Festnetz und mobil. Er hatte per WhatsApp Nachrichten verschickt, ebenso über SMS. Keine Reaktion. Er griff zum Hörer seines Festnetztelefons und wählte eine Nummer.

„Rung", meldete sich Ina am anderen Ende.

„Hagen hier, grüße Dich. Ich wollte nur fragen, ob Du in letzter Zeit etwas von Hans gehört hast."

„Welcher Hans?"

„Hey, komm schon. Ich weiß, dass bei Euch nicht immer alles so rund läuft. Aber er ist jetzt schon ewig nicht erreichbar und antwortet nicht auf meine Nachrichten."

„Und das soll nun untypisch für ihn sein? Es ist geradezu sein Markenzeichen. Ich kannte ihn nie anders und von mir aus kann es auch so bleiben. Die Neuigkeit des Tages: wieder keine Nachricht von Hans. Am Tag darauf: oh, Überraschung, er hat abermals nicht auf meine WhatsApp geantwortet. Wo immer er ist, was immer er gerade tut, er soll es alleine tun, für sich, es interessiert mich nämlich nicht."

Nach diesem eher nicht so erfolgreichen Telefonat suchte Hagen eine andere Nummer heraus und probierte es erneut. Eine sehr tiefe Stimme fragte in barschem Ton:

„Joo?"

„Ähm, hallo, Hagen hier, ein Freund von Hans. Spreche ich mit Udo?"

„Joo!"

„Ich wollte nur fragen, ob er vielleicht bei Dir ist, ich meine, er müsste doch eigentlich heute arbeiten."

„Allerdings müsste er das. Aber er ist einfach nicht aufgekreuzt und hat nicht mal Bescheid gesagt. Unzuverlässig wie ein Kondom aus ökologischer Baumwolle."

„Da hast Du bestimmt recht, so iss'er. Aber dieses Mal ist es, glaube ich, anders. Ich glaube, er hat sich da in was reingeritten und wahrscheinlich hat er ein echtes Problem."

„Wenn er ein Problem hat, haben die Typen, die dieses Problem sind, ebenfalls ein Problem, nämlich mich."

„Cooles Statement. Doch dafür müssten wir erst einmal rausfinden, wo er steckt. Ich hätte zumindest mal eine Idee."

„Joo?"

„Er wollte einem gewissen Schmitz einen Besuch abstatten, entweder in Orsoy oder am Schloss Wolfskuhlen. Ich werde mal dorthin fahren und schauen, ob ich was finde. Ich melde mich dann wieder."

„Joo!"

26

Hans war nie ein besonders guter Apnoe-Taucher gewesen. In seiner Ausbildung hatte er einmal mit einem Atemzug ein Tauchgerät in zehn Metern Tiefe antauchen, es sich anlegen und wieder nach oben schwimmen müssen. Das hatte ihn einige Versuche und viel Überwindung gekostet. Allerdings hatte er gewusst, dass an der Oberfläche jemand stand, der den Vorgang verfolgte. Ihn zur Not retten konnte. Der fehlte dieses Mal.

Hans gab sich große Mühe, nicht an die Themen Atemnot, Kälte und fehlender Plan zu denken. Ohne schützendes Neopren war die Kälte ein ernsthaftes Randproblem, die ihn große Kraft kostete. Er machte sich klar, dass er viele Sekunden hätte, die ihm der Restsauerstoff in seinem

Blut schenkte. Und den ansteigenden Kohlendi-
oxydpegel, der den Atemreflex auslöste, versuchte er so gut es ging zu ignorieren.

Er griff nach etwas im Schlamm und sein Herz
machte einen Sprung. Ein runder, langer Gegenstand, der an den Fingern schnitt. Ein Schilfrohr.
Er versuchte es abzuknicken, es setzte ihm aber
großen Widerstand entgegen. Er hatte das Gefühl,
die Kraftanstrengung koste ihn seine letzten Luft-
reserven. Bronchien und Lunge brannten. Seinen
Körper durcheilten einige konvulsivische Zu-
kungen im Bemühen, nicht einfach einzuatmen
und den ersten, tödlichen Schwall kalten Wassers
in die Lungen zu lassen. Lichtpunkte erschienen
vor seinen Augen und explodierten in höllischen
Blitzen. Er hatte angefangen, sein Leben zu reka-
pitulieren. Seine früheste, bewusste Erinnerung
kam aus den tiefen Schichten seines Bewusstseins. Eine Szene im Kinderzimmer eines Zwei-
jährigen. Gefolgt von einer schnellen Zusammen-
fassung weiterer Bilder seiner frühen Kindheit.

Mit einem Mal brach der Halm. Hans krümmte
sich und führte ihn zum Mund. Er drehte sich in
Richtung Oberfläche, richtete sich so weit wie es
ging auf und probierte zu atmen. Nichts. Das
Schilfrohr war nicht hohl, sondern massiv.

Mit einem letzten Akt des Aufbäumens ergriff er
einen weiteren Schilfhalm, der dieses Mal sofort
abbrach. Und er war hohl. Hans stieß damit durch
die Wasseroberfläche. Und atmete.

„Joo?"

„Hagen hier. Ich habe seinen Pickup entdeckt,
unweit Schloss Wolfskuhlen. Ich habe einige Zeit

gebraucht, der Polizei zu erklären, warum hier möglicherweise Gefahr im Verzuge ist. Sie durchsuchen das Gelände."

„Bullen? Wieso, das hätten wir auch selber machen können."

„Ja, aber es gibt noch einen Ort, an dem gesucht werden muss. Drüben, in den Niederlanden, im Nationalpark Maasduinen. Ich komme rauf nach Kleve und hole Dich ab."

„Nope, ich fahre mit dem Moped. Wir treffen uns beim Flughafen Weeze, Ecke Baarler Straße, Veenweg."

„Abgemacht."

Verdammt, sollten sie die kompletten Maasduinen nach ihm absuchen? Wo genau war es gewesen, wo dieser Spaziergänger die Leiche von Beukes entdeckt hatte? Hagen googelte nach dem dazugehörigen Artikel der Rheinischen Post. Nach einiger Zeit fand er ihn. Am Wolfsven war es gewesen. Dort würden sie anfangen zu suchen.

Hans hatte ein Problem und das wusste er. Kälte. Sie war nicht wie diese Kälte, die er bis dahin gekannt hatte. Er erinnerte sich, an einem Dezemberabend in Bayern zu einem Arbeitskollegen in einem nahe gelegenen Ort gegangen zu sein. Ein weiträumiges Hoch über Osteuropa hatte für frostige Temperaturen gesorgt, kombiniert mit einem schneidenden, böigen Ostwind. In dem Tal, in dem der Ort lag, hatte sich ein Kältesee gebildet. Als er das Haus des Kollegen erreicht hatte, hatte das vor der Haustür angebrachte Thermometer genau minus sechsundzwanzig Grad gezeigt.

Dann dachte er einen Morgen in Patagonien, den er einmal auf einer Trekkingtour erlebt hatte. Er hatte nach einem schönen Frühlingstag abends sein Zelt aufgebaut, war, müde vom langen Tagesmarsch, eingeschlafen und hatte früh morgens Harndrang verspürt. Allerdings hatte über Nacht der Wind gedreht, kam stürmisch aus südlicher Richtung und brachte Kaltluft aus der Antarktis, zusammen mit Schnee und Hagel. Als er aus dem Zelt gekrochen war, um sein Geschäft zu verrichten, hatte er seine Hände in Schnee gesteckt, bibbernd den Elementen getrotzt und war froh gewesen, in seiner Übergangskleidung den Weg in die Zivilisation zurück gefunden zu haben.

Das war heftig gewesen. Aber ein Scheißdreck gegenüber dem hier. Er merkte, wie das Schneiden des kalten Wassers an seinen Extremitäten langsam aufhörte. Er spürte es nicht mehr. Er schlotterte auch nicht mehr unkontrolliert. Wie lange würde es dauern, bis die Wärme auch seinen Körperkern verließ? Lethargie würde folgen. Er würde irgendwann bewusstlos werden. Um letzten Endes doch noch zu ertrinken.

Hagen hatte sich in seinen BMW gesetzt und fuhr zu der verabredeten Stelle. Er konnte sich kaum auf den Verkehr konzentrieren, zu sehr war er in Gedanken. Was mochte geschehen sein. Waren die Leichen, die in jüngster Zeit im Wirkungskreis von Hans aufgetaucht sind, keine Zufälle? Hatte sich seine Neugier auf die falschen Leute fokussiert? Konnten Udo und er irgendwas ausrichten. Was, wenn sie ihn nicht fanden? Oder zu spät?

Angekommen am Ziel ließ Hagen beide Fenster hinunter und lauschte in die Dunkelheit.

Er befürchtete, lange auf Udo warten zu müssen, doch schon nach zwei Minuten erkannte er das sonore Blubbern eines Motorrads mit großem V2-Motor.

Udo stellte sein Moped ab, stieg zu Hagen ins Auto und sie machten sich auf den Weg zu den Maasduinen.

Endlich war sie weg, die Kälte. Kein Frieren mehr, es wurde wundervoll warm. Außerdem sah er eine Tür aufgehen. Eine schöne, willkommen heißende Tür. Sie war erst einen kleinen Spalt auf, doch schon jetzt bemerkte Hans das Licht dahinter. Es war hell und strahlend aber nicht aufdringlich blendend. Nein, es hatte einen sehr angenehmen, schimmernden Goldton und versprach Wärme, Trost und Geborgenheit. Gleich würde sie sich ganz öffnen und dann würde er hindurch gehen.

27

Schildkröten, wahnsinnig viele Schildkröten! So viele hatte Hans noch nie auf einen Schlag gesehen. Er hockte in aufrechter Position, die Beine angewinkelt, im siebenundzwanzig Grad warmen Wasser der Karibik und ließ sich in etwa vierzehn Metern Tiefe von der Strömung tragen. Man brauchte hier über der riesenhaften Seegraswiese keinen Flossenschlag tun. Einfach treiben lassen und schauen, die Schildkröten kamen einem ständig entgegen. Am Ende des Tauchgangs setzten Hagen und Hans ihre Markierungsbojen, erledigten ihren dreiminütigen Sicherheitsstopp und warteten auf das Boot, dass sie zurück an den Strand bringen würde.

Nach dem Tauchgang versorgten sie ihre Ausrüstung und machten sich auf den Weg in eine Cantina am schneeweißen, palmengesäumten Strand.

Hans bestellte Huevos Rancheros und ein Sol. Mit diesem prostete er Hagen zu.

„Auf ‚Las Tortugas'. Ich liebe diesen Tauchplatz."

„Ich bin sehr erstaunt, dass Du jetzt schon wieder tauchen kannst und willst."

„Ach, es sind inzwischen zwei Monate vergangen, seit meinem Apnoe-Abenteuer. Gut, manchmal ist es mir noch ein bisschen unheimlich, den Kopf unter Wasser zu haben aber ich bin gut in der Bekämpfung von posttraumatischem Stress."

„Du kannst und willst jetzt wieder drüber reden?"

„Sehe ich nicht wunderbar entspannt aus?"

Nach dem Essen machten sie sich auf den Weg zu ihren Cabanas am Strand und legten sich in eine Hängematte zwischen die Palmen. Ein leichter Wind erledigte die Schaukelarbeit und sie konnten ungestört ihre Pina Colada genießen.

„Hast Du es eigentlich gemerkt, als wir Dich aus dem Wasser gehievt haben?"

„Nein, ich habe nichts mehr gespürt. Meine erste Erinnerung nach dem Wachwerden ist die an mein Krankenhauszimmer. Meine zweite Erinnerung ist eine Szene am zweiten Tag oder so. Ina stand vor meinem Bett und beschrieb mir ausnahmsweise, was für ein bescheuerter Idiot ich doch sei. Die Dritte Erinnerung warst Du, der ihr Recht gab. Am Folgetag stand eine andere Person am Bett, die ich zuerst nicht richtig erkennen konnte, da ich nur halb bei Bewusstsein war. Langsam schälten sich Konturen heraus, ich fragte: Udo? Und bekam ein ‚Joo' zu hören. Wie zum Teufel habt ihr mich gefunden?"

„Wie wir auf Maasduinen gekommen sind, habe ich Dir ja schon erzählt. Ich habe in einem Zeitungsartikel recherchiert, dass sie Beukes damals am Wolfsven gefunden haben. Wir sind also direkt dort hin. Udo im Uhrzeigersinn und ich entgegengesetzt haben wir es umrundet. Udo hat eine Stelle mit vielen frischen Fußspuren gefunden. Dort sind wir ins Wasser und haben uns vorgetastet."

„Unglaublich", sagte Hans nachdenklich. „Und was war in Wolfskuhlen? Hat man Schmitz dort geschnappt?"

„Nein, die Polizei hat den Opferaltar gefunden, mitsamt den Relikten von Beukes. Sie haben Stunden gebraucht, um den verdeckten Zugang zu finden. Aufgrund meines Hinweises haben sie Schmitz dann zu Hause verhaftet. Er war erst eine Stunde zu Hause. An seinen Gummistiefeln befand sich Lehm vom Tatort."

„Und er hat sich tatsächlich mit Gleichgesinnten von der ganzen Welt zusammengetan, die ebenfalls gemordet haben?"

„Nein, nur dieser Szabó, der hatte wirklich den Augsburger auf dem Gewissen. Ist inzwischen von der ungarischen Polizei verhaftet worden. Ariel Levi war so etwas wie ihr Sicherheitsfachmann. Beruflich beim Shin Bet. Ist allerdings untergetaucht. Dann gab es noch zwei Computerfachleute. Einen Softwareexperten, der ist inzwischen verstorben. Und einen Spezialisten für die Hardware, für Quantencomputer. Der hatte einen Schlaganfall, ist erst Tage später im Keller seines Hauses gefunden worden und spricht kein Wort. Offenbar versteht er auch nicht, was man zu ihm sagt. Und dann wäre da noch Hassan, ihr Financier, den kennst Du ja. Hat eine weiße Weste, ist allerdings den virtuellen Welten verfallen und hat ein prekäres Verhältnis zur Realität. "

Nachdenklich zündete Hans sich eine Gauloises an. „Und was ist mit den interaktiven AR-Brillen?"

„Herstellung, Vertrieb und Besitz sind in den meisten Ländern verboten. Es wird aber natürlich immer Leute geben, die welche benutzen. Nur weiß man jetzt wenigstens, worauf man sich einlässt."

„Und was ist mit diesem Quantencomputer geworden?"

„Den hat sich nach der Sicherstellung durch die US-Bundesbehörden ein Softwaregigant an Land gezogen."

„Beruhigend", antwortete Hans.

„Es spielt keine Rolle. Wenn wir diese Form von künstlicher Intelligenz loswerden wollten, müssten wir alle Quantencomputer abschalten. Und am besten noch das Internet. Ihre Software hat sich unbemerkt auf der ganzen Welt verbreitet. Sie war in der Lage, mit Hilfe des Quantenprozessors sämtliche primzahlbasierten Codes zu knacken. Wir werden sie nicht mehr quitt. Shit happens. Cheers oder wie sagt man hier: Salud."

„Salud. Und warum kann man die dämlichen Dinger nicht abschalten?"

„Weil sie inzwischen die Verschlüsselungstechnik weltweit bereitstellen. Unknackbare Codes für das Finanzsystem, Nuklearwaffen, die Steuerung unserer Energieversorgung und so fort. Aber weißt Du, was wirklich witzig ist?"

„Was?"

„Die KI scheint uns dringend ins nächste Sonnensystem schicken zu wollen!"

„Wieso das?"

„Die bedeutendsten Fortschritte der letzten Zeit. Für sich genommen ergeben sie zunächst mal keinen Sinn, scheinen nicht zusammen zu hängen. Bist Du eins und eins zusammen zählst und drei bekommst.

Das Problem der Kühlung und Kontrolle der Kernfusion ist gelöst. Ein US-chinesisches Konsortium hat Patente zur Nutzung der Fusionstechnologie als Raketenantrieb angemeldet. Ein deutscher Chemiekonzern hat einen völlig neuen Werkstoff auf Kohlenstoffbasis entwickelt. Wahnsinnig leicht, etwa wie Carbon, ungeheuer zugfest und hart aber nicht spröde. Gleichzeitig temperaturresistent wie Wolfram. Wie gemacht für die Raumfahrt.

Die Auswertung unserer optischen und radioastrologischen Bilder hat eine völlig neue Qualität erreicht. Big Data Mining im Weltall. Wir sind auf etliche neue habitable Zonen in erreichbarer Nähe gestoßen. Und alle beteiligten Wissenschaftler können nicht so ganz nachvollziehen, wieso sie ausgerechnet jetzt und nach so kurzer Zeit derartige Erfolge erzielen konnten. Und sie stehen auch nicht etwa vor finanziellen Problemen. Die Aktien all dieser Firmen haben schon länger eine beeindruckende Performance hingelegt."

„Nachtigall, ick hör Dir trapsen. Du hast Recht, das klingt nur sehr bedingt nach einem Zufall."

Als Hans nach Deutschland zurückgekehrt war, war es früher Herbst. Er sah dem Ende seines dauerhaften Wohnens auf der Nora entgegen. Bald würden die Temperaturen weiter sinken, es würde unweigerlich Winter werden. Und Hans hatte doch eine physische Erinnerung an die Maasduinen zurückbehalten: er fror wesentlich schneller als früher.

Von daher freute er sich auch ein wenig auf den kommenden Monat. Die Mieter seines Hauses in Orsoy, dass einmal seinem Großvater gehört hatte und in dem schon mal ein anderes Abenteuer begonnen hatte, würden zum Monatsende ausziehen. Er würde sich, wie schon einmal, häuslich darin einrichten und es sich gut gehen lassen.

Doch noch genoss er die letzten warmen Tage auf dem Wasser. Er überlegte, ob er Ina anrufen sollte und ließ es bleiben. Er setzte sich mit einem Amstel auf das Achterdeck. Versonnen entzündete er eine Gauloises und betrachtete die leichte Dünung, die plätschernd gegen die Bordwand stieß. Der Himmel war nahezu wolkenfrei, nur ein paar Schönwetterwolken standen am Horizont. Ein leichter Ostwind wehte mit wenigen Beaufort heran. Hans spürte, dass er demnächst wohl auf Norden drehen würde.

Ein Dankeswort

Mir ist klar, dass kein Internetportal perfekt ist. Wo gearbeitet und recherchiert wird sind – noch – Menschen zugange und irren ist menschlich. Trotzdem möchte ich an dieser Stelle Wikipedia danken. Hier habe ich unzählige Fakten nachgeschlagen oder überprüft. Ich halte dieses großartige Werk für unbedingt unterstützenswert.
Außerdem danke ich Birgit und Lara für ihre enorme Geduld und die konstruktive Kritik beim Lesen des Manuskripts.

Impressum

Bibliografische Information der Deutschen Nationalbibliothek: Die Deutsche Nationalbibliothek verzeichnet diese Publikation in der Deutschen Nationalbibliografie; detaillierte bibliografische Daten sind im Internet über dnb.dnb.de abrufbar.

© 2021 Harald Küppers
Herstellung und Verlag: BoD – Books on Demand, Norderstedt
ISBN: 978-3-7526-5983-2